dtv

Es scheint prächtig zu laufen in Jennis und Aarons Ehe. Aaron ist ein erfolgreicher Politiker, die gut zwanzig Jahre jüngere Jenni hat in ihrem aufgeweckten kleinen Sohn Miro ihre Lebensaufgabe gefunden. Da erhalten sie eine Einladung von Aarons erwachsenem Sohn Markus, einem Historiker, der zurückgezogen auf einer kargen Felseninsel lebt, seit er bei einem Autounfall eine schwere Gehirnverletzung davongetragen hat. Die Zusammenkunft ist die letzte Chance auf Aussöhnung, denn Jenni war früher Markus' Freundin, und die Heirat mit seinem Vater hat tiefe Gräben in die Familie gerissen. Bereits während der Anreise nach Spegelö mehren sich dunkle Vorzeichen, und das Familientreffen steht von Anfang an unter einem unheilvollen Stern. Zusätzlich überschattet wird es von einem vergangenen Unglück, von dem neun Steingräber und eine alte, verfallene Kapelle künden und dessen düsteres Vermächtnis bis in die Gegenwart der Menschen auf der einsamen Insel reicht …

Marko Hautala, 1973 im finnischen Kauhava geboren, ist Lehrer für englische Sprache und Literatur und gibt Kurse für kreatives Schreiben. Zuvor arbeitete er als Pfleger in einer psychiatrischen Klinik und als Übersetzer. 2010 erhielt er den Kalevi-Jäntin-Preis für junge Autoren, eine der wichtigsten Auszeichnungen in Finnland.

Marko Hautala

SCHATTENINSEL

Psychothriller

Aus dem Finnischen von
Gabriele Schrey-Vasara

Deutscher Taschenbuch Verlag

Ausführliche Informationen über
unsere Autoren und Bücher
finden Sie auf unserer Website
www.dtv.de

MIX
Papier aus verantwortungsvollen Quellen
FSC® C019821
FSC www.fsc.org

Deutsche Erstausgabe 2013
Deutscher Taschenbuch Verlag GmbH & Co. KG,
München

Titel der finnischen Originalausgabe: ›Torajyvät‹
(Tammi, Helsinki 2011,
vermittelt von Elina Ahlbäck Literary Agency, Helsinki
und erzähl:perspektive Literaturagentur, München)

Umschlagkonzept: Balk & Brumshagen
Umschlaggestaltung: Wildes Blut, Atelier für Gestaltung,
Stephanie Weischer unter Verwendung eines Fotos von
plainpicture/Arcangel
Satz: Greiner & Reichel, Köln
Gesetzt aus der Aldus 10/13˙
Druck und Bindung: Druckerei C. H. Beck, Nördlingen
Gedruckt auf säurefreiem, chlorfrei gebleichtem Papier
Printed in Germany · ISBN 978-3-423-21426-1

Rotaugengrundel *(gobius ocularis rubensis)*:
Rudolf von List beschrieb die Art am
12. September 1916. Angefochten
1976 (Ralf Nyström).

»Erkennst du deinen Vater?«
Ja.
»Erkennst du diesen Mann,
dessen Gesicht verschleiert ist?«
Nein.
»Er ist dein Vater. Du erkennst also
deinen Vater und erkennst ihn nicht.«

EUBULIDES

Look here, you motherfuckers.
If you lead a life of sin,
then there's fire down below.

NICK CAVE

Zwei gottlose Männer begaben sich zum Teufel.
»Warum hast du dich von Gott abgewandt?«, fragte der Teufel den ersten Mann.
Der Mann antwortete: »Ich habe einen Fremden getötet, der heimlich mit meiner Frau das Bett teilte. Vielleicht wird Gott mir gnädig sein.«
»Du bist mein«, sagte der Teufel.
»Warum hast du dich von Gott abgewandt?«, fragte der Teufel den zweiten Mann.
Der Mann antwortete: »Ich bin dein, denn ich habe grundlos meine Frau und meine Kinder und mein Pferd getötet und mein Haus und mein Boot verbrannt. Ich ging nackt, bis ich mich nicht mehr an meine Frau, meine Kinder, mein Pferd, mein Haus und mein Boot erinnerte. Ich ging weiter, bis ich mich nicht mehr an meinen Namen erinnerte und die Welt vor mir nicht mehr erkannte, obwohl sie unverändert war.«
»Geh zu deinem Gott«, sagte der Teufel, ließ sich in den feurigen See fallen und zog den ersten Mann mit sich.

ISRAEL ULSTADIUS: Allein mit Gott –
Über heimliche Wege zur Erlösung (1693)

I

1697

Wenn die letzte Finsternis aufzieht, bekämpfe sie nicht, sondern lösche auch deines Nachbarn Kerze. Wer gegen die Finsternis jener Tage angeht, widersetzt sich dem Plan des Herrn.

In der völligen Dunkelheit seiner Gefangenschaft klammerte Jakob sich an Israel Ulstadius' Worte.

Die Dunkelheit war nicht länger nur ein Mangel an Licht. Sie war eine andere, wirklichere Welt, in der alles gleichrangig und zeitlos war. Wahnvorstellungen waren nicht von wirklichen Ereignissen zu unterscheiden. Die Zeit verwandelte sich in einen Kreis, drehte sich um sich selbst, bis sie verschwand. Nichts maß die Finsternis.

Zuerst hatten sich die Zeitspannen an den Gebeten gemessen, vom Amen zum Amen. Dann kam das Knarren des Mastes. Eins, zwei, drei. Als all das im Chaos der Unregelmäßigkeiten zerfallen war, hatte Jakob auf seinen Körper gelauscht. Auf die Stärke des Hungers, des Schüttelfrostes, des Stuhldrangs, auf die Müdigkeit. Auf die Bisse der Ratten in die Wunden an den Zehen. Auf das wiederkehrende Gefühl, dass etwas über seinen Fuß lief. Auch das waren jedoch unregelmäßige, zufällige Geschehnisse, an denen sich der Lauf der Zeit nicht messen ließ.

Jakob musste sich fragen: Woher wusste man in vollkommener Dunkelheit, wann man schlief und wann man wach war?

Wenn man die Finger so lange gegen das Handgelenk presste, bis man Blut spürte, wusste man, dass man wach war. Aber waren Träume nicht gerade deshalb trügerisch, weil sie so wirklich erschienen? Wenn er plötzlich nicht von Dunkelheit umgeben war, sondern im Sonnenschein über die Straße vor seinem Haus ging, wusste er dann nicht, dass er träumte?

Dann fielen ihm die Körner ein.

Er nahm den Stoffbeutel, den er am Bauch unter seinem Hemd versteckt hatte, und legte ihn auf den Boden. In dem Beutel fanden seine Finger die kalte Fläche eines kleinen Spiegels. Und die Körner. Jakob nahm sie einzeln heraus und ließ sie auf seine Handfläche fallen. Insgesamt sechsundachtzig schwarze, wie Wolfszähne geformte Körner. Als der Beutel leer war, legte er sie sorgfältig wieder hinein und begann von vorn, bis die Zeitspanne zweimal sechsundachtzig betrug. Dann drei-, vier-, fünfmal sechsundachtzig.

Die Zeit verging wieder, Korn für Korn. In gleichmäßigem Takt fiel eins nach dem anderen auf seine Handfläche. Die Empfindung war so schwach, dass man sie nur wahrnahm, wenn Seele und Körper alles andere ausschlossen.

Jakob vergaß die Kälte, die Dunkelheit und die Verzweiflung.

Er versuchte nicht mehr, seine Hände zu sehen, gegen die Dunkelheit zu kämpfen. Er saß in ihrer knarrenden, knirschenden Schaukel und wartete auf das Fallen des nächsten Korns.

Das Poltern der Stiefel entging seiner Aufmerksamkeit, denn nur die Körner waren wirklich. Erst als das Türschloss klirrte, schrak er auf. Er legte die Körner sorgsam in den Beutel und verbarg ihn wieder unter seinem Hemd.

Licht flutete in den Raum, eine Stimme befahl Jakob aufzustehen. Man riss ihn an den Haaren hoch, schleifte ihn durch den Gang und über die Treppe an Deck. Die fühllos gewordenen Beine wollten ihn nicht tragen, denn das Schiff schaukelte heftig, und er schmeckte salzigen Nebel im Mund. Die Gestalten der Seeleute waren gesichtslose Schemen, die höhnisch riefen, kreischten und schwankten, im selben ungleichmäßigen Takt wie die Möwen. Obwohl die Wolken den Himmel schwarz färbten wie der Rauch auf einem Schlachtfeld, ertrug Jakob seine Helligkeit nicht. Seine Lider schlossen sich, wollten die Dunkelheit zurückholen.

In der Kajüte erwartete ihn ein Mann mit aufgedunsenem Gesicht, einem schlecht gepflegten Schnurrbart und Flecken auf der Halskrause. Er schob Papiere auf seinem Tisch zurecht, wollte offenbar etwas sagen, musste sich jedoch in ein Gefäß erbrechen, das hinter seinem Tisch stand. Dabei war ein metallisches Plätschern zu vernehmen, als wäre der draußen wütende Sturm in den Mann gefahren und wollte hinaus. Jakob lachte über diesen Gedanken, bis ihn jemand ins Gesicht schlug. Der Mann hob den Kopf und wischte sich den Mund am Ärmel ab.

»Ich bin der Apotheker Arvid Langelin«, sagte er heiser. »Ihr, Kaufmann Jakob Mört, seid angeklagt der Hexerei und der Verursachung von Plagen in Eurem Heimatdorf. Deshalb sollt Ihr der Verurteilung und Bestrafung zugeführt werden. Habt Ihr dazu etwas zu sagen?«

»Über Hexerei wisst Ihr als Apotheker mehr als ich«, antwortete Jakob gelassen.

»Wie meint Ihr das?«

Jakob erklärte, für eine beschmutzte Seele sei Hexerei wie Stuhlgang, man betreibe sie so regelmäßig, dass man seine eigene Hexerei nicht mehr als solche erkannte. So wie der Stockholmer Bischof mit dem fetten Kinn, der alles begattete, was einen Rock trug, und glaubte, keine Sünde zu begehen, weil er seinen Schwanz mit einem Kalbsdarm schützte.

Zur Belohnung für diese Wahrheit wurde Jakob erneut geschlagen. Der Schlag raubte ihm die Sehkraft im rechten Auge, die auch dann nicht zurückkehrte, als er den Kopf schüttelte. Jakob bat, man möge ihm auch das andere Auge blind schlagen, denn bald werde er in Gottes Himmel neue Augen bekommen. Doch diese Ehre versagte ihm der Mann, der hinter ihm stand.

»Ihr habt Euer Heimatdorf im Verlaufe eines Abends und einer Nacht in den Mahlstrom von Irrsinn, Krankheit und Feuersbrunst gestürzt«, sagte der Apotheker, »und Ihr habt dieses Ereignis vor vielen Zeugen prophezeit, bevor es tatsächlich eintrat.«

»Das ist richtig.«

»Eure Niedertracht habt Ihr unter Frömmigkeit verborgen, was als weitere Sünde zu betrachten ist. Ihr habt den von Missernten und mangelnder Nahrung ausgezehrten Dorfbewohnern Essen und Trinken angeboten. War das Euer Plan? Die Not Eurer Brüder und Schwestern auszunutzen, um Böses zu säen?«

»Was die Gottlosigkeit angeht, so waren sie damit bereits gefüllt wie Bierfässer. In den Staub wäre die Hexerei geflossen, wenn ich versucht hätte, mehr in sie hineinzugießen.«

»Haltet Ihr Euch etwa für fromm?«, lachte der Mann. »Ein schmutziger …«

Daran, wie er den Mund verzog, war zu erkennen, dass der Gedanke sich in Erbrechen zu verwandeln drohte, doch das Ehrgefühl verhinderte den Ausbruch des Sturms. Der Mann schluckte zweimal und fuhr fort:

»Höret, ich glaube an die Existenz unreiner Geister, wie jeder gottesfürchtige Mann. Aber ich glaube auch an die Vernunft. Der Herr hat die Welt so geschaffen, dass jede Erscheinung ihren materiellen Grund hat. Diese Überzeugung verdanke ich Männern, deren Gelehrsamkeit größer ist als die meine. Männern, die nicht einmal zum Spaß mit Verrückten wie Euch zu debattieren pflegen.«

Jakob lachte. Der Mann scherte sich nicht darum. Auftrumpfend beugte er sich über den Tisch. Um seine Augen zogen sich die bläulichen Fasern geplatzter Äderchen.

»Ich glaube, dass die Taten Gottes und des Teufels den Gesetzen der Vernunft folgen. Deshalb vermute ich, dass man die Mechanik Eurer Hexerei bloßlegen und künftige Taten dieser Art verhindern kann.«

Jakob hätte nicht übel Lust gehabt, über das unsinnige Gerede des Apothekers zu spotten, doch das Lachen lähmte seine Zunge. Erst beim dritten Schlag wurde der Schmerz so stark, dass der Lachkrampf aufhörte und er wieder fähig war zu sprechen. Er spuckte Blut aus und verkündete:

»Werter Apotheker. Die Vernunft der Schöpfung habe auch ich mein Leben lang erforscht, im Schleim der Neugeborenen und in den Wonnen der Schwindsucht und im zahnlosen Geblök der bis in die Seele lüsternen Greise und im Eiter faulender Gliedmaßen und im Grunzen der Schweine, die ihre Mutter auffressen. Ich weiß freilich nicht, wem all diese Harmonie der Vernunft zu verdanken ist, Gott oder dem Teufel.«

Die Kajüte schwankte im Sturm. Die Flammen der Laternen ließen Schatten über die Wände laufen.

Als der Wächter meinte, die Stille müsse durch Schläge und qualvolles Stöhnen unterbrochen werden, gebot der Apotheker ihm Einhalt. Das Fenster hinter ihm war beschlagen.

»Ich weiß nicht, welcher Irrsinn sich Eurer bemächtigt hat«, sagte er, »aber Ihr dauert mich.«

Der Apotheker stand auf und ging schwankend zu einer Kiste in der Ecke, der er ein großes Buch entnahm. Die Finger machten einen Abstecher zur Zunge, bevor sie die Seite fanden, die er Jakob zeigen wollte. Darauf waren allerlei Kreise und Ringe verschiedener Größe, die umeinander liefen oder sich schnitten.

»Die Bewegung der Himmelskörper«, erklärte der Apotheker. »Die Himmelsmechanik. Welche Regelmäßigkeit und Harmonie! Kein Körper ist einem anderen im Wege, alles ist so an seinen Platz gestellt, wie es gut ist. All das könntet Ihr selbst bezeugen, wenn Ihr nur Euren Kopf aus dem Schmutz heben und durch ein Rohr den Himmel betrachten würdet. Und dieselbe Harmonie würden wir im kleinsten Samenkorn entdecken, wenn unser Blick in sein Innerstes dringen könnte.«

Jakob antwortete lächelnd: »Dieselbe unendliche Finsternis und Verworrenheit, am Nachthimmel und im Korn.«

Der Apotheker musterte Jakob eine Weile betrübt.

»Ihr dauert mich«, sagte er erneut. »Ihr setzt Euch aus freien Stücken Qual und Leid aus. Diejenigen, gegen die Ihr gesündigt habt, finden vielleicht im Jenseits Gnade. Ihr aber findet genau das, was Ihr sucht.«

Er schlug das Buch zu. Seine strähnigen Haare bewegten sich im Luftzug, die geschwollenen Augenlider zitterten.

Langsam kehrte er an seinen Tisch zurück und ließ sich auf den Stuhl fallen. Er faltete die Hände über dem Bauch und runzelte die Stirn, als schickte er sich an, das Urteil zu verlesen.

»Der Grund, weshalb ich wegen Euch Ratte bei Herbststurm eine Seereise zu unternehmen bereit bin, ist der folgende: Im Norden ist außer Hungersnot auch das heilige Feuer aufgetreten. In mehreren Dörfern gab es Wellen von Krampfanfällen und Irrsinn, von denen weder Jung noch Alt verschont blieben. Wahrscheinlich handelt es sich um eine Plage der Natur, doch ich hege den Verdacht, dass Ihr diese in den Dienst Eurer Schlechtigkeit gestellt habt. In Eurem Dorf war die Krankheit bisher nicht vorgekommen, aber nun stimmen die Symptome überein. *Ergotismus gangrenosus. Ergotismus convulsivus.* Tobsucht. Starke Halluzinationen. Was sagt Ihr dazu?«

Jakob schwieg.

»Ich will die Kraft der Gebete der Antoniter im Kampf gegen diese Plage nicht bestreiten, doch mich interessiert vor allem die Materie, welche die Plage auslöst, denn wenn man diese entfernt, verschwindet auch die Krankheit. In Frankreich hegt man den Verdacht, dass sich der Auslöser in verschmutztem Getreide befindet. Andernorts verdächtigt man Unreinheiten im Wasser. Ich schwöre, dass ich dieses Wissen, sofern Ihr es besitzt, aus Euch herausholen werde, bevor ich Euch dem Gericht übergebe.«

Jakob erklärte, er verfüge nicht über derartige Kenntnisse, und selbst wenn er sie besäße, würde er sie nicht ausplaudern; es sei also das Beste, ihn schnellstens zu verurteilen und zu bestrafen. Er dachte an seinen Stoffbeutel und daran, wie der Herr mit dem Stolz der Begriffsstutzigen spielte. Wie nah war das, wovon die Rede war.

»Das werden wir schon sehen, wenn wir erst einmal durch diesen Sturm hindurch sind. Im Hafen machen wir uns daran, Eure schwarze Magierseele zu brechen. Und sie wird brechen. Das habe ich der Krone bei meiner Ehre versprochen.«

Das Lächeln verweilte kurz auf dem Gesicht des Apothekers, erstarrte dann aber, und seine Schultern zuckten. Er legte die Hand vor den Mund und winkte mit der anderen, man solle den Gefangenen abführen.

Als sich die Tür schloss, hörte Jakob, wie sich der Apotheker röchelnd erbrach, und überlegte, welche Vernunftketten er wohl in seinem sauren Magensaft sehen mochte. Wieder begann er zu lachen, lachte auf dem ganzen Weg zu seinem Verschlag.

Dort, in der Finsternis, beruhigte er sich, holte den Stoffbeutel hervor, setzte die Vermessung der Zeit fort.

Eins, zwei, drei.

Als Jakob Mört spürte, dass seine Seele vollkommene Ruhe gefunden hatte, hörte er auf, die Körner zu zählen. Er behielt sie in der fest geschlossenen Faust.

Zwischen Nachthimmel und Korn, im Herzen des Menschen, flackerte die bläuliche Flamme der Gnade. Wenn man sie verlöschen ließ, wurde es auch im Herzen dunkel, in der einen Kammer, in der noch eine Erinnerung an Gott lebte. Dann war alles eins, vom Nachthimmel bis zum kleinsten Korn. Finsternis und Verworrenheit.

Jakob erinnerte sich genau, wie das Dorf zu schreien begonnen hatte. Er hatte das Fenster im oberen Stockwerk geöffnet, die Umrisse der dunklen Häuser betrachtet und gelauscht, geduldig der Kälte trotzend. Zuerst nur ein Schrei, der vorsichtige Aufschrei einer Frau, der plötzlich begann und noch plötzlicher abbrach. Es hätte der kraftlose Ruf einer Schlafenden sein können, die von einem Albtraum heimgesucht wurde. Doch dann begann sie, die Hymne des Jüngsten Gerichts. Jakob hatte sich gefühlt wie der Leiter eines Kirchenchors, und das dunkle Dorf war sein Chor der Verdammten. Seine Stimmen erklangen hier und da. Dort das Weinen eines Kindes, da das verwirrte Gebrüll eines Mannes, hier das Aufheulen einer Frau, die merkte, dass es aus diesem Albtraum kein Erwachen gab.

Jemand schaffte es, eine Kerze anzuzünden. Schwaches Licht vergoldete einen Moment lang das Fenster eines der dunklen Häuser, um dann wild kreisend zu verschwinden. Irgendwer lief über die Straße. Seine Gestalt war nicht zu sehen, doch das Platschen der Stiefel im Schlamm und die Worte des zu spät gefundenen Gebets drangen deutlich an Jakobs Ohren.

Als die Stimmen sich zum lauten Reuelied vereinten, rief Jakob in die Nacht:

Vogt Daniel Wulffssohn, wie verlockend erscheint Euch nun die schimmlige Fut der Witwe? Pfarrer Hamnius, pass auf deine Kiste auf, dass dein Silber nur ja nicht anläuft, während deine Glieder schwarz werden und dein Rücken sich in Krämpfen windet! All ihr Bürger und Bäuerinnen und Knechte und Säufer, die ihr niemals weiter denkt als bis zum nächsten Fleischtopf, prasst diesmal ausgiebig, denn vom ranzigen Speck des Hasses ist so reichlich da, dass niemand leer ausgeht!

Als die ersten Brände aufflammten, verstummte Jakob. Es war ihm tatsächlich gelungen, diese Flamme zu entzünden, die immer mehr wuchs, die Traufe des Nachbarhauses erfasste, über das Dach kletterte wie ein Todesengel. Das wütende Rot des Feuers erhob sich, verwandelte sich in Funken und Rauch, spiegelte sich in den Wolken am nächtlichen Himmel, bis man wahrhaftig meinen konnte, der Mond habe sich rot gefärbt.

Als er den Anblick bewunderte, merkte Jakob, dass jemand unter seinem Fenster stand.

Es ist vollbracht, sagte der Mann. Seine Stimme zitterte vor Entsetzen und Ehrerbietung. *Du hast den Sündigen einen Dienst erwiesen, Jakob Mört, und dein Mut wird im Paradies belohnt. Wisse, dass sie dich holen werden. Gott gebe dir Kraft.*

Jakob dankte dem Bruder und schloss das Fenster. Er saß im dunklen Zimmer, im Widerschein des Feuers, und dachte an Katharina und die Kinder, hoffte, dass wenigstens die Kinder in ihrem kurzen Leben so viel Gnade empfangen hatten, dass er sie im Freudenhimmel wiedersehen würde, falls er selbst dorthin gelangte.

Die Tür im unteren Stockwerk flog krachend aus den Angeln und Schritte polterten durch das Haus. Er wurde zuerst geschlagen, dann die Treppe hinuntergeschleift. Sie zwangen ihn, die Feuerbrunst anzusehen, und brüllten wie wütende Stiere. Der Kriegsknecht Albrekt Johanssohn wollte ihn an Ort und Stelle mit dem Schwert durchbohren, doch der Feldscher Gerden beharrte darauf, dass angesichts der Schwere des Verbrechens der Urteilsspruch der höchsten richterlichen Gewalt vonnöten sei. Nur diejenigen, die wenig aßen und der Selbstzucht fähig waren, blieben gesund und konnten das Entsetzen bezeugen, was richtig und lehrreich war, doch wussten sie die Lehrstunde nicht zu schätzen.

In Jakobs Ohren klang ihr Gezänk wie das Surren der Insekten an einem Sommertag. Er starrte auf das Feuer, die Nase erfüllt vom Geruch des Rauchs, die Augen vom Ruß tränend.

Die Erinnerung an das Feuer verschwand, als ein gewaltiger Aufprall Jakob an die Wand seiner Zelle im Schiffsrumpf schleuderte. Kreischend und knackend barst Holz, als hätte eine riesige Hand das Schiff gepackt. Jakob wurde in der Dunkelheit hin und her geworfen, sodass er bald nicht mehr wusste, wo Himmel und Erde waren.

Er tastete die Wand ab, bis er die Tür fand. Oder die Stelle, wo sie gewesen war. Dort spürte er nur noch die spitzen Splitter der zerbrochenen Bretter. Jakob trat gegen die Reste der Tür, riss sie weg und watete durch das kalte Wasser, das ihm bereits bis zu den Lenden reichte. Über das Geländer der eingestürzten Treppe kletterte er an Deck. Kaum war er ins Freie gelangt, fiel er auf den Rücken, glitt zur Reling und blieb dort liegen. Zwischen den Sturmwolken blinkten Sterne. Der Wind heulte im Mast. Jakob zwang sich aufzustehen. Er begriff, dass das Schiff sank. Es schwang plötzlich zur anderen Seite, und die Bewegung schleuderte ihn über Bord. In der Stille unter Wasser verlor er die Orientierung.

Ertränkst du mich jetzt, Herr?, fragte Jakob in Gedanken. *Dann möge es geschehen.*

Bald merkte er jedoch, dass er an die Oberfläche gekommen war. Instinktiv schnappte sein Mund nach Luft. Er lag auf dem Rücken und ließ sich von den Wellen tragen. Gott spielte mit seinem Diener, der nicht wusste, warum er sich nach hier oder dort bewegen sollte, der jedoch darauf vertraute, dass die Strömung ihn an den richtigen Ort bringen würde.

Die Klippe, auf die das Schiff aufgelaufen war, war groß,

lag aber überwiegend unter Wasser. Jakob kroch auf den Felsen und beobachtete den Todeskampf des Schiffes, das sich auf die Seite gelegt hatte. Es schwankte hin und her, sein Knacken und Knirschen klang wie die Klage eines großen sterbenden Tieres. Dann wurde Jakob von einer neuen Welle ins Wasser genommen und zu den Fackeln getragen, deren Licht in der Ferne schimmerte.

Am Ufer zog man ihn im Rhythmus der Wellen an Land. Ein Lagerfeuer flackerte im Wind und schien in jedem Moment erlöschen zu wollen. Die Seeleute dampften in ihrer nassen Kleidung, sie warfen Reisig und geteerten Stoff in die Flammen. Die Zweige und Holzstücke zischten und färbten sich schwarz, nur wenige fingen Feuer.

»Hexer«, rief jemand und lief, einen spitzzackigen Stein in der erhobenen Hand, auf Jakob zu. Die Blicke wendeten sich vom Feuer ab, weit aufgerissene Augen, verzerrte Gesichter. Wie Wölfe waren die Menschen, wenn man ihnen den Boden unter den Füßen wegzog.

»Lasst ihn«, rief eine Stimme, »im Namen des Königs.«

Der Apotheker trat aus dem Dunkel ins Licht des Lagerfeuers. Die Haare klebten ihm am Kopf, und die Halskrause hing schlaff herab wie der Kehllappen eines Truthahns.

»Ein Mensch verursacht keinen Sturm, ob Hexer oder nicht.«

Er bückte sich und schleifte Jakob näher an das wärmende Lagerfeuer.

»Entfliehen kann er nicht«, sagte er. »Wir sind alle Gefangene.«

Die Wärme ließ Jakob noch heftiger zittern, als ob die Kälte vor dem Feuer flöhe und sich in die Knochen und die Magengrube zurückzöge. Jakob zitterte und lächelte.

Er erinnerte sich an die Worte in Israel Ulstadius' Buch: *Der Finger eines Schlafenden zuckt nur deshalb, weil der Herr es so bestimmt hat*. Auch die prallen Finger des Apothekers wurden vom geheimen Plan des Allmächtigen gelenkt.

II

DIE LIBELLEN

Während der Überfahrt auf der Fähre sah Jenni ein kleines Mädchen, das seine Puppe ins Meer warf. Die Puppe schaukelte eine Weile auf den Wellen und ging dann langsam unter.

Jenni blickte über die Schulter und suchte nach den Eltern des Mädchens, fand aber unter den Erwachsenen, die sich an die Reling lehnten, keine geeigneten Kandidaten. Sie hatte das Gefühl, etwas tun zu müssen, doch das Mädchen selbst war vollkommen ruhig, starrte andächtig auf die versinkende Puppe und wisperte etwas, einen Zauberspruch oder ein Gebet. Aus der kleinen Faust ragte ein Puppenbein aus Plastik heraus. Es war hautfarben und sah aus wie ein überzähliger Finger. Als die Puppe ganz und gar verschwunden war, sprang das Mädchen davon. Die kleinen Schritte hallten auf dem Metallboden und verklangen.

Als sie auf die Stelle blickte, wo die Puppe ins Wasser gefallen war, glaubte Jenni ihre immer blasser werdende Gestalt unter den Wellen zu sehen. Sie malte sich aus, wie die Unterwasserströmung die Plastikaugen und das starre Lächeln nach unten drehte. Es war eine hypnotische Vorstellung. Sie sog Jenni ein, es war so leicht, sich ihr hinzugeben. Das Metall unter den Schuhsohlen bebte in einem tiefen, in Trance versetzenden Ton.

Jenni spürte eine Hand auf der Schulter und zuckte zusammen. Eine zweite Hand schob sich unter ihre Bluse. Sie hörte Aarons Atem an ihrem Ohr.

»Kehren wir um«, sagte er.

»Wo ist Miro?«, fragte Jenni und blickte sich nervös um. Miro und das Mädchen, das seine Puppe ins Wasser geworfen hatte, durften die Hand, die sich unter ihrer Bluse bewegte, auf keinen Fall sehen.

»Im Auto, er liest. Kehren wir um.«

Aarons Liebkosung war entschlossen und derb. Die hastige Erregung eines Mannes, der über zwanzig Jahre älter war als Jenni und nicht mehr unbegrenzt Zeit hatte.

»Wir kehren nicht um«, sagte Jenni. »Das können wir nicht.«

Aaron zog die Hand langsam unter der Bluse hervor. Er lehnte sich an die Reling. Die Haare an seinen Schläfen waren wie sonnenverdorrtes Gras. Aus den Ohren wuchsen ihm Härchen; Jenni hatte ihn nicht darauf aufmerksam machen wollen. Im Allgemeinen taten ihr die Anzeichen für Aarons Altern wohl, denn sie erlaubten ihr, sich jung und begehrenswert zu fühlen. Doch diesmal stimmten die im Wind wehenden grauen Haare sie nur traurig.

»Gerade hat ein kleines Mädchen seine Puppe ins Wasser geworfen«, sagte sie.

Die Worte klangen verloren vor dem Wind, der um sie herum brauste. Es hörte sich an, als würde irgendwo ein riesiges Lagerfeuer brennen. Aaron lachte hohl, doch seine Schultern bebten noch vor zurückgewiesener Erregung. Er reagierte nie auf Jennis Beobachtungen. Sie waren zufällig, ohne vernünftige Bedeutung. Die Gleichgültigkeit des Mannes war erleichternd. Vor Aaron war Jenni ihren bedeutungslosen Wahrnehmungen und Ängsten schutzlos ausgeliefert gewesen. Aaron war wie ein Nachrichtensprecher, dessen Gesicht einen glauben lässt, das Chaos sei unter Kontrolle.

Das Ufer näherte sich. Eine felsige Erhebung, der Anleger und eine Straße, die am Meer endete, als wäre die Erde unter ihr weggebrochen. Jenni und Aaron kehrten schweigend zum Wagen zurück. Miro lag auf der Rückbank, plapperte sinnloses Zeug und drehte den Clone-Wars-Comic über seinem Kopf hin und her. Das glänzende Titelblatt hatte in den ungeduldigen Händen des Jungen bereits einen Knick bekommen.

»Hallo«, sagte Jenni zu Miro.

Aaron mochte es nicht, dass Miro so war, haltlos und unfähig, sich zu konzentrieren. Er hatte gesagt, das müsse aufhören. Jenni fürchtete sich vor dem, was passieren würde, wenn es nicht aufhörte. Aaron bekam nicht einmal alles mit, weil er so oft unterwegs war. Aber in die Sonderschule würde Jenni den Jungen nicht stecken.

»Hallo hallo hallo«, echote Miro wie eine in ihre eigene Welt versunkene Spottdrossel. Aaron seufzte und ließ den Motor an.

Sie schwankten alle drei im selben Takt, als der Wagen von der Fähre an Land fuhr. Am Ufer stand eine Bude, die aussah wie eine Baustellenbaracke. Ein Mann mit schlaffem Gesicht, einen Pappbecher in der Hand, lehnte sich an die offene Tür. Als er Jennis Starren bemerkte, lächelte er breit, als wäre er überrascht, dass jemand aus der Stadt ihm Aufmerksamkeit schenkte. Seine Haare und Augenbrauen waren schwarz und buschig, seine Zähne bräunlich verfärbt. Jenni wandte den Blick ab.

Willkommen auf Spegelö stand auf einem blauen Schild. Jenni erinnerte sich nicht, es bei ihrem letzten Besuch gesehen zu haben. Auch sonst kam ihr kaum etwas bekannt vor. Außer dem Gefühl, dass ein Mensch hier nicht glücklich sein konnte, vom Meer eingeschlossen, von allem isoliert. Damals, im Juli, waren so viele Touristen unterwegs gewesen, dass sich am Anleger eine lange Schlange gebildet hatte. Dennoch hatte Jenni, als sie die unbewegliche Landschaft und die Unendlichkeit des Meeres betrachtet hatte, eine Leere in der Brust verspürt, als wäre alle Wärme herausgesaugt worden.

»Warum in aller Welt ist er hierher gezogen?«, fragte sie gedankenverloren.

Die kleiner werdende Gestalt des dunkelhaarigen Mannes zitterte im Rückspiegel wie bei einem kleinen Erdbeben.

»Wer?«, fragte Aaron, obwohl er es wusste.

»Markus«, antwortete Jenni. Sie hatte schon begriffen, dass es besser gewesen wäre, die Angelegenheit nicht zur Sprache zu bringen. Vermutlich würde Aaron antworten: *Das musst du doch am besten wissen.* Doch er schwieg, fuhr konzentriert, die Schultern hochgezogen und das Kinn auf die Brust gepresst, als lauerte er einem Beutetier auf.

»Vielleicht, weil er in der wirklichen Welt nie zurechtgekommen ist«, sagte er schließlich. »Da, wo es zu nichts führt, in der Vergangenheit zu wühlen.«

Jenni lachte auf. Sie verstand den Wink.

»Bereust du es wirklich nie?«, fragte sie, aus Rache.

Miro quasselte mit seinem Comic vor sich hin und hörte hoffentlich nicht zu.

»Was?«

Jenni sah Aaron an. Aaron schaute auf die Straße.

»Schon gut.«

Eine Weile zockelten sie in der Autoschlange dahin, die mal schneller wurde und dann wieder abbremste, wie in gemeinsamer Übereinkunft. Jenni betrachtete die Menschen in den anderen Wagen, junge und alte Ehepaare, Familien, und stellte sich vor, worüber sie sprachen, wohin sie unterwegs waren. Sie beneidete jeden von ihnen. Alle diese Menschen waren frei und konnten gehen, wohin sie wollten. Vielleicht waren sie nur zu einem Tagesbesuch gekommen und fuhren mit der nächsten Fähre zurück. Welchen Sinn machte etwas, was auch immer es war, wenn man nicht die Freiheit hatte zu gehen?

Als die Autos schließlich schneller wurden, prasselte etwas gegen die Windschutzscheibe. Zuerst dachte Jenni, es seien Wespen, doch dann flog eines der Insekten direkt auf sie zu und traf unmittelbar vor ihrem Gesicht auf die Scheibe. Jenni presste sich gegen die Rücklehne und betrachtete die erstarrte Form vor sich. Aber bevor sie erkannte, was es war, riss der Luftstrom das Wesen mit sich. Sofort erschien ein neues. Sauste auf sie zu und wurde von der Windschutzscheibe aufgehalten.

»Mutti, was ist das?«, fragte Miro direkt an ihrem Ohr. Er hatte sein Comicheft fallen gelassen und den Sicherheitsgurt gelöst.

»Nur Libellen«, antwortete Jenni. »Schnall dich an.«

»Libellen!«, rief Miro. »Die können *so* groß werden.« Seine Hände fuhren durch die Luft.

»Unsinn«, sagte Jenni. »Schnall dich bitte an.«

»Ehrlich. Im Fernsehen haben sie gesagt, als es Dinosaurier gab, waren die Libellen *so* groß und noch größer.«

»Anschnallen!«

Miro gab nach und ließ sich leise fluchend auf die Rückbank fallen. Jenni hatte nicht die Kraft, ihn zurechtzuweisen. Wieder klatschte eine Libelle gegen die Windschutzscheibe. Die Sonne fand einen Spalt zwischen den Bäumen und erfüllte einen kleinen Moment lang den ganzen Wagen. In ihrem Licht sah Jenni die Flügel, golden glänzend und brüchig wie zerspringendes Glas. Die kugelförmigen Augen, wie mit Stoff bezogene Knöpfe, von denen man sich nicht vorstellen konnte, dass sie etwas sahen.

»Was für eine Verschwendung«, murmelte Jenni.

Aaron schien ihre Bemerkung nicht gehört zu haben. Er schaltete die Scheibenwischer ein. Von den Libellen würde ihm nicht einmal eine Erinnerung bleiben. Er würde bei Nacht nicht von ihrem Todeskampf geweckt werden, vom Flattern der Flügel an der Scheibe. Von einer dummen, nutzlosen Erinnerung, die den Kopf füllte und einen wach hielt.

Als Aaron Gas gab, skandierten die Bäume das Licht der Augustsonne in immer schnellerem Takt. Was nah war, hatte Bedeutung, ganz gleich, wie brüchig es war. Deshalb war es leicht gewesen zu leben, ohne an die Vergangenheit und an Markus zu denken. Miro und Aaron waren in der Nähe gewesen, Markus weit weg. Nun fuhren sie auf die Sonne zu, freiwillig.

Markus' Einladung war am ersten Montag im August gekommen. *Versöhnung* hatte darauf gestanden. Eine aus normalem Druckerpapier gefaltete Einladung. Ina hatte sie geschrieben, das glaubte Jenni jedenfalls. Auch Aaron hatte bezweifelt, dass Markus irgendwelche Einladungen verschicken würde, vorausgesetzt, dass die in den letzten sechs Jahren eingetröpfelten Informationen über seinen Gesundheitszustand korrekt waren. Aber vielleicht hatte Markus die Einladung in einem seiner klaren Momente diktiert. Vielleicht wollte er sie tatsächlich sehen, bevor er endgültig die Kontrolle über sein Leben verlor. Jenni merkte plötzlich, dass ihr Herz heftig pochte. Sie wandte rasch den Blick ab, wollte kein einziges zartflügliges Insekt mehr sehen.

Falls noch etwas ungesagt ist, kommt. Es bleibt nicht mehr viel Zeit.

Eine Einladung, die man nicht ablehnen konnte. Obwohl man nicht wissen konnte, ob Markus sich überhaupt noch erinnerte, jemanden eingeladen zu haben, wenn sie vorfuhren. Aaron hatte allerdings versucht, Termindruck vorzuschieben. Bis zur Wahl war es nur noch gut ein Jahr und er hatte genug Probleme, auch ohne in der Vergangenheit zu wühlen. Doch letzten Endes war er ein Mann mit Prinzipien, stets bereit, sich Herausforderungen zu stellen. Oder ein Mann, der vergangene Dinge klären wollte, für den Fall, dass seine Karriere ihn stärker als bisher ins Rampenlicht stellte. Jenni spürte einen Stich in der Brust, sooft sie an Markus dachte. Nur kurz, aber immer noch schmerzhaft, nach all den Jahren.

Sie betrachtete das flimmernde Licht im Seitenfenster, in dem sich Aarons Gestalt spiegelte. Die Schultern gestrafft, den Blick auf die Straße geheftet. Keine raschen Blicke in die Spiegel. Ohne Aarons Beuteblick wäre Jenni von der Umlaufbahn abgekommen, in eine von Insekten wimmelnde Finsternis geglitten.

Sie hielten bei einem kleinen Dorfladen hinter einer schmalen Brücke. Er musste neu sein, denn Jenni war sicher, dass sie sich an ein derartiges Zeichen der Zivilisation erinnert hätte. Im Grunde handelte es sich nur um einen Kiosk, eine dunkelrote Bretterbude, deren Warenangebot an Fotos aus dem Ostblock in den Achtzigerjahren erinnerte. Konservendosen und Knäckebrot, ordentlich aufgereiht, aber nur in einer Reihe und mit zehn Zentimeter Abstand zwischen jeder Packung.

»Machen Sie Urlaub?«, fragte der Verkäufer auf Schwedisch, als Jenni das Saftpäckchen mit dem unleserlichen Verfallsdatum, das Miro sich ausgesucht hatte, bezahlen wollte. Sie verstand die in einem seltsamen Dialekt gesprochenen Worte erst, nachdem der Mann sie geduldig zweimal wiederholt hatte. Er hatte einen stechenden Blick, wie ein Junkie. Aber in diese abgelegene Gegend würde wohl niemand Drogen liefern.

Sie suchte nach einem neutralen schwedischen Ausdruck, doch der Mann erlöste sie von ihren Sprachproblemen, indem er enttäuscht nickte und sich darauf konzentrierte, das Wechselgeld abzuzählen. Jenni betrachtete die Wand hinter der Ladentheke, an der bunt durcheinander Zettelchen klebten, handgeschriebene Anzeigen, in denen Boote zum Verkauf angeboten und entlaufene Haustiere gesucht wurden. Ihr Blick fiel auf einen größeren Bogen, der mit dem Computer und – eine Ausnahme – auf Finnisch geschrieben war. Er zeigte ein verwackeltes Foto von einem Mann in Badehose, der im Wasser trieb. Auf seinem Gesicht lag ein dummes kindisches Lächeln, das durch die schlechte Bildqualität zahnlos wirkte. Der Mann blickte nach oben, als wäre am Himmel etwas Außergewöhnliches und Belustigendes zu sehen. Unter dem Bild stand: *Fische fressen totes Haut*. Und darunter: *Führung ruf an* sowie eine Telefonnummer. Jenni starrte auf die Worte und unterdrückte einen Lachanfall, während sie das Wechselgeld entgegennahm.

»Warum hast du gelacht?«, fragte Miro an der Tür.

»Ich hab nicht gelacht«, antwortete Jenni.

Sie stritten sich darüber, bis Miro etwas Interessanteres entdeckte.

Vor dem Laden befand sich ein kleiner Bootssteg, an dem ein einsames Fischerboot dümpelte. Der Name an seiner Seite war so verblichen, dass man nur noch die letzten vier Buchstaben lesen konnte: »eter«. Am Ende des Bootsstegs stand ein junger Mann in einem dunkelgrauen Regenmantel. Er wiegte sich hin und her und schien mit sich selbst zu sprechen, doch Miro erkannte sofort, was los war.

»Ein junger Hund!«, rief er.

Nun sah auch Jenni das Bündel auf den Armen des Mannes. Vielleicht war es ein Welpe. Vielleicht hob er ab und zu die Schnauze und stupste sie ans Kinn seines Herrchens.

Plötzlich straffte sich der Körper des Mannes, und es sah aus, als ob er dem leeren Boot etwas zuriefe. Oder dem Meer. Seine Stimme war nicht zu hören. Vielleicht ging sie im Wind unter, der nun direkt vom offenen Meer wehte. Als Jenni Miro ins Auto half, überlegte sie, ob sich doch jemand im Boot befand.

Die Umgebung wurde karger, als sie ihre Fahrt fortsetzten. Es war ein sanftes Gleiten in immer größere Leere. Die Bäume wuchsen spärlicher, einige waren abgestorben. Hier und da standen große Findlinge, die nahe daran schienen umzukippen.

»Kann hier überhaupt noch etwas sein?«, fragte Jenni beim Anblick der Landschaft, die beklemmend unwirtlich wirkte, als befänden sie sich auf einem fremden Planeten.

»Mindestens ein Fischerdorf«, antwortete Aaron.

Er zeigte auf den Navigator, dem zufolge sie noch knapp drei Kilometer von ihrem Ziel entfernt waren. Auf dem

Display schlängelte sich die Straße, doch der Pfeil zeigte selbstsicher nach vorn. Jenni drehte sich um und betrachtete das am Seitenfenster vorbeihuschende Gelände. Sie wollte Aaron gerade bitten, langsamer zu fahren, als Miro gellend aufschrie.

»Ein Elch!«

Jenni hatte nicht einmal mehr Zeit zu erschrecken, bevor sich der Sicherheitsgurt über ihrem Brustkorb spannte. Der Druck presste einen leisen Schrei aus ihrer Lunge, als hätte ihr Körper schneller als ihr Verstand begriffen, dass Miro nicht angeschnallt war, dass er nicht gehorcht hatte, obwohl sie ihn so oft ermahnt hatte. Erst als der Wagen hielt, spürte sie den Stoß an ihrer Rücklehne.

Sie versuchte, sich umzudrehen und nach hinten zu sehen, ohne zu wissen, ob der Wagen gegen etwas geprallt war. Aber der Sicherheitsgurt gab nicht nach, und als sie sich hin und her wand, wurde die Lage nur noch beengter. Immer wieder rief sie Miros Namen und tastete nach Aarons Schulter. Er sollte ihr sagen, ob etwas Schlimmes passiert war.

Dann war von hinten eine dumpfe Stimme zu hören.

»Oho.«

»Miro?«

»Oho, oho!«

Die Worte gingen in lautes Lachen über.

»Miro!«, rief Jenni. Nun, da sie es wagte, das Adrenalin durch ihre Adern schießen zu lassen, wurde ihre Stimme schneidender.

Aaron war bereits ausgestiegen. Erst jetzt schaute Jenni sich nach dem Elch um. Doch alles war leer, es gab nicht einmal mehr Libellen. Die Straße wand sich durch das felsige Gelände und wirkte in dieser Einöde überflüssig. Jenni hörte, wie Aaron die Tür zum Fond aufriss. Miro fluchte kieksend, als er aus dem Auto gezogen wurde.

»Aaron«, sagte Jenni und öffnete hektisch den Sicherheitsgurt. Alles war so schnell gegangen, dass sie die Bedeutung von Miros Ausruf nicht begriffen hatte. Der Elch und seine Verbindung zu Markus und zu allem, was in den letzten Jahren hatte unterdrückt werden müssen. Aaron dagegen hatte sofort auf das Wort reagiert, hatte instinktiv gebremst, obwohl die Straße leer war.

»Beruhige dich«, versuchte Jenni einzugreifen, doch Aaron schleifte Miro bereits von der Straße herunter. Die Füße des Jungen stolperten über Steine und Moos, als er versuchte, sich aus dem harten Griff des erwachsenen Mannes zu befreien. Jenni wollte auf keinen Fall, dass Miro in das unwirtliche Gelände gebracht wurde, wo es nicht einmal einen Pfad gab. Auch sie selbst mochte nicht aussteigen. Wenn geschimpft werden musste, sollte es im Auto geschehen, im Schutz der Karosserie. Sie sah, wie Aaron sich zu dem Jungen herunterbeugte, seinen wirren Kopf mit beiden Händen festhielt, etwas sagte. Da schlug Miro zu. Jenni erkannte seine Absicht sofort, aber Aaron ganz offensichtlich nicht. Er war so oft weg. Miros Faust schoss schnell und präzise zwischen Aarons Beine. Aaron fluchte und krümmte sich, ließ den Kopf des Jungen aber nicht los.

»Oh nein«, stöhnte Jenni hilflos und stieß die Tür auf. »Bestimmt hat er einen Elch gesehen. Wirklich.«

Sie wollte Aaron beruhigen, doch ihre Stimme klang gehetzt. Kaum hatte sie die Straße verlassen, rutschte ihr Fuß in einen Felsspalt. In ihrem schwankenden Blickfeld sah Jenni, wie Aaron die Hand hob. Das Licht der untergehenden Sonne vergoldete seine Handfläche. Eine schöne, faszinierende, bedeutungslose Beobachtung, die Aaron nicht interessieren würde.

»Nicht«, flehte Jenni und fiel auf den Rücken. Die Wolken waren länglich, wie Pinselstriche, mit Purpurrändern. Links, dort, wohin das Licht nicht reichte, verfinsterte sich der Himmel. Miros Weinen begann mit einem Schrei. Jenni lag kraftlos da und presste die Arme auf die Brust, dachte an den festen Blick der Puppe, die tiefer sank, sich im Meer niederließ.

—

Wenn die Erinnerungen ausblieben, sah Markus nur das Zimmer und die Frau vor sich, die etwas sagte. Nachts sah er im Dämmerlicht die Decke und die Wände, an die das Mondlicht sich ausdehnende Vierecke warf. Sie waren so bedeutungslos wie die Lippenbewegungen der Frau und ihr wechselndes Mienenspiel bei Tageslicht. Er betrachtete sie, unfähig, sich zu bewegen oder Zusammenhänge zwischen Gesichtsausdrücken und Worten zu sehen. Nur die Erinnerungen erlaubten ihm, sie als Menschen zu erkennen, der Hände hatte, Finger, die sich bewegten. Beine, die einen trugen, wohin man wollte.

Markus erinnerte sich jetzt an das Geräusch des Meeres, den Geruch des heißen Sandes, die dämmrige Umkleidekabine. Die Erinnerung kam plötzlich wie eine große Welle, sie riss ihn mit, verwirrte den Orientierungssinn und das Zeitgefühl. Dann fanden die Geräusche und Düfte ihren Platz. Die Arme fühlten sich leichter an. Die Lunge bewegte sich mühelos, leicht wie die Luft.

Zwielicht.

Das Zwielicht in der Umkleidekabine war voller Farben, Nachbilder des blendenden Sonnenscheins. Das Schimmern der Wellen blinkte durch die Öffnung über der Tür herein, spiegelte sich an der Decke. Hier war der Sand noch nachtkühl. Er dämpfte das Brennen an den Fußsohlen. Man brauchte die Füße nicht abwechselnd zu lüpfen wie ein in den Frost hinausgetriebenes Schoßkätzchen.

Er war mit Jenni in die Kabine gelaufen, weil der griechische Strandwärter gekommen war, um mit ihren Eltern zu reden, und sie das schlechte Englisch von Markus' Mutter nicht ertrugen. Das Beste war, dass Jennis kleine Schwester Ina nicht mitgekommen war. Ina ging noch in die Unterstufe, und das merkte man. Markus und Jenni würden im Herbst in die achte Klasse gehen.

Der Sand an diesem Strand war nicht hell, es war schwarzgrauer Lavasand, der in der Sonne glühend heiß wurde. Markus und Jenni vertrieben sich die Zeit am liebsten damit, ohne Badeschuhe oder Sandalen über den Strand zu laufen, wobei man ein hohes Tempo beibehalten musste, bis man irgendwo eine schattige Stelle fand. Andernfalls wurde die Hitze unter den Fußsohlen so unerträglich, dass man nicht anders konnte als aufzuheulen und ins Wasser zu rennen. Anfangs hatte Jenni das Ganze kindisch gefunden, aber hier befand man sich in einer anderen Welt, in der auch kindisches Treiben erlaubt war. Die Landschaft sah anders aus, die Mitschüler waren weit weg im Norden.

Markus hatte sich den ganzen Tag ungewöhnlich sicher gefühlt. Am Morgen hatte er auf der Toilette des Hotelzimmers seinen Hautausschlag inspiziert und festgestellt, dass die Flecken verblichen, fast unsichtbar geworden waren. Seine Mutter hatte recht behalten mit ihrer Vorhersage, die Sonne sei heilsam. Sie hatte die Rötungen aufgehellt, bis sie nichts weiter waren als glattere Hautpartien. Man sah sie nur, wenn man den Arm so drehte, dass das Licht in einem bestimmten Winkel auf sie fiel.

Jennis kleine Schwester Ina war unter dem Sonnenschirm eingeschlafen, erschöpft von der Magenverstimmung, von der sie am Tag zuvor erwischt worden war. Sie hatte auf der Strandliege gelegen, mit blassem Gesicht, gerunzelter Stirn und offenem Mund, als leide sie sogar im Schlaf. Ina war ein Wachhund, der Markus und Jenni überallhin folgte, um aufzupassen, dass nichts Schlimmes geschah.

Die Umkleidekabine hatte keinen Fußboden. Auf der Erde lag die Hülle von einem Snickers, die aussah wie zerdrückter Christbaumschmuck. Daneben ein Kondom.

»Sieh mal«, sagte Markus und zeigte auf das Gummiding, das zur Hälfte von Sand bedeckt war, als hätte jemand hastig versucht, es zu verstecken. »Hier hat wer gefickt.«

»Iih«, quiekte Jenni.

»Weißt du, wer hier fickt?«, fragte Markus. Jenni verdrehte die Augen und schüttelte den Kopf.

»Die Strandwächter«, flüsterte Markus. »Die finden jeden Morgen angeschwemmte Meerjungfrauen.«

Jenni bemühte sich, das Lachen zu unterdrücken.

»Doch, doch. Sie bringen die halbtoten Meerjungfrauen her und ficken sie, und die können sich nicht wehren.«

»Du bist verrückt.«

»Bin ich nicht. Schau.«

Markus hob das Kondom auf, fasste es mit spitzen Fingern an.

»Der Schleim einer Meerjungfrau.«

Jenni machte ein würgendes Geräusch und schlug Markus gegen die Hand, sodass das Präser herunterfiel. Dann lachte sie auf und sah plötzlich verwirrt aus. Sie pustete Markus ins Gesicht, um die Verwirrung zu vertreiben. Ihr Atem roch nach Vanille und Haselnuss. Markus bückte sich und küsste Jennis kühle Lippen. Das Manöver war zu schnell und ungeschickt, doch Jenni schlug ihn nicht. Sie lächelte nur, wenngleich ihm schien, dass ihr eigentlich nicht zum Lächeln war. Markus schob eine Hand unter ihren Rock. An den Fingerspitzen spürte er den glatten Stoff des Badeanzugs und darunter weiche Haut, die unter seiner Berührung nachgab.

»Idiot«, sagte Jenni. »Du spinnst wohl!«

Markus zog die Hand weg. Jenni sah ihn entrüstet an, dabei wussten alle, dass sie sich im Mai bei einer Party von einem aus der neunten Klasse hatte betatschen lassen. Sie drehte sich um und verließ die Kabine. Gleißendes Licht und intensiver Salzwassergeruch drangen herein, dann kehrte das Zwielicht zurück. Markus wäre gern länger in der kühlen Kabine geblieben, doch er folgte Jenni. Sie war in das flache Wasser am Ufer gelaufen und ließ mit den Füßen die Gischt aufspritzen. Markus hob eine Handvoll von dem glühend heißen Sand auf und schüttete ihn rasch in den Halsausschnitt von Jennis Kleid.

Jenni schrie und jagte ihm nach, doch Markus lief ins Meer, bis ihm das Wasser an die Hüften ging und er in Sicherheit war. Jenni zeigte ihm beidhändig den Stinkefinger und warf Sand nach ihm. Markus ging weiter ins Wasser, bis seine Füße den Grund nicht mehr berührten. Er schwamm ein paar Züge, drehte sich dann um und betrachtete Jenni, die am Ufer stand. Sie schüttelte ihr Kleid aus, versuchte den Sand loszuwerden. Markus hatte das Gefühl, Jenni hier viel genauer zu sehen als zu Hause. Es war, als hätte jemand das Licht versehentlich ein wenig heller gestellt als nötig. Es enthüllte die Farbe der Haut und jedes Haar, jede Pore, selbst das kleinste Grübchen.

Markus lachte vor sich hin und hielt den Mund unter Wasser. Er pustete Bläschen in das Salzwasser und dachte an Jennis Atem, an ihre Lippen, an Haselnüsse und Vanille. Das Wasser war schwerer und stärker als in Finnland. *Ein richtiges Meer,* sagte Mutter jedes Mal, wenn sie an den Strand kamen. *Kein finnisches Brackwasser.*

Zuerst sah Markus die im Takt der Wellen dahingleitende Form nur aus den Augenwinkeln. Sie befand sich gleich unter der Oberfläche, ein schleierartiger durchsichtiger Schemen, der sich pulsierend bewegte. Markus glaubte, es sei ein Stück Plastik, und spielte mit dem Gedanken, es ans Ufer mitzunehmen. Er könnte es auf Jennis Badetuch legen, gerade bevor sie sich darauf ausstreckte. Dann fiel ihm ein, dass seine Mutter ihn vor Quallen gewarnt hatte.

Das Entsetzen lähmte seine Glieder blitzschnell. Nicht wie ein Stromschlag, sondern so, als hätten die Muskeln innerhalb weniger Sekunden ihre Kraft verloren. Quallen. Markus hatte versucht, sie sich vorzustellen. Zu begreifen, dass sie in Wahrheit Tiere waren, obwohl sie angeblich im Wasser schwimmenden Häuten glichen.

Markus hoffte, das Glibbertier würde von den Wellen davongetragen, doch es blieb an seinem Platz. Je genauer er es ansah, desto deutlicher schien es sich zu nähern. Entschlossen den Wellen trotzend, wie ein Raubtier, das Witterung genommen hat. Markus machte kehrt und schwamm einige hastige Züge, doch dann erinnerte er sich an die zweite Warnung. Nicht zu weit hinaus. Die Strömung reißt einen mit.

Wieder drehte Markus sich um und suchte mit den Augen nach der Qualle, entdeckte sie aber nicht. Er blickte zum Ufer. Auch Jenni war nicht zu sehen. Alles war plötzlich unberechenbar, aus der Bahn geraten. Markus fühlte sich irgendwie schuldig daran, dass die Farbe des Himmels auf einmal kräftiger war, das Flimmern auf den Wellen gleißender. *Du spinnst wohl.*

Er tauchte unter und versuchte die Qualle zu entdecken. Das Salzwasser brannte dermaßen in den Augen, dass er nicht lange Ausschau halten konnte. Als er auftauchte, hustete er und rieb sich die Augen. Sein Blickfeld war trübe geworden. Das Salzwasser füllte alle Vertiefungen mit seinem Geschmack, seinem Gestank und seinem Brennen. Markus rief um Hilfe, doch eine Welle füllte ihm den Mund. Sie war schwer und barsch, wie die Stimme seines Vaters: *Hör auf zu plärren.* Plötzlich wirkte der dunstige Strand mit seinen bunten Reklameschildern und Sonnenschirmen fremd. Dort hatte Markus nichts mehr zu suchen. Seinetwegen würde keiner seine jeweilige Beschäftigung unterbrechen. Die Erwachsenen würden sich nur um ihre eigenen Kinder kümmern, ihnen Befehle und Warnungen zurufen, während sie die Sonnencreme verrieben, würden sich anschließend die hochgerollten Badehosen über die Pobacken ziehen, mit Leidensmiene, obwohl sie aus eigenem Antrieb hier Urlaub machten. Markus wusste, dass er besonnen bleiben müsste, Plärren half ihm nicht.

Da siehst du es, sagte die Stimme seines Vaters. *Vom Plärren geht es nicht weg.*

Markus erinnerte sich an die Stimme des Vaters am Abend zuvor, an seinen nach Kokosschnaps riechenden Atem, an die Kleider der vor dem Hotel flanierenden Menschen, bunt wie Konfetti. Er erinnerte sich an das zerquetscht auf der Straße liegende Katzenjunge, an das Muttertier, das bei ihm wachte, alle vorbeifahrenden Autos und Mopeds anfauchte, immer wieder das Fell des Kätzchens leckte und nicht bereit war, die Hoffnung aufzugeben. *Sieh es dir gut an, dann brauchst du später nicht wegen jeder toten Mieze zu plärren.*

Markus schwamm in gehetzten, fahrigen Zügen los. Obwohl die Wellen ans Ufer liefen, hatte er das Gefühl, überhaupt nicht vorwärtszukommen. Auf und ab in der Wellenschaukel, wie in einem Albtraum. Als seine Füße den Grund berührten, stolperte er voran und keuchte dabei so heftig, dass ihm die Lunge wehtat. Seine Ohren waren wie verstopft. Jennis Stimme klang, als dränge sie durch Wasser.

»Was hast du?«

Markus fiel am Strand auf die Knie, spuckte den Salzgeschmack aus, rieb sich frenetisch das Gesicht. Dann setzte er sich und ließ sich auf den Rücken fallen. Der Sand brannte auf der Haut, doch das störte ihn kaum. Jennis Gestalt verdunkelte die Sonne.

»Er hat selber geplärrt«, sagte Markus.

»Was?«, fragte Jenni. »Bist du okay?«

Markus nickte und spuckte Wasser. Es blieb am Kinn hängen, aber das spielte keine Rolle.

»Was ist das?«, fragte Jenni.

Markus kniff die Augen zusammen. Sie brannten. Die Lider fühlten sich geschwollen und schwer an, als hätte er eine Gummimaske auf dem Gesicht.

»Was?«

»An deinem Bein.«

Markus sprang auf. Sekundenlang war er sicher, dass es sich bei dem hautähnlichen Fetzen, der sich um seinen linken Knöchel gewickelt hatte, um eine Qualle handelte, die sein Fleisch bis auf den Knochen verbrennen und eine unauslöschliche Narbe hinterlassen würde.

»Es ist nur Plastik«, sagte Jenni. Sie bückte sich. Das kalte glibberige Plastik glitt über den Knöchel, riss in einer langen Bahn ab. Jenni warf es in den Sand und lächelte. Es war kein höhnisches Lächeln, obwohl sie dazu allen Anlass gehabt hätte. Obwohl Markus ihr Sand in den Ausschnitt geworfen hatte. Jenni war Vanille und Haselnuss und Kälte, hinter der alle Weichheit der Welt lag.

Als Markus und Jenni zur Bar zurückgingen, wandte sein Vater den Kopf, als hätte er irgendwie gespürt, dass sie kamen. Seine Sonnenbrille blitzte auf, doch sein Blick traf sie nicht.

Schau doch, sagte Markus lautlos. Er fasste rasch nach Jennis Hand und hielt sie so fest, dass sie sich nicht losreißen konnte. Jenni hielt die Luft an, atmete dann aber im Takt ihrer Schritte gleichmäßig weiter.

Schau doch, schau doch her.

Ina erhob sich von ihrem Badetuch und legte die Arme um sich, als fröre sie. Ihr Blick war auf einen Punkt in der Höhe von Markus' und Jennis Hüften fixiert, da, wo ihre Finger sich verschränkten, sich trotzig aneinanderdrückten. Auf ihrem Gesicht lag eine gekränkte, fast flehende Miene. Bestimmt hätte Ina gern gefragt, wo sie gewesen waren, brachte aber kein Wort heraus. Ina hatte manchmal getrockneten Rotz in den Nasenlöchern. Jenni nicht.

»Wart ihr schon schwimmen?«, rief Markus' Mutter mit leichtem Lallen, dabei war es fast noch Vormittag. Sie legte die Hand über die Augen und fächelte sich mit einer finnischen Illustrierten das Gesicht. Ihre Miene konnte Markus nicht erkennen, aber in ihrer Stimme, die vom bis in die Morgenstunden anhaltenden Reden und Singen heiser war, lag weder Vorwurf noch Besorgnis. Kinder waren eben Kinder, dachte sie, zumindest dann, wenn sie betrunken war.

Jennis und Inas Eltern rührten sich nicht. Sie lagen in identischer Haltung auf ihren schmutzig weißen Liegestühlen, die Augen geschlossen, die Lippen leicht geöffnet und die Stirn ein wenig gerunzelt. Als Markus Jennis Hand loslassen wollte, drückte sie ihrerseits seine Finger umso fester. Sie sahen sich an und lächelten. Die Blicke der anderen konnten ihnen nichts anhaben. Diese Gewissheit ließ den Himmel grenzenlos scheinen. Ein bis in die Ewigkeit reichendes Blau, wie ein besseres Meer, eines, in dem es keine Quallen gab.

Markus betrachtete seine Erinnerung, lebte in ihren Düften, spürte ihre Intensität und die Unmittelbarkeit des Moments, obwohl die Bilder verschwanden. Nur das Geräusch des Meeres blieb. Es war ein gleichgültiges Geräusch, wie der Atem eines vor langer Zeit Verstorbenen, der immer noch nachhallt. Ein Geräusch, das Markus daran denken ließ, wie es war, auf dem Wasser zu treiben. An die Weite des Himmels und das Wiegen der Wellen. An das Rauschen des Ozeans in den Gehörgängen.

Markus stand auf und verließ das Zimmer, trat über die Schwelle der Haustür und ging die Treppe hinunter. Das Geräusch des Meeres blieb, es verstärkte sich, wurde zum Sturm. Holte neue Erinnerungen herauf. Die Dunkelheit, das Knarren des Mastwerks, die Schreie.

Das Haus blieb zurück, als Markus auf das Ufer und die Landspitze zuging. Ihre steinernen Formen bedeuteten ihm aus der Ferne nichts. Er musste näher heran.

—

Ina schnitt in der Küche Zwiebeln, als sie plötzlich der Stille im Haus und Markus' Abwesenheit gewahr wurde. Das Messer verharrte über dem Schneidebrett.

Sie wusste nicht, was sie aufmerksam gemacht hatte. Vielleicht das Schuldgefühl, das sie überkam, weil sie seit einer Weile nicht mehr an Markus gedacht hatte. Weil sie in ihrer persönlichen Furcht versunken war, obwohl es bei Jennis und Aarons Besuch um etwas viel Größeres ging.

Die Tür stand auf, merkte sie. Der Wind wehte ins Haus. Sie ging in die Diele, blieb vor der offenen Tür stehen und betrachtete den leeren Vorplatz. In der Küche lief das Radio leise weiter. Markus war nirgends zu sehen.

Ina schloss die Tür und blieb in der Diele stehen. Sie lehnte die Stirn an die kalte Lackfläche und atmete gleichmäßig.

Sie könnte hierbleiben. Einfach nur atmen, den Dingen ihren Lauf lassen. Es wäre Gottes Werk, nicht ihres. Vielleicht dürfte sie sich dann endlich ausruhen.

Aber nein. Sie wusste, dass so etwas nicht das Werk Gottes wäre, sondern eine furchtbare Sünde.

Sie fuhr in die Gummistiefel, öffnete die Tür mit einem heftigen Ruck und rief nach Markus, so laut sie konnte. Sie wusste genau, wo sie suchen musste, und schlug den schmalen Pfad zum Ufer ein. Ihre Stiefel dröhnten dumpf auf den Baumwurzeln und rund geschliffenen Steinen.

Die Landspitze war bereits zu sehen, das Rauschen der Wellen zu hören. Die im Halbkreis angeordneten Steinhügel zeichneten sich vor dem Meer und dem Himmel ab. Der heilige Ort, den die alten Gräber bildeten. Die Inselbewohner ließen ihre Kinder überall in den Wäldern und an den Ufern herumlaufen, nur hier nicht.

»Markus!«, rief Ina und blieb beim letzten verkrüppelten Baum stehen. Sie schaute auf die verlassene Landspitze.

Ina wischte sich die letzten Zwiebeltränen aus den Augen und betrachtete das bis ans Ufer reichende Geröllfeld und den zum Meer abfallenden Felsen dahinter, suchte nach einer Höhle, einer Vertiefung, in der Markus Schutz vor dem Wind gesucht haben könnte. So hatte sie ihn einmal gefunden, nur mit der Unterhose bekleidet in eine sanft abfallende Felsspalte gekauert. Dennoch schweifte ihr Blick immer wieder über das Meer, über sein blaugraues Wogen.

Einer der Grabhügel bewegte sich. Nein, er konnte sich nicht bewegen. Die anderthalb Meter hohen Gebilde standen seit Jahrhunderten an ihrem Platz.

»Markus?«, fragte Ina und legte eine Hand über die Augen.

Neben einem der Hügel stand jemand.

Erst jetzt begriff Ina, dass sie immer noch das Messer in der Hand hielt. Wie idiotisch. Sie presste es flach an den Oberschenkel, vage besorgt, dass jemand es sehen könnte. Auch wenn sie rundherum nur das Rauschen des Waldes und des Meeres wahrnahm, wurde sie vermutlich beobachtet. So waren die Inselbewohner.

Ina ging näher heran und erkannte Markus' Gestalt. Die krumme Haltung und die über Taillenhöhe erhobenen Hände, wie bei einem Menschen, der einen Schlag erwartet. Sie erkannte auch den dunklen Anzug und die Krawatte, die sie selbst Markus vor einigen Stunden angezogen hatte, wegen der Gäste. Der verzweifelte Versuch, die Illusion zu schaffen, Markus sei nicht so verloren, wie er es war.

»Die Gäste kommen bald«, sagte Ina. »Gehen wir ins Haus.«

Markus reagierte erst, als Ina ihn an der Hand fasste.

Sie lachte auf. Der Anzug war zerknittert, aber davon abgesehen wirkte Markus überraschend feierlich.

»Die werden sich wundern«, sagte sie. »Sie rechnen damit, ein dahinvegetierendes Wesen im Schlafanzug zu sehen.«

Markus' Lippen bewegten sich ein wenig. Ina war froh darüber. Sie wusste, dass Markus irgendwo hinter seinem starren Gesicht mit ihr lachte.

Als sie den Waldrand erreicht hatten, hörte Ina hinter sich ein dumpfes Poltern. Wie von einem rollenden Stein. Sie blieb stehen und drückte Markus' Hand fester.

Die Steinhaufen standen stumm da. Wie Tiere, die nur darauf warteten, dass man sie in Ruhe tun ließ, was immer sie taten. Zwischen ihnen sah Ina ein Boot, vielleicht fünfzig Meter vom Ufer. Es schien stillzustehen, trotz der hohen Wellen. Zwei Menschen waren an Bord. Sie starrten entweder Ina oder den Horizont an, es war unmöglich, ihre Blickrichtung zu bestimmen, da Ina nur die dunklen Umrisse sah. Wenn sie blinzelte, schien das Boot jedes Mal ein Stück weiterzuruckeln.

Ina hob grüßend die Hand, doch die Geste wurde nicht erwidert. Die Leute blickten in die andere Richtung, schloss sie daraus.

»Gehen wir«, sagte sie und zog Markus mit sich.

Auf dem Weg zum Haus spannte sie unwillkürlich die Nackenmuskeln, überzeugt davon, dass sie vom Boot aus beobachtet wurden.

Das Trockenfleisch ging bald zur Neige, wie alles andere Essbare auf der kleinen Insel, auf der man von einem Ende zum anderen laufen konnte, ohne zu ermüden. Auf einem aus Wrackteilen gezimmerten wackligen Floß wagten sie sich zum Fischen hinaus, fingen aber nur ein paar Barsche. Nach einigen Tagen nicht einmal mehr die. Ganz in der Nähe lag eine zweite kleine Insel, auf der verkrüppelte Ebereschen und Büsche wuchsen. An ihren Zweigen mochten noch überreife Beeren hängen, doch die Brandung war viel zu stark, als dass die mit Brettern rudernden Seeleute gewagt hätten, ihr zu trotzen. Man beschloss zu warten, bis sich der Sturm legte.

»Das Schicksal hat uns eine Generation zu früh an dieses Gestade geworfen«, sagte einer der Männer. »Diejenigen, die am heutigen Tag ihren ersten Schrei ausstoßen, können in reifen Jahren von dieser Insel zu jener und wieder zurück waten, ohne nasse Achseln zu bekommen.«

Das Wasser im Bottnischen Meerbusen schwand, das wussten alle. Die von Gott gesandte Sintflut hatte die See erzürnt, doch nun zog sie sich langsam zurück, die Inseln hoben sich aus dem Meer, wie ein jeder im Lauf seines Lebens beobachten konnte. Wenn sie zwei Generationen später Schiffbruch erlitten hätten, wäre die Insel größer und mit Bäumen bewachsen, die vor dem Wind schützten, es gäbe Vogelnester und kleine Tiere, deren Fleisch man in Ermangelung von etwas Besserem verzehren könnte.

Es war noch keine Woche vorbei, da gruben die Männer schon in der Erde und suchten nach Würmern und anderen Widerwärtigkeiten der Schöpfung. Solange die Vorräte reichten, hatte der Apotheker dafür gesorgt, dass Jakob seinen Anteil bekam, wenn auch einen kleineren als die anderen Männer. Diese Entscheidung hatte er immer wieder begründen müssen: Die Krone wolle ihren Gefangenen lebend; aus Jakobs jämmerlichen Knochen werde man Kenntnisse herauspressen, die sich als segensreich erweisen würden. Es überraschte Jakob, dass man dem Apotheker noch nicht den Hals aufgeschlitzt hatte, denn selbst mit königlichen Siegeln konnte man weder die Wut eines hungrigen Kretins beschwichtigen noch den Vögeln befehlen, sich zur Nahrung für die Ausgehungerten fangen zu lassen. Als diejenigen, die als Erste den Verstand verloren hatten, bereits an der zum Abort erklärten Stelle gruben, wurde dem Apotheker tatsächlich gedroht, man werde ihn töten, sofern es ihm nicht gelinge, alle Trockenfleischstücke auszugraben, die er Jakob gegeben hatte.

Der Wind heulte tagaus und tagein. Segel sahen nur diejenigen, denen der Verstand bereits abhandengekommen war. Der graue Himmel rollte vom Horizont heran wie der Rauch eines am Rand der Welt wütenden Feuers.

Eines Nachts schrak Jakob plötzlich aus dem Schlaf. Er sah, dass die Feuerwache am Lagerfeuer eingeschlafen war. Ein langer Speichelfaden lief dem Mann über das Kinn auf die Brust. Die Flammen knisterten friedlich, es war plötzlich unnatürlich windstill. Jakob drehte sich um und blickte aufs Meer.

Im Mondlicht war nur der Kopf des sich nähernden Wesens zu sehen, den Körper verbarg das Wasser. Jakob atmete schneller, er dachte an die Dämonen, die in den Wirrnissen der letzten Tage herrenlos umherstreiften. Doch er blieb sitzen, die Glieder an den Brustkorb gepresst.

Ein Elch stieg rasselnd auf die Uferfelsen, aus seinem Fell strömte Wasser, sein Atem dampfte. Das Tier blieb stehen und wandte den Kopf zum Feuer. Jakob kämpfte gegen die Versuchung an, die Männer zu wecken. Vom Fleisch des Elches hätten sie lange leben können. Auf der kleinen Insel wäre es nicht schwer gewesen, das Tier einzukreisen und mit Speeren zu durchbohren. Der Elch hob die Nüstern in den Wind und witterte, dann kehrte er ins Wasser zurück und schwamm davon. Jakob sah ihm nach, bis der gehörnte Kopf in der Dunkelheit verschwand.

Später wurde Jakob von Wolfsgeheul geweckt. Es kam von weit her, möglicherweise trug der Wind das Geräusch vom Festland her über das nahezu still daliegende Meer. Zwei der Seeleute wurden auf das Geheul aufmerksam.

»Wenn das Meer zufriert«, sagte der eine, »kommen sie her.«

Der andere lachte freudlos.

»Dann finden sie nur noch Knochen vor.«

»Falls noch so viel Zeit bleibt, dass das Meer zufriert«, murmelte Jakob, »dann springen, krauchen und krabbeln Wesen darüber, die ihr euch nicht einmal vorstellen könnt.«

Die Männer blickten ihn hasserfüllt an.

»Das Meer friert zu, Hexer«, sagte der eine. »Versuch ja nicht, uns mit deinen Geschichten von Ungeheuern zu erschrecken.«

Wenn so viel Zeit bleibt, dass das Meer zufriert, wiederholte Jakob bei sich.

Dann dachte er an das langsame Zufrieren des Meeres. Er dachte an die leichten Schritte der Wölfe auf dem Eis, sie würden Spuren hinterlassen, vom Wind bald verweht. Die Wölfe würden kommen. Sie würden die Knochen abnagen, würden sich eines Tages zum Sterben unter einen Baum legen, weil sie nicht die Kraft hätten, dem Rudel zu folgen. Im Frühjahr würden die jungen Triebe sich durch ihre Knochen schieben. Die Wolfsmütter würden ihre Jungen lecken. Und wenn doch alles weiterging?

Bei Sonnenaufgang geriet Jakob ohne erkennbaren Anlass in einen Zustand heftigster Erregung. Er weinte und schrie. Warum zerreißt der Mantel der Welt nicht endlich? Warum setzen die Marionetten dieses kläglichen Schauspiels ihre Possen immer noch fort? Warum hievt Satans Flaschenzug die Sonne an den Himmel?

Warum hielt der Herr den Menschen nicht endlich den großen Spiegel vor, dessen Licht so blendend war, dass die sündige Welt ins Grab rappelte wie ein Körper, den der Blitzschlag seines Fleischs beraubt hat?

Die Ansage des Navis, sie hätten ihr Ziel erreicht, durchbrach die Stille. Aaron hielt, legte die Hand auf den Schlüssel, ließ den Motor aber laufen.

Miros Jammern war verstummt, als Jenni ihn fest in die Arme genommen und Aaron angebrüllt hatte, er solle allein weiterfahren, sie werde mit Miro zu Fuß zur Fähre zurückgehen. Eine leere Drohung. Letztlich gab Jenni immer nach. Den Rest der Strecke hatten sie schweigend zurückgelegt. Die Rötung auf Miros Wange war bereits während ihres Streits verblasst. Man konnte sie übersehen, wenn man wollte. Schlimmer war Miros Schweigen. Der Junge redete immer, oft auch im Schlaf. Manchmal hatte Jenni stundenlang zugehört, hatte versucht, die Worte zu verstehen, als könnte sie in der Traumrede den Schlüssel finden, der ihr helfen würde, Miro glücklich zu machen.

Das Auto brummte. Sie blieben stumm.

Das große zweistöckige Haus, das vor ihnen aufragte, war das Erste auf dieser Reise, was bei Jenni deutliche Erinnerungen weckte. Im Lauf der Jahre schien sich hier nichts verändert zu haben. Markus hatte es ursprünglich als Sommerhaus und Arbeitsplatz gekauft, als sein obsessives Interesse für die Geschichte der Insel Spegelö begonnen hatte. Jenni hatte nie erfahren, wie diese Manie entstanden war, hatte aber schon damals die Insel und die an die Siebzigerjahre erinnernde Atmosphäre des Hauses als abstoßend empfunden. Das steile Satteldach war nostalgisch und zugleich bedrückend. Es war leicht, sich Präsident Kekkonen und eine Horde wortkarger Sowjets auf der Terrasse vorzustellen, Wodka- und Bierflaschen auf dem Tisch aufgereiht. Markus hatte nur geschnaubt, als sie ihm das gesagt hatte. Er hatte den Kauf bereits getätigt, bevor er Jenni auf die Insel mitnahm. Damals war er schon distanziert gewesen, hatte sich in seine Arbeit vergraben und lange Perioden ohne Jenni in diesem Haus verbracht.

Unmittelbar vor der Terrasse lag ein großer glatter Felsen, der schroff zum Meer abfiel. Zu steil für Miro, dachte Jenni. Um das Haus wuchsen drei gewaltige Kiefern, die gerade aufragten, doppelt so hoch wie der Dachfirst. Auf der Terrasse stand jemand. Es musste Ina sein, die Hände in die Seiten gestemmt und die Haare zum Dutt aufgesteckt.

Als sie jünger waren, hatte Jenni immer gesagt, Ina müsse sich frisieren lassen, damit sie nicht aussähe wie eine frömmlerische Oma. Nach dem Konfirmandenlager war Ina genau das geworden. Grau, fromm. So verdammt brav, dass Jenni selbst bei schwesterlichen Streitereien keine Wut oder Siegesfreude mehr empfunden hatte, sondern nur ein nagendes Schuldgefühl. Jenni erinnerte sich, dass sie allen Ernstes den Eindruck gehabt hatte, der ganze Religionszirkus sei nur eine Art Rache für alles, was sie Ina im Lauf der Jahre angetan hatte. Ina hatte einfach wissen müssen, wie betrogen sich Jenni gefühlt hatte, als ihre kleine Schwester sich hinter Jesus zurückgezogen hatte.

Der Motor erstarb.

»Also los«, sagte Aaron. Seine Stimme klang entschlossen, doch seine Hand legte sich nicht auf den Türgriff.

»Wir sind da«, flüsterte Jenni Miro zu.

Der Wagen neben dem Haus musste Markus und Ina gehören. Jenni war erleichtert, keine weiteren Fahrzeuge zu sehen. Sie wusste, dass ihr Vater nicht kommen würde – falls er überhaupt eingeladen war. Er fühlte sich viel zu wohl in Gesellschaft der Whiskyflaschen, Ameisen und Spinnen in seinem Haus, das nach dem Tod der Mutter langsam, aber sicher in den Naturzustand zurückkehrte.

Vor Lisas Anwesenheit hatte Jenni sich mehr gefürchtet.

Lisa war bestimmt eingeladen worden, das stand fest. Aber vielleicht würde sie nicht kommen. Vielleicht wollte sie einfach vergessen und würde die Gelegenheit, ihren Exmann und dessen junge Frau zu quälen, ungenutzt lassen. Vielleicht hatte sie ihre Verbitterung überwunden und eine neue Seite in ihrem Leben aufgeschlagen. Möglich war wohl alles.

»Hallo«, sagte Ina, als Jenni Miro aus dem Wagen half.

Sie hielt die Arme immer noch in die Hüften gestemmt und ließ Jenni nicht aus den Augen, obwohl Aaron hüstelte und die Tür zuschlug.

»Hallo«, antwortete Jenni und lächelte.

Miro quasselte verdrießlich vor sich hin. Um ihn zum Schweigen zu bringen, fragte Jenni ihn, wo er seinen Clone-Wars-Comic gelassen habe. Dann trat sie auf Ina zu, wischte sich dabei die Handflächen an den Oberschenkeln ab, als wären sie schmutzig. Zum Glück machte Ina den ersten Schritt, und sie umarmten sich lange. In einer besseren Welt hätten sie es dabei belassen und den anderen freistellen können, ihre Angelegenheiten zu regeln, wie sie wollten. Es war seltsam, Ina nach so langer Zeit zu berühren, ihre Wärme und die Knochen unter ihrer Kleidung zu spüren.

»Eine anstrengende Fahrt, oder?«, fragte Ina dann.

Ihre Augen waren trocken, auf ihrem Gesicht lag ein reserviertes Lächeln.

»Es ging«, antwortete Jenni und warf einen Blick auf Aaron. »Auf die zweite Fähre hätte ich verzichten können.«

»Daran gewöhnt man sich«, sagte Ina. »Man gewöhnt sich an alles.«

Als Aaron näher kam, beugte Ina sich rasch zu Miro hinab.

»Na, hallo«, sagte sie fröhlich. »Wer bist du denn?«

Miro blätterte fahrig und mit gerunzelter Stirn in seinem Clone-Wars-Heft.

»Scheiße, ich schlag dem auch in die Fresse, wenn ich mal …«

Jenni fasste ihn härter als beabsichtigt an der Schulter und verbot ihm zu fluchen. Aaron stand inzwischen so nahe bei Ina, dass sie ihn nicht länger übersehen konnte.

»Guten Abend«, sagte er und streckte die Hand aus. »Wir haben uns lange nicht gesehen.«

Jenni ärgerte sich über die förmliche Begrüßung, darüber, dass Aaron den Besuch offenbar zu absolvieren gedachte wie eine Wahlveranstaltung.

Ina erwiderte den Gruß unbeholfen. Es sah aus, als wollte sie zeigen, dass sie kein kleines Mädchen war, doch der Versuch misslang. Aaron wandte sich ab, sobald er seine Pflicht erfüllt hatte, und betrachtete das Haus. Jenni war sicher, dass er es abschätzte, wie alles, was mit Markus zu tun hatte, stets wissend, was die bessere Alternative gewesen wäre.

»Ein tolles Haus«, meinte Jenni, weil Aaron genau das nicht hören wollte.

Ina warf einen Blick über die Schulter und sah aus, als wäre ihr der Gedanke vollkommen fremd.

»Ja«, sagte sie. »Ein wenig abgelegen, aber Markus' Arzt kommt einmal im Monat, und wir haben ja den Wagen. Das erste Stück fahre ich im Leerlauf, damit Markus den Motor nicht hört. Motorengeräusch macht ihm Angst.«

»Wie geht es ihm?«

Ina lächelte, wie man Besuchern gegenüber lächelt.

»Nicht gut.«

»Ist er traurig?«, fragte Miro plötzlich und betrachtete irgendetwas auf der Höhe von Inas Bauch.

Ina lächelte ihn an und streckte die Hand aus, um ihm über den Kopf zu streichen. Miro klammerte sich an Jenni.

»Ja«, sagte Ina und zog die Hand zurück. »Deshalb wollte er, dass ihr zu Besuch kommt. Um ihn ein bisschen aufzumuntern.«

»Kommt sonst noch wer?«, entschloss sich Jenni zu fragen.

Bevor Ina antworten konnte, erklang das Geräusch eines näher kommenden Autos. Jenni drehte sich um und sah die Scheinwerfer zwischen den Bäumen aufblitzen.

»Lisa«, sagte Ina ausdruckslos.

Jenni hielt den Atem an. Sie suchte Aarons Blick. Um Lisa musste er sich kümmern, diese Bürde durfte er nicht ihr überlassen.

»Lisa ist eine große Hilfe«, fuhr Ina fort, als hätte sie die Unruhe ihrer Schwester nicht bemerkt. »Anfangs hat sie nicht verstanden, dass Markus hier wohnen muss. Sie hätte ihn lieber selbst gepflegt, in der Stadt, aber das war nur der erste Schock. Inzwischen kommt sie oft her. Sie kümmert sich um Markus, wenn ich arbeite.«

Wenn ich arbeite, wiederholte Jenni in Gedanken und wünschte, sie hätte sich verhört. Aber nein. Sie musste die Tatsache akzeptieren, dass Ina und Lisa in den letzten Jahren regelmäßig miteinander zu tun gehabt hatten. Dass sie sich nahestanden. Aus irgendeinem Grund hatte sie glauben wollen, dass es Markus damals, vor Jahren, gelungen war, seine Mutter endgültig von sich zu stoßen. Aus irgendeinem Grund hatte sie die Kraft der Mutterliebe unterschätzt, obwohl sie doch wusste, dass diese in jede Faser der Seele eingewebt war.

Aaron war an der Hausecke stehen geblieben, die Hände auf den Hüften, und betrachtete den Himmel. Jenni war sicher, dass er den Wagen gehört und erraten hatte, wer ihn fuhr. Alberne vorgetäuschte Geringschätzung, die Jenni zwang, sich der Situation allein zu stellen.

Lisa stieg langsam aus, als ob sie ihre Bewegungen bewusst zügelte. Ihr Blick verweilte kurz auf Jenni, kehrte dann aber ins Wageninnere zurück. Sie beugte sich vor, um etwas aus dem Auto zu holen.

»Ein herrlicher Tag.«

Lisas Stimme hatte keine Resonanz, sie wurde von den Autopolstern gedämpft. Ihr Tonfall war erschreckend leicht. Ein herrlicher Tag? Sie meinte wohl das Wetter.

Lisa richtete sich auf, einen kleinen weißen Koffer in der Hand, und schlug die Tür zu. Sie musterte Jenni nun ungeniert und eindringlich wie eine Kriminelle bei der Gegenüberstellung. Ihre Miene war eiskalt. Jenni sah den weißen Koffer an. Sie kannte ihn von irgendwoher, aber die Gedanken und Erinnerungen schossen ihr so ungeordnet durch den Kopf, dass sie sie nicht in den Griff bekam. Plötzlich hatte sie das Gefühl, sie würde es nicht aushalten. Diese Leute würden sie durchschauen, sie würden sich zuerst fragen, warum sie Miro mitgebracht hatte, und dann begreifen, dass sie ihn als Schutzschild brauchte. Vor dem Kind würden wohl alle darauf verzichten, Jennis Schwäche ans Tageslicht zu zerren und sie mit moralischer Überlegenheit zu erdrücken.

»Jenni«, sagte Lisa und kam näher.

Jenni war zu keiner Antwort fähig.

Lisa hatte sich aufgedonnert, das sah Jenni, und sie begriff auch, dass es ein Zeichen der Unsicherheit war. Der Versuch einer alternden Frau, einen gewissen Charme zu zeigen, wenn sie ihrem ehemaligen Mann und dessen junger Frau gegenübertreten musste. Doch der Gedanke half Jenni nicht.

»Lisa«, sagte Aaron plötzlich.

Jenni bemühte sich, das Zittern in ihrem linken Bein zu unterdrücken. Sie versuchte sich einzureden, dass dies hier nichts Besonderes war, dass solche Begegnungen überall stattfanden. Bestimmt befanden sich gerade in diesem Moment Tausende von Frauen in der gleichen Situation. In Schweden, Frankreich, Honduras, wer weiß wo. Aber nein. Jede dieser Frauen war in ihrer Situation allein, sie selbst am allermeisten.

Lisa ließ Jenni nicht aus den Augen.

»Alte Hexe«, murmelte Miro und lachte vorsichtig, suchte Jennis Blick.

Lisas selbstsicheres Lächeln wurde nicht brüchig.

»Ihr habt den Nachwuchs mitgebracht«, stellte sie fest. »Na, dann lernt er wenigstens, wie in dieser Familie …«

»Gehen wir hinein«, mischte sich Ina ein, die hinter Jenni stand. »Markus wartet.«

Lisa sah Jenni noch eine Weile an, ging dann so nah an ihr vorbei, dass ihre Kleider sich raschelnd streiften.

»Armes Mädchen«, sagte sie mit gleichgültiger, selbstgefälliger Stimme. »Albernes, dummes Mädchen.«

Sie sprach so leise, dass die Worte im Rauschen des Windes und des Meeres untergingen. Dass es irgendwie kindisch gewesen wäre zu antworten. Jenni blieb in Lisas Parfümwolke stehen und überlegte, was sie hätte sagen können. Sie hätte die Frau mit einigen Worten zunichtemachen können, das hatte sie jedenfalls vor der Begegnung geglaubt.

»Jenni«, hörte sie Inas Stimme hinter sich. »Markus wartet.«

Jenni betrachtete das Grundstück und den Wald und das Geröll zu ihren Füßen. Sie dachte daran, dass die Steine allem Möglichen standhielten, Wind, Regen und Blitz. Sie waren immer noch da.

»Komm, gehen wir hinein«, flüsterte sie Miro zu.

—

Ina führte sie ins Haus, nahm ihnen mit fahrigen Bewegungen die Mäntel ab und bat sie näher zu treten. Nach all den Jahren erkannte Jenni die Gesten ihrer Schwester wieder. Das kleine gequälte Lächeln, die unterdrückten Seufzer, die unbeholfene Geschäftigkeit. Inas angestrengte Bemühungen lösten unweigerlich Schuldgefühle aus. Sie würden Jenni bald auf die Nerven gehen. Noch nicht, denn sie spürte die Wärme des Wiedersehens noch in den Fingerspitzen, aber bald.

Der Gedanke verschwand im Nu, als sie die Schwelle zum Speisezimmer erreichten. Jennis Schritt und ihr Atem stockten gleichzeitig.

Markus saß am Ende des gedeckten Tisches in dem großen Raum, dessen fast wandhohe Fenster direkt aufs Meer gingen. Die gedrungenen Formen der Wolken füllten die Landschaft hinter ihm, die Wolken und die Bewegung der bis an den Horizont reichenden Wellen. Jenni merkte, dass ihr Blick immer wieder zum Fenster wanderte, zu den neutralen Naturerscheinungen, die nichts forderten, ihr nichts vorwarfen.

»Die Gäste sind da«, sagte Ina und trat zur Seite, als erwartete sie ein großartiges Wiedersehensfest.

Jenni stand auf der Schwelle, Miro vor sich. Aaron war irgendwo hinter ihr. In ihren Ohren dröhnte es. Die Szene, die sie sich tausendmal ausgemalt hatte, war ganz anders als erwartet. Sie hatte sich immer vorgestellt, es gäbe Worte, aufgeregtes Reden, von jemand anderem als von ihr. Stattdessen herrschte quälendes Schweigen. Das Surren einer Haushaltsmaschine in der Küche. Das Knacken der Fensterfugen im Wind.

Es fiel Jenni schwer, die Gestalt am Tisch mit dem Markus zu verbinden, den sie gekannt hatte. Seine Wangen waren eingefallen. Das Narbengewebe in der einen Gesichtshälfte sah zunächst aus wie von einem Lichtstrahl gezeichnet, der durch die Vorhänge fiel. Es schnitt die Lippen auf der linken Seite, sodass der Mund ständig ein wenig geöffnet war, als wäre Markus im Begriff, etwas zu sagen. Die zerknitterte Anzugjacke saß schief, die eine Schulter hing herunter. Anfangs hatte es den Anschein gehabt, dass Markus die Besucher erkannte, dass das winzige Lächeln ihnen galt. Der Schmerz in Jennis Brust war sofort aufgeflammt, hatte den Bauch und die Glieder erfasst, war fast zur Panik geworden.

Doch Markus' Blick bewegte sich nicht. Er blieb auf einen Punkt vor der Menschengruppe gerichtet, vielleicht auf die Tischdecke. Das Lächeln war starr wie das einer Puppe. Hinter dem Fenster brachen sich die kleinen Wellen, setzten eine Schaumkrone auf und verschwanden lautlos zwischen den Uferfelsen.

»Liebling«, sagte Lisa und ging zu Markus, legte ihre Hand an seine Wange.

Aus den Augenwinkeln sah Jenni, dass Aarons Schultern sich kurz hoben. Es war nur eine kleine Bewegung, der einzige Hinweis auf eine Gefühlsaufwallung.

»Warum ist der so hässlich?«, fragte Miro. Zum Glück war es nur ein vorsichtiges Wispern.

Jenni beugte sich zu dem Jungen herab, hauptsächlich, um sich der Situation zu entziehen. Sie überlegte fieberhaft, was sie Miro erzählen sollte, darüber hatte sie nachgedacht, seit sie die Einladung bekommen hatten. Wie sie ihm vorlügen müsste, alles sei normal und ausgeglichen. Wie sie auch die anderen zu dieser Lüge verpflichten würde. In Anwesenheit des Kindes ging es doch nicht anders.

»Er heißt Markus, und er hatte einen Unfall«, sagte sie. »Er war schwer verletzt. Deshalb hat er den Schnitt im Gesicht.«

»Geht er weg?«

Jenni wusste nicht, ob Miro den Schnitt oder Markus meinte, doch sie antwortete: »Nein, er bleibt.«

Jenni merkte, dass Aaron sich Markus näherte und zielstrebig ans Tischende ging.

Vater und Sohn sahen sich an, durch den Tisch getrennt. Jenni hatte das Gefühl, dass Aaron keinen Schritt mehr machen durfte. Sonst würden die Teller zerspringen, die Fenster würden bersten, ein Vogelschwarm würde hereinfliegen.

Markus' Blick veränderte sich nicht, wich nicht von seinem Fixpunkt ab. Aaron war wagemutig direkt in die Blicklinie getreten.

Vielleicht erkannte Markus seinen Vater, vielleicht auch nicht. Jenni sah an Aarons Gesten, dass er schon auf der Fahrt beschlossen hatte, seinem Sohn auftrumpfend gegenüberzutreten, dass er die Situation in Gedanken wieder und wieder durchgespielt hatte wie eine brisante Wortmeldung im Stadtrat. Kein Zaudern, keine Demut. Angst ist weithin zu riechen.

»Sie sind da, Markus«, sagte Ina. »Erinnerst du dich, wie du gesagt hast, dass du deinen Vater und Jenni sehen möchtest? Dass wir alle zusammen sind?«

Markus starrte nur vor sich hin. Jenni war in gewisser Weise erleichtert, dass er Inas Worte gar nicht zu hören schien. Sie konnte sich des Gedankens nicht erwehren, dass Markus an der Unfallstelle gefangen war, an jenem Tag vor sechs Jahren. Vielleicht wäre sein Körper gern weitergegangen, weg von dem Punkt, wo der Wagen zum Stillstand gekommen war, aber die Haut hing an ihm, erschöpft und resigniert. Von Markus drohte keine Gefahr. Er würde Jenni und Aaron nicht zur Verantwortung ziehen. Er würde nicht darüber urteilen, wessen Sünde schwerer wog.

Dennoch lauerte die Panik in Jennis Gliedern. Markus' starre Miene machte alles irgendwie sinnlos. Alles. In diese Augen hatte Jenni früher aus nächster Nähe geblickt. Ihre Finger hatten seine Haut an der Stelle berührt, wo nun die Narbe war. Das beschädigte Gemüt hinter diesen Augen war einmal voller Gedanken und Pläne gewesen, in denen sie eine Rolle gespielt hatte.

Wenn Jenni nicht Miros Wärme an ihrer Seite gespürt hätte, wäre sie wahrscheinlich zu Boden gefallen und liegen geblieben, hätte darauf gewartet, dass eine Welle sie überrollte und davontrug. Miro hielt sie auf der Erde.

»Mitunter hat er lichtere Momente, aber immer seltener«, erklärte Ina. »Manchmal ist es schwierig zuzuhören … Die Ärzte sagen, dass …«

Ina ließ den Satz unvollendet, sammelte Kräfte. Jenni begriff, dass die kühl konstatierende Stimme nur Fassade war, dass sich hinter dem Bericht über die Worte der Ärzte die endlosen Stunden, Tage und Jahre verbargen, in denen Ina auf dieser windgebeutelten Insel Markus' Delirium angehört hatte.

»Die Ärzte wissen nicht, warum Markus' Zustand sich schubweise verschlechtert«, sagte Ina schließlich. »Vermutlich hat der Gehirnschaden irgendeine latente Krankheit zum Ausbruch gebracht. Angeblich scheint Markus' Körper sich selbst zu vergiften.«

Ina räusperte sich und gab sich einen Ruck.

»Aber er war ganz bei sich, als er mich bat, euch die Einladung zu schicken. Es war unglaublich. Als hätte ich Markus für einen Moment zurückbekommen. Er hatte sicher selbst erkannt, dass ihm nicht mehr viel Zeit bleibt. Deshalb hatte er es so eilig. Er wollte ausdrücklich, dass ihr alle kommt. Ich habe versucht, ihn danach noch bei mir zu halten, aber er ist wieder weggeglitten.«

Lisa schluchzte leise. Sie streichelte immer noch die Wange ihres Sohnes, hatte das Gesicht aber von ihm abgewandt.

»Und wem nützt dieser ganze Zirkus«, sagte Aaron plötzlich, »wenn der Junge gar nicht begreift, dass wir hier sind?«

Jenni wimmerte unwillkürlich, als müsste sie Aaron am Sprechen hindern. Sie hatte das Gefühl, dass seine Worte alle Luft aus dem Raum sogen.

Sekundenlang erstarrten alle. Lisa strich Markus über die Haare und ging dann zu Aaron.

Die Ohrfeige klatschte so laut, dass Jenni zusammenzuckte. Sie spürte Miros verwunderten Blick, sah aus den Augenwinkeln sein hochgewandtes Gesicht.

Lisa ging mit hängenden Schultern an Aaron vorbei, erschöpft von dem jahrelang zurückgehaltenen Schlag. Aaron blickte stur geradeaus. Plötzlich konnte Jenni sich vorstellen, wie er als junger Mann ausgesehen hatte, bei der Armee, wo man ihm beigebracht hatte, mit straffer Haltung und unbewegtem Gesicht durch alle Widrigkeiten hindurchzuschreiten. Der Gedanke löste eine so heftige Zärtlichkeitswelle aus, dass sie am liebsten alle anderen aus dem Zimmer gejagt und den kühnen jungen Mann umarmt hätte, dem noch keine Haare aus den Ohren wuchsen.

Ina lächelte und sah Jenni an, als wäre nichts vorgefallen. Oder als wäre genau das passiert, worauf sie seit Jahren gewartet hatte.

»Wir sind es Markus wohl schuldig zu warten«, sagte sie leichthin, fast fröhlich. »Warten wir, bis er hört, was wir zu sagen haben, und bis er selbst sagen kann, was er loswerden will. Was macht es schon, wenn es ein paar Tage dauert? Wir haben Zeit. Markus nicht.«

Aaron hüstelte und stemmte die Hände wieder in die Seiten wie zuvor, als er das Haus abgeschätzt hatte.

»Ich zeige euch euer Zimmer«, sagte Ina. »Kommt.«

Ina führte sie ins Obergeschoss. Jenni nahm Miro an der Hand, und Aaron folgte ihnen dichtauf. Er wollte wohl nicht riskieren, dass Lisa, die irgendwohin verschwunden war, ihm auflauerte. Jenni stellte sich vor, wie Lisa in einem leeren Zimmer stand, vielleicht auch in der Küche, und vor Wut zitternd aus dem Fenster schaute. Sicher war sie so oft hier zu Besuch gewesen, dass man ihr den Schlafplatz nicht zu zeigen brauchte. Womöglich wohnte sie halb in diesem Haus.

Aus irgendeinem Grund war Markus über seine Eltern immer verbittert gewesen, aber Lisa hatte er in Jennis Beisein nur ein einziges Mal kritisiert. Das war um die Zeit gewesen, als er das Haus gekauft und sich auf die Insel zurückgezogen hatte. *Lisa ist ein egoistischer kleiner Mensch,* hatte er gesagt. Weiter nichts, aber das Urteil war hart genug gewesen.

Jenni wusste, dass Markus viel getan hatte, was sowohl Aaron als auch Lisa veranlasst hatte, Abstand zu ihrem Sohn zu halten. Aber sie begriff auch, dass Lisa von einem bodenlosen Schuldgefühl beherrscht sein musste, jetzt, wo ihr Kind in einen Zustand der Unerreichbarkeit abglitt. Die egoistische kleine Lisa, deren Mutterinstinkt wohl zu spät zurückgekehrt war, erst dann, als ihrem Sohn nicht mehr zu helfen war, als er von Ina versorgt werden musste.

Jenni schaute vom Treppenabsatz nach unten und sah, dass Markus' Stuhl leer war, ordentlich an den Tisch gerückt. Sie überlegte, ob sie es Ina sagen sollte, vermutete aber aus irgendeinem Grund, ihre Schwester würde sich darüber nur ärgern. Immerhin war sie bisher ohne Jennis Hilfe ausgekommen.

»Hier ist Markus' Arbeitszimmer«, sagte Ina und strich mit den Fingerspitzen über die dunkelbraune Holztür, an der ein Schild in Frakturschrift hing: *Sinnlos anzuklopfen, ich bin im Keulenkrieg*. Historikerhumor, vermutlich. Markus' Werk über die Hexenverfolgung war zu seiner Zeit recht erfolgreich gewesen. Zumindest so lange, bis ein neidischer Kollege den Inhalt als frei erfunden bezeichnet und Markus Quellenfälschung vorgeworfen hatte. Jenni hatte das Buch nie gelesen und wohl auch nicht ganz begriffen, wie ernst die Vorwürfe waren. Aber sie erinnerte sich an die dunkle Zeit, die der Vorfall ausgelöst hatte. Sie war überzeugt, dass der Kauf des Hauses und der Rückzug auf die Insel im Grunde darauf zurückzuführen waren. Zu jener Zeit hatte Markus Jenni nicht mehr um Rat gefragt, ganz gleich, worum es ging. Die Meinung einer arbeitslosen Physiotherapeutin war offenbar entbehrlich, bei Auseinandersetzungen unter Historikern ebenso wie beim Hauskauf.

»Markus war auch nach dem Unfall noch oft hier drin«, sagte Ina. »Schließlich musste ich die Tür abschließen, denn meistens wurde er nur deprimiert, wenn er die unvollendeten Arbeiten sah. Besser warten wir ab, ob vielleicht …«

Das *ob* hing in der Luft, und Ina schien nicht an der Tür vorbeigehen zu können. Vielleicht war ihr klar, wie trügerisch es war, sich Hoffnung zu machen.

»Die Arbeit war immer sein Ein und Alles«, meinte Jenni.

Ina nickte.

»Mag sein«, sagte sie resigniert. Jenni merkte, dass Ina keine Vorstellung davon hatte, wie Markus vor dem Unfall gewesen war. Sie war erst in sein Leben getreten, als er bereits alles verloren hatte. Jenni, die Herrschaft über seinen Verstand, seine Unabhängigkeit.

Ina ging weiter. Als Jenni an der Tür zum Arbeitszimmer vorbeikam, sah sie Licht durch eine Ritze dringen. Sie hätte gern ausprobiert, ob die Tür tatsächlich verriegelt war, und streckte schon die Hand aus, doch da wurde ihr klar, dass es unschicklich wäre.

»Und hier ist euer Zimmer«, sagte Ina. »Das Bad ist da am Ende des Flurs. Es ist nur für euch. Verriegeln kann man es nicht. Ich habe das Schloss abmontiert, damit Markus sich nicht einsperrt.«

Jenni blieb mit Miro an der Tür zum Gästezimmer stehen.

»Wunderschön«, sagte sie und meinte es ernst. Insgeheim hatte sie wohl gefürchtet, dass Ina sie zur Strafe in einem fensterlosen Verschlag unterbringen würde. Das Zimmer war fürstlich groß. Durch das Fenster blickte man auf den Vorplatz vor dem Haus und weit hinaus aufs Meer. In der Ferne war eine felsige Landspitze mit dunklen Erhebungen zu sehen. Jenni betrachtete sie verwundert und wiederholte:

»Wunderbar. Wirklich toll.«

»Ich hole die Sachen aus dem Wagen«, brummte Aaron hinter ihr.

»Vergiss die grüne Tasche nicht«, bat Jenni, ohne den Blick von der Aussicht abzuwenden.

Sie spürte, wie sich Miros Griff um ihre Hand lockerte.

»Du kannst ruhig deinen Rucksack aus dem Auto holen, wenn du magst«, sagte sie zerstreut. Miro drehte sich um und schlurfte davon.

Jenni folgte Ina in das Zimmer. Dort war es kühler als im Erdgeschoss und auf dem Flur. Die Größe und Kargheit der Landschaft, die sich hinter dem hohen Fenster eröffnete, stimmten sie plötzlich melancholisch.

»Wir schlafen manchmal auch selbst hier«, sagte Ina. »Mitunter starrt Markus hier stundenlang zum Fenster hinaus. Es ist ja auch eine schöne Aussicht.«

Wir schlafen. Die Worte hallten in Jennis Ohren, und einen Moment lang hörte sie nichts anderes.

Ina stand mit verschränkten Armen am Fenster. Vielleicht versuchte sie, zu verstehen, was Markus an dieser Landschaft so anzog. Jenni fand den Anblick bedrückend einsam. Hinter der Landspitze war das offene Meer zu sehen. Als gäbe es nichts anderes auf der Welt, als wäre das hier alles. Keine neuen Ufer. Nur der Rand der Welt.

»Hast du mit Vater gesprochen?«, fragte Jenni.

»Ab und zu. Am Telefon.«

»Trinkt er noch?«

»Ja. Er wird es nicht mehr lange überleben.«

»Hast du versucht, ihn dazu zu bringen, dass er aufhört?«

»Ob ich es versucht habe?«

Obwohl Inas Stimme ruhig blieb, versetzten ihre Worte Jenni einen Stich, der sie aus der Starre weckte, in die sie die monotone Landschaft versetzt hatte. Sie durfte nicht vergessen, wie viel Ina selbstlos auf sich genommen hatte. Wie gering Jennis Recht war, Fragen zu stellen, Forderungen.

»Markus soll an einer großen Untersuchung gearbeitet haben, als es passierte«, sagte Ina in bedauerndem Ton, nachdem Jenni gezeigt hatte, dass sie die Zurechtweisung annahm. »Lisa hat mir davon erzählt. Es hatte etwas mit dieser Insel ...«

»Ich weiß«, fiel Jenni ihr ins Wort. Ja, sie wusste es. Irgendwelche Geschichten von Gestrandeten, von Inzucht treibenden Sekten auf der Insel. Sie hatte sich schon damals nicht dafür interessiert.

»Er soll sogar den schwedischen Inseldialekt richtig gut gelernt haben«, fuhr Ina hartnäckig fort. »Die Hiesigen kommen immer noch ab und zu vorbei und bringen Sanddorn und Fische. Sie erkundigen sich, wie es Markus geht.«

»Sie sehen alle so traurig aus«, sagte Jenni.

»Wer?«

»Die Inselbewohner. Jeder, den ich unterwegs gesehen habe.«

Ina schwieg eine Weile.

»Die sind eine ganz eigene Art«, sagte sie dann. »Gelegentlich soll es immer noch Kinder geben, die nirgends registriert sind.«

»Traurig.«

»Sie leben nach ihren eigenen Gesetzen. Kann sein, dass sie viel glücklicher sind als die Menschen auf dem Festland. Weil es keine Polizisten und Behörden gibt, kümmern sie sich wirklich umeinander.«

»Entsetzlich«, sagte Jenni mit Bestimmtheit. »Was kann ein Mensch hier von seinem Leben haben? Wovon kann man hier träumen?«

Ihr war klar, dass sie mit diesen Worten auch Ina schmähte, doch es war ihr egal. Ina schien es nicht übelzunehmen. Jenni dachte an verschlossene Menschen, die in engen, von ihren Vorvätern erbauten Häusern wohnten. An den Wänden spähten Satellitenschüsseln zum Himmel. Einsame Menschen, die die wirkliche Welt nur durch Vermittlung von Bildschirmen und Monitoren sahen.

»In den Sechzigerjahren soll es hier eine Vergewaltigung gegeben haben, und alle wussten, dass die Polizei nicht genügend Beweise finden würde«, sagte Ina. »Die Leute im Dorf wussten, wer der Täter war, und haben ihn unter Hausarrest gestellt. Seine eigenen Eltern haben sich verpflichtet, ihn zu bewachen. Der Mann soll für den Rest seiner Tage das Haus nur noch verlassen haben, um aufs Plumpsklo oder sonntags in die Kirche zu gehen. Aus dem Gefängnis wird man immerhin irgendwann entlassen.«

»Du müsstest nicht hierbleiben«, sagte Jenni unvermittelt, denn sie ertrug den Gedanken nicht, dass Ina dieses Leben gewählt hatte. Das erschien ihr aus irgendeinem Grund wie eine gegen sie persönlich gerichtete Kränkung. Als gäbe es keinen Ausweg, wo doch alles von einem selbst abhing. Sie betrachtete Inas Spiegelbild im Fenster. Es war von barmherziger Unschärfe, zwei verschwommene, identische Bilder, getrennt voneinander.

»Du brauchst nichts wiedergutzumachen«, fügte sie hinzu. »Nicht an unserer Stelle. An niemandes Stelle.«

Inas Schultern zuckten, als hätte sie aufgelacht, doch es war kein Laut zu hören.

»Das Leben ist manchmal grausam«, fuhr Jenni fort. »Wenn man der Stimme seines Herzens folgt, muss manchmal ein anderer leiden. Das lässt sich nicht ändern. Du musst dein eigenes Leben führen, Ina. Das ist dein gutes Recht.«

Sie ging zu ihrer Schwester, legte ihr behutsam einen Arm um die Schulter, lehnte sich an sie. Jenni hatte diese Worte tausendmal einstudiert, hatte sich überlegt, dass es sinnlos war, auf die Einzelheiten einzugehen, an denen man nur hängen blieb wie in einem Fangeisen. Aber jetzt klang alles, was sie sagte, leer, es erreichte niemanden in diesem entsetzlichen Haus, dessen Wände die Stimmen aufsaugten und überall ihre vorwurfsvolle Stille verströmten. Zum Glück stieß Ina sie nicht zurück.

»Mein Herz hat mich hergeführt«, sagte Ina.

Jenni hätte ihr gern widersprochen, doch sie hatte nicht die Kraft dazu. Sie dachte an all die Gespräche mit verständnisvollen Freunden. An die Beratungen bei einem Glas Wein, in deren Verlauf klar wurde, dass jeder das Recht auf ein eigenes Leben hat. An die ermutigenden

Weisheiten, die ihr das Gefühl vermittelt hatten, auf dem richtigen Weg zu sein. Man brauchte nicht zu bleiben, wenn einem das Leben nur noch als Pflichterfüllung erschien. Leiden war keine Tugend. Die Vergangenheit brauchte man nicht mit sich herumzutragen. Ein Leben, weiter nichts.

Dennoch dachte Jenni an Markus, der im Krankenhaus erwacht war und nur ein einziges vertrautes Gesicht gesehen hatte. Nur Ina war da gewesen. Nicht Jenni. Nicht Aaron. Nicht einmal Lisa. Nur Ina.

Jenni erinnerte sich an die verweinte Stimme am Telefon, an jenem Abend. *Markus liegt im Krankenhaus,* hatte Ina gestammelt. *Rate mal, was er gesagt hat, als er mich sah.* Jenni hatte weder geraten noch gefragt. Sie war nur glücklich gewesen, weil sie nicht selbst dort sein musste, unter den surrenden Leuchtröhren, wo zerquetschte Leben zusammengeflickt wurden, obwohl es besser gewesen wäre, die Unglücklichen dahinscheiden zu lassen. Sie hatte sich die verworrene Erklärung angehört; von einem Elch, der sich hinter den Wildzaun verirrt hatte, war die Rede gewesen, und von Markus' kritischem Zustand. Von dem Verhälnis zwischen Jenni und Aaron hatte Ina Markus nicht erzählt, obwohl sie schon seit Wochen davon gewusst hatte. Ina war dort gewesen. Die treue kleine Schwester.

Am Telefon hatte Ina jedoch gefragt: *Hat Markus davon gewusst? Du musst es mir ehrlich sagen, Jenni. Hat er es vor dem Unfall gewusst?* Darauf hatte Jenni nicht antworten können. Sie hatte aufgelegt. Aaron war zu ihr getreten, hatte sie fragend angesehen. Jenni hatte ihm die Lage erklärt und gesagt, sie müssten zum Krankenhaus fahren. Aaron hatte abgelehnt. Er verstand sich darauf, schmerzhafte Entscheidungen mit solcher Bestimmtheit zu treffen, dass auch Jenni sie für unvermeidlich halten konnte.

Jenni blickte nach draußen, wo Aaron Koffer aus dem Wagen hob. Er hätte irgendein anderer Mann sein können. Einer, der Miro nicht schlug. Diese Möglichkeit riss sie für einen Moment in einen Strudel.

»Aaron ist schwer in Fahrt«, sagte Ina, vielleicht um Jenni aus der Klemme zu helfen.

Jenni gab keine Antwort. Sie seufzte nur zum Zeichen, dass sie die Worte gehört hatte.

»Ich habe ihn neulich in den Nachrichten gesehen. Man sollte es nicht glauben, bei einem so mürrischen Mann. Eines Tages wird er sicher noch Ministerpräsident. Warum nicht, wenn nichts anderes zählt.«

Jenni ließ sich nicht provozieren.

Unten schlug Aaron gerade den Kofferraumdeckel zu und nahm die Koffer auf. Die grüne Tasche war nicht zu sehen, Jenni würde sie selbst holen müssen. Aaron bewegte sich schnell und entschlossen, wie ein großes Insekt, wie einer, der tut, was getan werden muss, den Blick auf das gerichtet, was gerade anliegt, doch in Gedanken bereits weit weg, bei größeren Herausforderungen. Aaron ging auf das Haus zu und verschwand aus dem Blickfeld. Erst jetzt begriff Jenni.

»Wo ist Miro?«, fragte sie.

Ina blickte über die Schulter, dann nach draußen.

»Ist er mit Aaron nach draußen gegangen?«

»Wahrscheinlich«, sagte Jenni. »Ich seh mal nach.«

Aaron hatte nicht gewusst, dass der Junge ihm folgte. Vielleicht hatte sich Miro schon auf dem Weg ablenken lassen, war im Haus geblieben, um irgendetwas zu erforschen. Oder er hatte im Wald etwas Interessantes gesehen und war hingelaufen. Bei dem Gedanken beschleunigte Jenni ihre Schritte. Es war eine routinehafte, durch die Wiederholung abgeschwächte Sorge. Sie ging an Markus' Arbeitszimmer vorbei, ohne zu merken, dass der Türspalt nun ein wenig breiter war.

Miro hörte zwar, dass seine Mutter nach ihm rief, doch er hatte keine Zeit, sich darum zu kümmern. Die Frau, die Mutter so ähnlich sah, hatte behauptet, die Tür sei abgeschlossen, aber Miro hatte sofort gemerkt, dass das nicht stimmte. Wenn sein Vater ihn in den Wandschrank sperrte, erschien mitten im senkrechten Lichtstreif eine schwarze Zunge. Wenn er herausgelassen wurde, verschwand sie und der Lichtstreif war wieder heil wie Ki Adi Mundis Laserschwert. Daran hatte Miro sofort erkannt, dass die Tür offen war.

Er sah sich um. Staub schwebte in der Luft. Miro dachte an all den Staub, den er einatmete, kein Wunder, dass er manchmal Anfälle hatte. Die Rufe seiner Mutter kamen nun aus größerer Entfernung.

Miro Miro Miro.

Miro wiederholte seinen Namen, während er zum Bücherregal ging. Wenn man ihn oft genug sagte, begann er ganz seltsam zu klingen, wie der Name eines anderen. Er berührte die Buchrücken, zog das eine oder andere Buch so weit heraus, dass er das Titelbild sehen konnte. Auf einigen war ein Bild von dem Mann aus dem Erdgeschoss, ohne Narbe. Das brachte Miro zum Lachen, und er legte rasch die Hände vor den Mund, damit ihn keiner hörte und Vater oder Mutter nicht wieder Rabatz machten.

Miro ging zu dem großen Tisch, der ihm fast ans Kinn reichte, und betrachtete die darauf liegenden Sachen. Jeder Gegenstand ließ einen neuen Wortschwall aus seinem Mund strömen. Miro zog Schubladen auf. Manche klemmten so, dass er sie nicht ganz aufbekam. In einer befand sich eine schwarze Pappschachtel. Miro hob den Deckel an.

Was was was.

Er holte die Schachtel heraus und stellte sie auf den Tisch. Der Deckel ließ sich leicht abnehmen. Drinnen lag ein Schädel. So einer wie im Piraten-der-Karibik-Malbuch.

Miro fasste den Schädel mit beiden Händen und drehte ihn hin und her.

Keine unteren Zähne, Mutti, wie kann man essen, wenn man unten keine Zähne hat?

Sein Blick folgte den Rissen, er steckte einen Finger in die Öffnungen, wo der Knochen dünn, fast wie Papier geworden war, schätzte immer wieder das Gewicht und malte sich aus, wie der Schädel zerbrechen würde, wenn er ihn an die Wand warf. Miro drehte sich zum Fenster. Helles Licht fiel herein und drang in jede Vertiefung, nur die tiefsten Risse blieben im Schatten, doch auch sie wurden sichtbar, wenn man den Schädel im richtigen Winkel drehte.

Miro starrte in die Augenhöhlen. Es kam ihm vor, als käme ein Geräusch aus dem Schädel. Ein leises Rauschen. Er hielt sich den Schädel ans Ohr und lauschte. Ja, ein leises Rauschen, das hörte man, hätte es noch besser gehört, wenn man die Geduld hätte, lange genug zu schweigen.

Wieder betrachtete Miro den Totenkopf. Auf dem Grund der Augenhöhlen war eine zerklüftete Öffnung, links größer als rechts. Miro besah sich jeden einzelnen Riss, überlegte, wieso die Augenhöhlen nicht einstürzten, obwohl der Knochen so dünn war. Er legte eine Hand unter den Schädel und tastete mit den Fingern, bis er ein Loch fand, erblickte bald darauf seinen eigenen Finger, der aus dem Loch in der Augenhöhle lugte. Er sah überhaupt nicht wie sein Finger aus. Er wackelte hin und her wie einer der kleinen weißen Würmer, die zu Hause im Garten unter den Steinen herumkrochen.

»Iih«, flüsterte Miro und wollte den Finger herausziehen, doch der steckte in der Öffnung fest. Er schrie auf und schüttelte die Hand. Die scharfen Knochenränder kratzten ihm die Haut auf. Dann fiel der Schädel endlich auf den Boden. Er knackte wie ein kaputter Tischtennisball und rollte auf die Seite. Miro betrachtete seinen Finger und fluchte. Es kam kein Blut, aber vom Fingergelenk bis zur Nagelhaut zog sich ein roter brennender Kratzer.

Miro schrie und hob den Fuß, wollte den blöden Scheißschädel zertreten. Da merkte er, dass jemand an der Tür stand. Zuerst fürchtete er, es sei sein Vater. Der würde ihn am Kopf packen und mit der Sonderschule drohen und brüllen, *wenn du, mein Junge, was werden willst, dann musst du, Junge, was dafür tun und dich konzentrieren, Junge, konzentrieren, konzentrieren.*

Aber es war nicht sein Vater. Eine Frau stand an der Tür und starrte ihn an, es war die alte Hexe. Miro ließ den Fuß sinken und erklärte, dass der verdammte beschissene Schädel biss und rauschte.

Die Frau betrat das Zimmer. Ging in die Hocke. Hob einen kleinen Knochensplitter auf.

Miro fluchte und rannte zur Tür.

Er spürte den Griff um seinen Knöchel, konnte aber nicht mehr anhalten oder das Tempo verringern. Er fiel vornüber und schaffte es gerade noch, sich mit den Händen abzustützen, damit er nicht wieder Nasenbluten bekam. Die Frau drehte ihn um und drückte seine Schultern so fest auf den Boden, dass es wehtat. Rund um ihre Augen war schwarze und blaue Farbe, sie hatte sich tief in den Falten abgesetzt, aus der Nähe sah man es genau. Ein furchtbares, furchtbares Weib.

»Armes Kind«, sagte die Frau.

Sie fuhr mit einer Hand in Miros Haare und wickelte sich eine Strähne um den Finger. Ihr Mund näherte sich seinem Ohr, sie begann zu flüstern, und Miro wusste, so hätte sich der Schädel angehört, wenn er sich getraut hätte, ihn ganz fest ans Ohr zu pressen.

Die ersten zwei Gräber wurden geduldig ausgehoben. Die Gebete wurden sorgsam gesprochen. Jakob sah sogar Tränen auf den Gesichtern der Männer, die ihre Gefährten beerdigten.

Doch die späteren Gräber fielen flacher aus. Die Gebete kürzer. Aus dem Weinen wurde hungriges Jammern.

Eines Tages folgte auf Regen Schneeregen, dann nieselte es, danach prasselte erneut ein gewaltiger Schauer herunter, der alles durchnässte, bis sich nicht einmal mehr Baumrinde anzünden ließ. Jakob beobachtete einen der Seemänner, der die Feuersteine träge gegeneinanderschlug, sich schließlich die Rinde in den Mund steckte und mit geschlossenen Augen brummte, als hätte er ein Stück kross gebratene Schweinshaut auf der Zunge.

Anfangs waren sie neun gewesen, jetzt nur noch fünf.

Jakobs rechtes Auge eiterte. Die Sehkraft hatte es bereits auf dem Schiff verloren. Nun bildete sich ein seltsamer Druck in der Augenhöhle, von dem sich Jakob schließlich befreite, indem er sich das widerwärtige Organ ausriss. Der Eingriff bereitete ihm keine Schmerzen, eher im Gegenteil. Das Druckgefühl ließ nach. Doch der Geruch war so ekelerregend, dass der magere junge Bursche, der Jakob bewachte, ihn in die unterste Hölle verdammte und ein Stück von ihm abrückte.

Jakob konnte nicht umhin, sich für sein totes Auge, das auf einem feuchten Felsen lag, zu interessieren. Dieser bescheidene schleimige Klumpen, klein wie ein Vogelfötus aus einem zerbrochenen Ei, war fast dreißig Jahre lang sein schmales Fenster zur sündhaften Welt gewesen. Es hatte Farben, Licht, Freude und Dunkelheit gesehen. Hatte es all das in sich gespeichert? Die Schauspielertruppe, die in sein Heimatdorf gekommen war, als er erst fünf Sommer erlebt hatte. Die wunderlichen wechselnden Prospekte, auf die ein Königshof, eine Wüste in fernen Ländern und wundervolle Gärten gezaubert worden waren. Durch diese zerfetzte Haut hatten sie sich in sein Gedächtnis eingegraben.

Jakob erinnerte sich an Katharina, die einmal, vor langer Zeit, im Ehebett zu ihm gesagt hatte: Diese Augen leuchten, als hätte Gott zwei seiner Sterne in ihnen versenkt. Jakob hatte seiner Frau befohlen, ihre Zunge zu hüten. Doch als sie eingeschlafen war, hatte er in dem dunklen Zimmer vor sich hin geschaut, die Atemzüge seiner Kinder gehört und sich an die Theatertruppe von damals erinnert und daran, wie jene mit Farben und Umrissen gezauberten Landschaften so echt gewirkt hatten, dass man glaubte, in sie hineingehen zu können. Und später hatten dieselben Augen die Gesichter Katharinas und der Kinder betrachtet, die Blockwände seines Hauses, die Dunkelheit des Zimmers.

Die Zeit verstrich, und die Augen sammelten alles, was sie sahen, nur um dem Menschen vergangene Landschaften und Gesichter vorzugaukeln, ihn in eine seltsame, grundlose Sehnsucht zu stürzen. Musste der Mensch sich beide Augen ausreißen, damit ihn die giftigen Trugbilder der Vergangenheit in Frieden ließen? Oder würden die

Bilder einem Blinden, dem nur die Dunkelheit seiner eigenen Seele blieb, umso intensiver erscheinen?

Jakob brachte es nicht länger über sich, das zerfetzte Auge auf dem Felsen zu betrachten. Er holte einen kleinen Spiegel aus seinem Stoffbeutel und hielt ihn sich vor das Gesicht. In dem unebenen Glas, vor dem strömenden Regen, sah ihn ein Mann an, dessen Gesichtszüge verschwammen. Ein Mann, der einmal geglaubt hatte, das Glück sei in dieser Welt beheimatet.

Jakob betastete seine leere Augenhöhle und betete wispernd. Das Einzige, was ihn tröstete, war der Glaube, dass er vielleicht in der Freude des Himmels erwachen würde, wo man Wunder nicht auf zerschlissene Tücher zu malen brauchte.

Jenni hörte Miros Schrei, als sie vor dem Haus stand und gerade im Begriff war, ans Ufer zu laufen, die glatte Felsfläche hinab, den Kopf gefüllt mit Schreckensbildern, auf denen der Junge reglos im Wasser trieb.

»Drinnen«, sagte Ina. Sie war Jenni gefolgt, verwirrt von der übermäßigen Besorgnis ihrer Schwester. Ihre Stimme klang beruhigend, doch Jenni rannte aufgeregt ins Haus zurück und rief nach Miro.

Keine Antwort.

Sie lief rasch durch die Räume im Erdgeschoss.

Auf dem Fußboden in einem der Zimmer lag ein geöffneter weißer Koffer. Jetzt erst erkannte Jenni, dass es derselbe war, den Lisa damals, vor langer Zeit, nach Santorini mitgenommen hatte. Wie passend, doch sie hatte jetzt keine Zeit, sich darüber Gedanken zu machen. Das Einzige, woran sie dachte, war die Tatsache, dass Lisa sich nicht blicken ließ. Dass sie irgendwo mit Miro allein war.

»Miro!«, rief Jenni und lief die Treppe hinauf. Beide Türen am Treppenabsatz standen jetzt auf, auch die, die angeblich abgeschlossen war.

»Der Junge ist hier«, sagte eine Stimme.

Lisas Stimme. Die Wut flammte auf, fuhr Jenni ins Rückgrat und in die Glieder. Sie war mit einem Satz an der Tür. Auf der Schwelle machte sie Halt.

»Alles in Ordnung«, sagte Lisa.

Sie kniete auf dem Fußboden, ihre Hand lag auf Miros Kopf. Miro machte ein seltsames Gesicht. Jenni sah sofort, dass er nicht wusste, wie er auf etwas, das gerade geschehen war, reagieren sollte. Auf dem Fußboden lag ein Totenkopf aus Plastik. Jenni betrachtete Miro, Lisa und den Schädel wie ein absurdes Bilderrätsel, verfluchte ihre Beine, die sich nicht bewegen wollten. Sie hätte Miro sofort aus Lisas Reichweite bringen müssen.

»Was ist passiert?«, fragte Jenni. Sie sah Miro an, doch die Antwort kam von Lisa.

»Nur eine kleine Panne. Halb so schlimm. Nicht wahr, Junge?«

Junge. Vielleicht kannte Lisa nicht einmal Miros Namen. Bei ihrer Ankunft hatte sie keinen Blick für ihn übrig gehabt. Natürlich wusste Lisa, dass Jenni und Aaron ein Kind hatten, aber es war kaum vorstellbar, dass sie sich herabgelassen hätte, Ina nach seinem Namen zu fragen.

Jenni zwang sich aus ihrer Erstarrung und nahm Miro in die Arme. Lisas Hand hob sich langsam von seinem Kopf, gerade rechtzeitig, sodass sie nicht beide gleichzeitig das Kind berührten. Miro war bereits zu schwer, um ihn auf dem Arm zu tragen, doch jetzt fühlte er sich so leicht an wie mit einem Monat.

»Markus' Sachen«, sagte Lisa und deutete mit dem Kopf auf den Schädel.

»Oh nein«, sagte Ina irgendwo hinter Jenni.

Einen Augenblick lang dachte Jenni, Ina teile ihre Sorge um Miro, aber nein. Inas besorgter Blick richtete sich auf den Fußboden. Für Miro interessierte sich niemand. Die Frauen in diesem Haus sorgten sich um einen Plastikschädel. Die Wut flammte erneut auf.

»Was zum Teufel macht das schon?«, schrie Jenni. »Schließt die Türen ab, wenn … Man merkt wirklich, dass es in diesem Haus keine Kinder gibt!«

Sie rannte, Miro auf dem Arm, an Ina vorbei. Aaron, der ihr auf der Treppe begegnete, sah sie fragend an, doch Jenni sagte nichts. Sie drückte Miros Kopf an die Schulter und rannte, wollte weg aus diesem Haus, in dem niemand Mitgefühl zeigte.

Draußen lief sie im Kreis, bis ihr der Junge zu schwer wurde. Sie setzte ihn ab und sah ihm in die Augen.

»Was ist passiert?«

Miro schluckte und sagte:

»Eine kleine Panne.«

Er hatte die Augen weit aufgerissen.

»Keine Angst«, tröstete Jenni. »So etwas kann passieren. Keine Angst.«

Miro rieb sich das Ohrläppchen, das schon ganz rot war. Jenni nahm seine Hand zwischen ihre Hände. Sie kannte diese Geste, das qualvolle Reiben am Ohr. Das tat Miro auf dem Spielplatz oder bei Kindergeburtstagen, wenn jemand etwas Böses zu ihm sagte. Ihn als Idioten beschimpfte, als Rotznase, als Spasti. In solchen Momenten war Jenni immer direkt zu Miro gegangen, unfähig zu klären, wer angefangen und wer was getan oder gesagt hatte. Alle gaben sowieso immer Miro die Schuld. Jenni hatte es nie fertiggebracht, die Kinder anderer Menschen als Kinder zu betrachten. Es waren angehende Erwachsene, die Miro nicht wiedererkennen würden, wenn er ihnen in zwanzig Jahren auf der Straße begegnete. Sie würden den schwierigen Jungen und seine häufigen Wutanfälle vergessen wollen, würden allenfalls auf seine Kosten spotten in ihren teuren Wohnungen, in den Kaffeestuben, an ihren Arbeitsplätzen, abends bei einem Glas Wein, in ihren gesicherten Milieus, wo es den Anschein hatte, alle Menschen wären im gleichen Maß bedacht.

Die Haustür ging. Jenni drehte sich um und spürte, dass die Wut hochkochte, doch es war Aaron, der an der Tür stand. Nicht Lisa. Jenni war enttäuscht. Sie hatte gehofft, Lisa würde kommen und sich entschuldigen, weil sie doch noch erkannt hätte, was wirklich zählte.

»Alles okay?«, fragte Aaron.

»Nein«, fauchte Jenni.

»Geht eine Weile spazieren«, schlug Aaron vor. »Ich erledige die Sache.«

»Sie beschuldigen ein kleines Kind!«, rief Jenni und hoffte, dass ihre Worte bis in die obere Etage zu hören waren.

»Geht nur. Ich bringe die beiden zur Vernunft.«

Jenni war so überrascht von Aarons Unterstützung, dass sie kein Wort herausbrachte.

»Ich hab gar keine Schuhe an«, sagte Miro.

Jenni schaute auf seine Füße. Der Junge stand seltsam verkrampft auf Zehen und Fersen, damit seine hellblauen Socken möglichst wenig mit dem Rasen in Berührung kamen.

»Entschuldige«, sagte Jenni und nahm Miro auf die Arme. »Komm, wir holen deine Schuhe und deine Jacke.«

—

Als Jenni und Miro das Haus verlassen hatten, trat Aaron an die Treppe zum Obergeschoss und lauschte. Er hörte ein leises Gespräch. Lisa und Ina. Aaron stieg mit absichtlich schweren Schritten die Treppe hinauf, um mit Sicherheit gehört zu werden. Als er die Tür erreichte, sah Lisa ihm in die Augen, unerschütterlich wie Ackerland.

»Was hast du mit dem Jungen gemacht?«, fragte Aaron. Sein Tonfall war ruhig, unbeteiligt, sachlich.

»Wieso?«, gab Lisa zurück.

In ihrer Stimme lag keine Wut, keine Dramatik. So hatten sie immer kommuniziert. Zumindest, bis Aarons und Jennis Affäre ans Tageslicht gezerrt worden war.

Aaron schaute Ina an und sah einen Schädel in ihrer Hand. Sie begriff offenbar nicht, wie merkwürdig sie aussah. Ihr Gesicht war blass, erschüttert, als hätte das winzige Missgeschick die ganze Welt aus der Bahn geworfen.

»Markus' Sachen«, sagte sie und schlug die Augen nieder.

Der Schädel schien zu lachen, ohne Kinn und ohne Geräusch. Plötzlich kam es Aaron vor, als ob das ganze Zimmer von unterdrücktem Gelächter vibrierte. Lisa verstand sich auffallend gut mit diesem Mädchen. Sicher hatten sie alles immer wieder beredet, bis das Echo des bitteren Lachens sich in die Wände und Polster eingefressen hatte. Das Lachen darüber, dass Aaron in den beiden letzten Jahren seiner Ehe mit Lisa keinen mehr hochgekriegt hatte, auch darüber war sicher ausgiebig getratscht worden, in dieser Bruchbude gab es ja sonst nichts zu tun.

»Miro ist ein kleines Missgeschick passiert«, sagte Ina, die offenbar glaubte, sie sei die Ursache der drückenden Stille.

Aaron betrachtete Lisa, ohne Hast, erfüllt von innerer Sicherheit. Die beiden Frauen wussten nämlich nicht, dass alles auf Anhieb geklappt hatte, als eine andere Frau vor ihm lag. Nichts für ungut, aber was war das für ein Triumph gewesen, was für eine Befreiung in Bangkok im

Jahre 2001. Irgendwo fiel das World Trade Center in sich zusammen und die von den Flammen versengten Menschen stürzten sich aus hundert Meter Höhe auf den Asphalt, aber in jenem Hotelzimmer war Aarons Schwanz in eine mit kindlich nasaler Stimme redende Thai-Hure eingedrungen, hart wie ein Besenstiel. Beim Frühstück im Hotel hatte er gegen seine Gewohnheit viel Obst gegessen, den Eigengeschmack und die Nuancen jeder Frucht gekostet, ihre tiefen resoluten Farben betrachtet. Er hatte an die schwarze Behaarung des namenlosen Mädchens gedacht, sich darüber gewundert, dass Farben eine Ordnung und einen Sinn hatten, obwohl es doch so viel Chaos gab. Durch das Wasserglas war Licht gefallen und hatte es funkeln lassen, sodass es ein feierliches Gefühl war, die geschmacksneutrale Flüssigkeit zu trinken, an jenem Morgen, als die fundamentalen Dinge wieder klappten. Nichts für ungut.

»Ich warne dich, Lisa«, sagte Aaron und hob den Zeigefinger. Einen winzigen Augenblick lang spielte er mit dem Gedanken, von allem zu erzählen. Von Bangkok und der Scheidung und Jenni. Und von anderen Dingen. Davon, dass er statt Lisa und dem in die Adern schleichenden Tod das Leben gewählt hatte.

Lisa drehte langsam den Kopf hin und her. Es sah aus, als ob sie den Zeigefinger leicht genant betrachtete. Sich wunderte, wieso in aller Welt er derart entschlossen aufragte.

Aaron ließ die Hand sinken und ging. Auf der ersten Treppenstufe rutschte er ab. Es polterte, in letzter Sekunde bekam er das Geländer zu fassen. In dem kurzen Augenblick davor schoss ihm der Gedanke durch den Kopf, dass Fallen der schlimmste Fehler wäre, die beiden Frauen würden sich auf ihn stürzen wie die Aasgeier und ihm die Augen ausreißen. Aber er fing sich, er war ein Profi, und sein Puls normalisierte sich schnell.

Als Aaron ins Erdgeschoss kam, blieb er mitten im Wohnzimmer stehen. Markus' Stuhl stand verlassen am Tischende. Das Haus war still bis auf ein Prusten in der oberen Etage, als hätte jemand bei vorgehaltener Hand geniest.

—

»Gehen wir zu der Landspitze da«, rief Jenni Miro zu, der über Steine und Baumwurzeln hüpfte.

Der Wind hatte sich gelegt. Die Sonne schien schräg zwischen den Ästen hindurch und erinnerte daran, dass der Sommer unausweichlich vorüber war. Die vertraute Wehmut tröstete Jenni. Mit ihr konnte man umgehen. Über sie schrieb man Lieder. Miro blieb auf einem bemoosten Felsen stehen und schaute zur Landspitze hinüber.

»Was ist denn da?«

»Ich weiß nicht«, sagte Jenni. »Sehen wir mal nach.«

Miro schien zu zögern, sprang dann aber in der angegebenen Richtung weiter.

»Mutti«, fragte er, als sie hintereinander auf dem schmalen Pfad gingen, der zur Landspitze führen musste, »warum sind hier alle so wütend?«

»Auch Erwachsene haben manchmal Streit. Wir sind hergekommen, damit alle sagen können, was sie auf dem Herzen haben.«

»Und dann brüllen alle.«

»Es hat doch keiner gebrüllt.«

»Aber das Weib –« Miro blickte über die Schulter. Das Wort »Weib« flüsterte er nur. »Die klingt wie eine Spinne.«

»Wie eine Spinne?« Jenni lachte auf.

»Ja, die spricht so.«

Miro legte die Hände vor den Mund wie zu einem großen Trichter und sprach zischelnd durch sie hindurch.

»Lass das, Miro«, sagte Jenni und fasste den Jungen an der Hand. »Auf dich ist sie nicht wütend.«

Miro schien darüber nachzudenken. Dann entzog er sich Jennis Griff und ging schneller, lief beinahe.

»Sieh mal, wir sind gleich da!«, rief er.

Die letzten Bäume blieben zurück. Die Landspitze badete in der Sonne. Jetzt, wo der Wind sich gelegt hatte, klang das Rauschen des Meeres beruhigend. Jenni merkte, dass sie das leise Geräusch der Wellen schon die ganze Zeit gehört hatte, als sie den Pfad entlanggingen.

»Was sind das für Steinhaufen?«, fragte Miro.

»Ich weiß nicht. Vielleicht irgendwelche alten Seezeichen.«

»Was sind Seezeichen?«

»Die zeigen den Seeleuten, wohin sie fahren sollen.«

Als Miro weiterfragte, stellte Jenni fest, dass sie über Dinge redete, von denen sie keine Ahnung hatte.

»Mutti.«

»Ja?«

Miro stand vor einem der Haufen und suchte nach einem Stein, der nicht zu schwer war, um ihn zu tragen. Er fand einen und versuchte ihn in die Tasche zu stopfen. Jenni war im Begriff zu sagen, die Naht würde reißen, doch Miro kam ihr zuvor.

»Kann man unter der Erde atmen?«

Jenni blieb stehen. Miro hatte es geschafft, den Stein in

die Tasche zu zwängen, und befühlte ihn nun durch den Stoff. Er sah nachdenklich aus.

»Wieso?«

»Nur so. Kann man?«

»Nein. Dazu muss man über der Erde sein.«

»Aber wieso können dann die ganzen Insekten da leben?«

Jenni sah ein, wie wacklig ihre Logik war.

»Na ja«, sagte sie, »vielleicht können die Insekten dort atmen. Die Menschen aber nicht.«

Miro dachte mit gerunzelter Stirn über die Antwort nach und ging zum nächsten Steinhaufen.

»Aber Skelette brauchen nicht mehr zu atmen?«, fragte er.

»Nein.«

Miro hatte nie direkt nach dem Tod gefragt, aber Gespräche wie dieses führten sie von Zeit zu Zeit. Sie versetzten Jenni jedes Mal in eine beängstigende Traurigkeit. Andererseits hoffte sie, der Junge würde so alt werden, dass er das Herannahen des Todes begrüßen würde. Sie hoffte, dass er eines Tages ohne sie zurechtkam.

»Aha«, sagte Miro. Sein Interesse an den Steinhaufen schien erschöpft zu sein. Den Blick auf die Schuhspitzen geheftet, ging er ans Ufer. Jenni bat ihn, vorsichtig zu sein, folgte ihm zwischen zwei Steinhaufen hindurch, berührte den einen im Vorbeigehen, spürte dann Felsen unter den Füßen. Sie schaute aufs Meer und atmete die kühle Luft ein. Hier, wo man den Wind riechen konnte, sah die Umgebung nicht mehr so trostlos aus. Das Licht spielte auf den Wellen und die Seeschwalben schwebten über dem Meer, stießen immer wieder blitzschnell ins Wasser. Jenni drehte sich um und betrachtete die Steinhaufen.

Tatsächlich, was mochten sie sein? Mit der Seefahrt konnten sie nichts zu tun haben, dafür waren sie zu weit vom Ufer entfernt. Kümmerliche Bodenvegetation und loses Geröll umgab sie. Jenni zählte die Haufen. Es waren neun. Sie bildeten einen ungleichmäßigen Bogen, dessen rechtes Ende fast an den Wald reichte.

Da bemerkte Jenni ein Gebäude am Waldrand.

»Schau mal«, sagte sie. »Was ist denn das?«

Miro hatte sich hingehockt und untersuchte eine Felsspalte. Er blickte über die Schulter in die Richtung, in die Jenni zeigte.

»Irgendein Haus«, sagte er träge, genau in dem Ton, den Jenni anschlug, wenn ihr die Fragen des Jungen zu viel wurden.

Jenni betrachtete das kapellenähnliche Gebäude am Waldrand, rechts neben dem letzten Steinhaufen. Die naturbelassenen Bretter waren morschgrau. In der Mitte des Satteldachs ragte ein kleiner Turm auf. Das Gebäude musste alt sein, es war gewissermaßen mit seiner Umgebung verschmolzen. Dennoch wunderte sich Jenni, dass sie es nicht sofort entdeckt hatte. Es kam ihr vor, als ob das Bauwerk sie und Miro aus seinen dunklen Bogenfenstern beobachtete.

»Das ist sicher irgendeine Kapelle«, sagte sie.

Miro schien sie nicht zu hören. Er stocherte mit dem Finger in der Felsspalte. Jenni beschloss, sich das Gebäude näher anzusehen. Sie wollte gerade den ersten Schritt machen, als Miro fragte:

»Wer ist das?«

Jenni sah sich um. Jemand ging am Ufer entlang. Zuerst glaubte sie, es sei ein Mann. Die Gestalt trug einen einfachen Mantel aus grünem Wachstuch, den Kopf bedeckte eine Kapuze. Die übergroßen Gummistiefel reichten bis zu den Knien. Doch der Stimme nach war es eine Frau. Jenni hatte das Wort nicht verstanden, vermutete aber, dass es sich um einen Gruß handelte.

»Hallo«, rief sie zurück und winkte.

Die Frau kam näher und lächelte Miro freundlich an. Unter der Kapuze schauten aschgraue Haare hervor. Das gebräunte Gesicht war von tiefen Falten zerfurcht.

»Was ist das?«, fragte Jenni und deutete auf das Gebäude am Waldrand.

Die Frau blieb stehen und sah sich um.

»*Bönegraven*«, sagte sie.

Es war schwer zu sagen, ob in dem Wort Stolz mitschwang oder lediglich Verwunderung über Jennis Unwissenheit.

»*Graven*? Ein Grab? Von wem?«

»*Bönegraven*«, wiederholte die Frau. Sie faltete die Hände und schaute nach oben. »*Böne.*«

»Aha«, sagte Jenni, obwohl sie nichts verstand.

Die Frau winkte ab und schüttelte den Kopf.

»Ein Mensch geht dahin«, sagte sie in stockendem Finnisch und zeigte auf das Gebäude.

Jenni nickte.

»Dann ist der Mensch so lange dort, bis er ganz … fertig ist. Verstehst du?«

Jenni setzte eine bedauernde Miene auf und schüttelte den Kopf.

»Alleine so lange bis … *bara Gud är där.*«

»Allein mit Gott.«

»*Just så ensam med Gud.*«

»Aha«, sagte Jenni und beschloss, auf weitere Fragen zu verzichten.

»Wie heißt er?«, fragte die Frau.

Jenni war verwirrt, bis ihr aufging, dass die Frau Miro meinte. Der Junge hatte sich ein Stück von ihnen entfernt. Er scheute vor der Unbekannten zurück, die eine fremde Sprache sprach.

»Miro«, antwortete Jenni.

Die Frau wiederholte den Namen und legte die Hand vor den Mund. Jenni verstand die Geste nicht. Bedeutete Miro auf Schwedisch irgendetwas Anstößiges? Sie sahen sich eine Weile schweigend an. Die Frau zuckte nicht mit der Wimper, und es war Jenni, die schließlich den Blick abwandte.

Miro stocherte mit einem Stock in der Erde neben einem der Steinhaufen. Die Frau sah ihm eine Weile zu und ging dann zu ihm. Jenni folgte ihr langsam.

»Was tust du?«, fragte die Fremde so laut, dass Miro erschrak.

»Ich grabe«, murmelte er.

»Warum gräbst du?«

Anfangs hatte es den Anschein, als würde Miro nicht antworten. Doch dann sagte er: »Hier ist so …«

Er schien nach dem richtigen Wort zu suchen.

»… gute Erde.«

Die Frau stand gebückt neben Miro. Sie erstarrte, schwankte, fing sich dann mit einem raschen Schritt zur Seite.

»Es ist sehr gute Erde«, sagte sie und hob etwas auf.

»He, verdammt, nicht klauen!«, protestierte Miro und versuchte den Stein an sich zu nehmen, doch es war zu spät. Die Frau murmelte etwas, das wie eine Entschuldigung klang, und ging weg.

»Du sollst nicht fluchen«, mahnte Jenni leise.

»Aber schau doch mal!«, rief Miro und sah Jenni bestürzt an.

Die Frau umrundete den nächsten Haufen, den Stein in der Hand.

»Vielleicht hättest du den nicht nehmen dürfen«, meinte Jenni unsicher.

»Warum denn nicht?«

Die Frau ging zum nächsten Steinhaufen und schien dort eine passende Lücke zu finden. Oder vielleicht hatte jeder einzelne Stein seinen genau festgelegten Platz. Die Insel und ihre kleinsten Einzelheiten waren für diese Leute das ganze Universum. Sie sahen ihre Umgebung mit anderen Augen als Fremde.

»Lassen wir sie in Ruhe«, sagte Jenni.

Sie sah, dass die Frau sich umdrehte, lächelte und ihnen zuwinkte. Offenbar sollte das ein Abschiedsgruß sein, denn nun entfernte sich die Fremde. Jenni hätte sie gern um Entschuldigung gebeten, wollte ihr aber nicht nachrufen.

»Gehen wir«, sagte sie zu Miro. »Damit dir nicht kalt wird.«

»Furchtbarer Gestank«, murmelte Miro.

»Was?«

»Die Frau hat aus dem Mund gestunken, ganz furchtbar.«

Jenni lachte auf, fasste Miro unter den Achseln und stellte ihn auf die Füße. Auf dem Rückweg lauschte sie den Wellen und betrachtete Miro, der vor ihr herlief. Die Baumstämme filterten das Sonnenlicht, Miros grüne Jacke schimmerte gewissermaßen, einmal heller, dann wieder dunkel beschattet. Seine flinken Schritte waren so leicht, fast lautlos, dass man beinahe hätte glauben können, der

Junge fliege dahin. Zum ersten Mal seit Markus' Einladung fühlte Jenni sich plötzlich leicht, losgelöst von allem, von Aaron, Markus, Lisa, von der Last, die sie seit Jahren trug. Es war wohl Glück. Ein grundloses, unverdientes Glück.

Nachts kam der Apotheker zu Jakob, hielt ihm eine Flasche an den Mund, deren Hals so schmal war, dass die Flüssigkeit nur tropfenweise herauskam. Sie schmeckte zugleich süß und bitter. Jakob trank, hätte gern mehr getrunken, doch der Apotheker nahm es mit der Dosierung sehr genau.

»Du hältst mich am Leben wie ein Schlachttier«, sagte Jakob. »Glaubst du wirklich, ich könnte dir von Nutzen sein?«

Der Apotheker erwiderte:

»Warum würde ich sonst diese guten Männer sterben lassen und Euch am Leben erhalten?«

»Die guten Männer?« Jakob lachte auf. »Gestatte mir, dir zu prophezeien, was diese guten Männer tun werden. Bevor der erste Schneeregen herniederfällt, begehen sie die Sünde der Sodomie. Dann schlagen sie ihre Zähne in Menschenfleisch. Die erste Sünde rechtfertigen sie mit den Worten, das sei das Gesetz des Meeres. Die zweite begründen sie mit dem Gesetz der Not. All das tun sie, bevor der erste Regentropfen zu Eis erstarrt. Ohne Gott ist der Mensch der Narr seiner Triebe.«

Der Apotheker glaubte ihm nicht. Er zog sich zum Schlafen zurück, in der festen Überzeugung, inmitten braver Männer zu liegen.

Doch schon am dritten Tag nach dieser Unterredung vernahm der Apotheker, als er im Wald hockend sein Geschäft verrichtete, eine seltsame, kindlich hohe Stimme. Nachdem er fertig war, ging er dem Geräusch nach und sah zwei Männer in der Gewalt widernatürlicher Wollust. Der eine lag rücklings auf einem flachen Felsen, die Beine angewinkelt wie ein Huhn am Bratspieß, und stieß mit grauenvoll weiblicher Stimme obszöne Worte aus. Der andere pumpte, Schaum im Mundwinkel und röchelnd wie ein Bär.

Der Apotheker zog sich zurück, bevor die beiden Sünder seiner ansichtig wurden. Über den unnatürlichen Akt, dessen Zeuge er geworden war, sprach er mit keinem. Schon gar nicht mit Jakob Mört, dessen Schadenfreude ihm um nichts wünschenswerter war als der Hungertod.

Doch in der nächsten Nacht, als der Apotheker zu Mört schlich, um ihm von der Arznei zu geben, bedankte sich dieser mit schriller Stimme, wie er sie im Wald gehört hatte. Dazu schnitt er eine Grimasse wie ein Dämon, in dessen einzigem Auge glühende Kohle steckte.

»Ihr seid nicht unschuldig«, sagte der Apotheker dicht am Ohr des Mannes. Er verspürte den Drang, es abzubeißen und darauf zu kauen wie auf Schweineknorpel. »Vielleicht ist in dem glühenden Ofen, von dem Ihr predigt, auch für Euch ein Platz bereitet.«

Den Rest der Nacht schlief er unruhig, obwohl die Müdigkeit so schwer auf ihm lastete wie ein Pferdekadaver.

Zwei Tage nach diesem Vorfall erwachte der Apotheker von dem Geruch nach gebratenem Fleisch und merkte, dass ihm Freudentränen in die Augen stiegen. Im Mund spürte er den himmlischen Geschmack von gebratenem

Speck. Er dankte Gott, bis ihm klar wurde, dass er nur an seinen eigenen Backen lutschte.

Der Apotheker setzte sich auf und sah die im Schlaf murmelnden menschlichen Wracks um das Lagerfeuer. Niemand briet Fleisch, doch der Geruch war Wirklichkeit. Auch die Schlafenden nahmen ihn wahr. Sie fiepten wie hungrige Köter.

Der Apotheker stand auf und schleppte sich aus dem Lichtkreis des Feuers. Da sah er zweierlei.

Die Steine, die eines der Gräber markierten, waren beiseitegeschoben.

Weiter weg flackerte ein zweites Feuer.

Er betrachtete den Widerschein des Feuers, schnupperte und versicherte sich selbst, dass er nicht zum Sklaven der Hungerteufel werden würde, dass er über diesen Tieren stand und niemals so tief sinken würde.

Er legte sich wieder hin, tat in dieser Nacht jedoch kein Auge mehr zu. Der Hunger biss in seine Eingeweide wie eine Schlange, während er die Gesichtszüge der Schlafenden zu erkennen versuchte, um festzustellen, wer fehlte. Wen der Hunger dazu getrieben hatte, seine Seele und seine Menschlichkeit zu verschachern.

Jakob Mörts Gestalt zeichnete sich als schwarzer Klumpen hinter den Flammen des Lagerfeuers ab, eine Armlänge entfernt von den anderen Schläfern. Aus irgendeinem Grund war der Apotheker davon überzeugt, dass Mört wach gewesen war, als er selbst erwachte. Dass Mört seinen Kampf beobachtet, über seine bebenden Nasenflügel gelächelt und sich das Lachen verbissen hatte, als er nach der sündigen Mahlzeit ausgespäht hatte wie eine Ratte, die sich auf die Hinterbeine stellt.

Ina saß allein in der Küche, als sie hereinkamen.

»Friede auf Erden?«, fragte Jenni fröhlicher als beabsichtigt.

»Aber ja«, sagte Ina. »Ich könnte uns jetzt etwas zu essen machen. Bitte Aaron auch herunter. Und sag ihm, keinen Streit. Wir sitzen einfach am selben Tisch. Essen gemeinsam. Ich kümmere mich um Lisa.«

Jenni stimmte zu, obwohl sie keinen Hunger hatte. Da sie nun einmal hier waren, konnten sie den anderen nicht gut aus dem Weg gehen.

Aaron stand im Gästezimmer vor dem Spiegel und löste seine Krawatte.

»Ina bittet uns zum Essen.«

»Aha«, sagte Aaron und legte die Krawatte auf die Stuhllehne.

»Wir müssen wohl runtergehen.«

»Wirklich?«, fragte er.

Jenni bemerkte seinen seltsamen, fast flehenden Blick. *Zerbrich jetzt nicht*, dachte sie. *Ich bin darauf angewiesen, dass du nicht zerbrichst*. Sie ergriff Aarons Hand.

»Wenn du es nicht erträgst, können wir unsere Sachen gleich wieder einpacken«, sagte sie. »Allein halte ich nicht durch.«

Aaron sah zum Fenster hinaus. Miro lehnte sich an den

Bettrand und rieb seine Haare am Bettüberwurf, wütend wie ein Hund, der ein Plüschtier beutelt. Jenni wusste, dass der Junge dennoch jedes Wort hörte.

Aaron nickte in die menschenleere Gegend hinter dem Fenster. Das war wohl ein Zeichen der Zustimmung.

»Kein Streit«, sagte Jenni. »Ina hat es versprochen.«

Aaron lachte freudlos, nahm die Brille ab und rieb sich die Augen. »Hör auf, Miro«, mahnte er müde.

Miro hörte nicht auf. Jenni mochte gar nicht daran denken, wie sehr sich die Haare des Jungen bei diesem verrückten Reiben aufluden.

»Ich hab was am Kopf«, murmelte Miro, das Kinn auf die Brust gedrückt.

Jenni ging zu ihm und zwang ihn, den Kopf von der Tagesdecke zu heben.

»Was soll denn da sein?«

»Was Ekliges.« Miro kratzte sich mit beiden Händen.

»Hier drin gibt es keine Spinnen. Außerdem braucht man vor denen keine Angst zu haben. Das habe ich dir schon hundertmal gesagt.«

Sie zog Miros Hände weg und gab ihm einen zärtlichen Nasenstüber.

»Da ist nichts, Bärchen.«

Miro versuchte erneut, sich zu kratzen.

»Doch«, sagte er.

Jenni suchte flüchtig seine Haare ab. In der Spielgruppe hatte es einmal Läuse gegeben. Seitdem glaubte Miro in regelmäßigen Abständen, ein Krabbeln am Kopf zu spüren. Es war wohl ein Fehler gewesen, ihm die Großaufnahmen im Internet zu zeigen.

»Auf deinem Kopf sind nur die Haare eines albernen kleinen Jungen, sonst nichts.«

»Ganz bestimmt?«, fragte Miro.

»Ganz bestimmt.«

»Warum war da in dem Zimmer ein Skelett?«

»Das war ein Schädel. Aus Plastik. Er gehört Onkel Markus.«

»Warum durfte ich den nicht anfassen?«

Jenni seufzte.

»Weil wir hier nur zu Besuch sind.«

»Er hat mich gebissen.«

»Wer?«, fragte Jenni. Ein absurdes Bild schoss ihr durch den Kopf. Ihr Blickfeld vibrierte.

»Niemand. Der Schädel. Obwohl er unten gar keine Zähne hat.«

Jenni spürte erleichtert, dass sie wieder Luft bekam.

»Ein Plastikschädel beißt nicht«, sagte sie und strich Miro über die Wange. »Gehen wir essen, ja?«

»Ich mag nicht«, murrte Miro. Er blickte zur Decke auf und stieß einen frustrierten Klagelaut aus.

Erst jetzt sah Jenni den roten Kratzer direkt neben seinem linken Ohr. Er war blass und wahrscheinlich nur bei dieser Beleuchtung und aus diesem Winkel sichtbar. Aaron oder Lisa? Jenni wurde von hilfloser Wut gepackt, die sie drängte, etwas zu tun, dem Schuldigen zu zeigen, was er einem kleinen unschuldigen Kind angetan hatte.

Aber es blieb die Frage: Aaron oder Lisa? Oder hatte der Junge sich selbst gekratzt? Womöglich stammte der Kratzer gar von ihr? Manchmal musste sie Miro fester anpacken als beabsichtigt.

Eine endlose Kette von Fragen, endlos wie die Wellen in dem bis an den Horizont reichenden Meer, das sie umgab und gefangen hielt.

Jenni hatte vorgehabt, Ina ihre Hilfe anzubieten, aber als sie nach unten kam, war bereits fertig gedeckt. Lisa und Markus saßen am Tisch und fixierten beide wie auf Verabredung den aus der Teekanne aufsteigenden Dampf. Markus' Mund zermahlte das Essen in gleichförmiger, regelmäßiger Bewegung, die bei Jenni die Vorstellung weckte, in seinem Innern laufe ein Motor, der ihn essen, schlafen und die Augen bewegen ließ. Es war eine seltsam beruhigende Vorstellung. Dass Markus zur Maschine geworden war.

»Setz dich«, sagte Ina und stellte ein Holztablett auf den Tisch.

Jenni half Miro auf den Stuhl und warf einen Blick zur Treppe. Aaron ließ sich nicht blicken. Erst beim Hinsetzen merkte Jenni, dass sie den Platz gewählt hatte, der am weitesten von Lisa entfernt war. Die Stühle zwischen ihnen und die polierte Tischplatte schienen zu wachsen, der Abstand war lächerlich groß.

»Wie geht es dir, Lisa?«, fragte Jenni. Sie war stolz auf die Festigkeit ihrer Stimme.

Lisa, die gerade die Teetasse an den Mund führte, erstarrte. Sie blinzelte sich den Dampf aus den Augen.

»Blendend«, antwortete sie und trank von dem Tee, der heiß zu sein schien.

»Schön zu hören«, sagte Jenni und fragte Miro, was er auf sein Brötchen wolle.

Ina setzte sich neben Markus. Er hatte einen Fleck am Kinn. Jenni versuchte, nicht darauf zu achten, doch ihr Blick kehrte immer wieder zu dem Fleck zurück. Sie hätte Ina gern gebeten, ihn abzuwischen.

Der Wind war stärker geworden.

»Aaron hat offenbar keinen Hunger«, sagte Lisa.

Sie stellte die Teetasse ab, faltete die Hände und blickte nach draußen. Die Geste wirkte plötzlich so vertraut, dass Jenni unfähig war, zu antworten oder darüber nachzudenken, was sich hinter den Worten verbarg. Sie erinnerte sich an Lisas aneinandergepresste Hände, an die zuckenden Finger, an ihr Profil vor dem Fenster. Lisa war zu Besuch gekommen, auch damals war Spätsommer gewesen, vielleicht schon Herbst. Jennis Mutter hatte Kaffee gekocht und sich Lisas Geplauder über ein Segelboot angehört, das Aaron kaufen wollte.

Auch Jenni und Ina hatten zugehört, ein Glas Saft in der Hand, und gefragt, ob man mit so einem Boot die ganze Welt umsegeln könne. Lisa hatte versichert, das sei möglich und sie würden die Reise gemeinsam unternehmen, beide Familien. Das habe Aaron ausdrücklich gesagt. Später hatten Jenni, Ina und Markus sich fremde Städte ausgemalt, Stürme, einsame Inseln, Affen, die in den Bäumen schaukelten, und bunte Vögel. Doch das Segelboot war irgendwann in der Brandung anderer Pläne untergegangen. Es war ab und zu wieder aufgetaucht, aber schließlich war nicht einmal mehr die Mastspitze zu sehen gewesen, da wichtigere Dinge den Traum zunichtegemacht hatten.

Hätte Lisa sich damals am Küchentisch vorstellen können, welchen Lauf die Dinge nehmen würden? Hatte dieser Moment bereits den Samen dessen enthalten, was das scheinbar grenzenlose Licht und den unendlichen Frieden jenes Sommers zerstören würde? Lisa hatte zum Fenster hinausgeschaut, hatte die Hecken betrachtet, die Jennis und Inas Mutter gestutzt hatte, und die Blumenbeete und das Spiel des Lichts auf den Blättern. Nun sah sie nichts als Felsen, Himmel und ineinander verschlungene Wellen. Glatten Fels, der zum Ufer abfiel, als schmölze er zu grauem kaltem Wasser.

»Vati will nicht mit euch zusammen sein.«

Jenni schrak auf, als sie Miros Stimme hörte, und versuchte sich zu erinnern, worauf sich seine Worte bezogen. Einen erschreckenden, merkwürdigen Moment lang war sie überrascht, dass sie ein Kind hatte, dass dieser unruhige Junge ihr Sohn war.

»Hat der Vater des Jungen das gesagt?«, fragte Lisa, ohne den Blick vom Fenster abzuwenden.

Des Jungen.

»Ja«, antwortete Miro trotzig.

»Vater, na ja …«, murmelte Lisa.

Jenni begriff, dass sie handeln musste. Miro und diese Frau redeten an ihr vorbei.

»Aaron kommt bestimmt gleich«, sagte sie und berührte Miro an der Schulter. »Vati kommt bestimmt.«

Der Junge wich ihr aus, nahm den Käse von seinem Brötchen und riss ihn in mundgerechte Stücke.

»Wohl kaum«, antwortete Lisa. »Ich kenne ihn doch. Besser als du.«

Jenni schloss sekundenlang die Augen und betete inbrünstig, dass Aaron käme.

»Lisa …«, sagte Ina. »Lass es gut sein.«

»Lass es gut sein?«, schnaubte Lisa. Sie sah zu Markus hinüber, der sich ein Brötchen in den Mund stopfte und unermüdlich kaute, den Blick in die Ferne gerichtet. »Wenn Markus wieder gesund ist, dann lasse ich es gut sein. Es geht mir nicht um euch, auch nicht um mich, sondern um Markus.«

»Dein Sohn wird nicht mehr gesund.«

Ina sah aus, als hätte es sie eine unmenschliche Anstrengung gekostet, diese Worte auszusprechen. Sie sah Lisa ruhig an, doch ihre Hände zitterten.

»Im Gegenteil«, fuhr sie fort. »Sein Zustand verschlechtert sich rapide. Die Ärzte geben ihm höchstens noch einige Monate, und das weißt du genau, Lisa. Markus' Welt verschwindet, Stück für Stück. Das sollten wir akzeptieren. Und dementsprechend miteinander umgehen.«

Lisa richtete den Blick auf Jenni, so hatte es zumindest den Anschein. Doch bald wurde Jenni klar, dass Lisa es nur nicht ertrug, ihren Sohn anzusehen, nicht einmal aus den Augenwinkeln.

Jenni triumphierte innerlich, als sie erkannte, dass dieses Gespräch vor ihrer Ankunft nie geführt worden war. Dass sie es gewissermaßen ausgelöst hatte.

»Wenn Markus noch versteht, was wir reden, gefällt es ihm sicher nicht, dass die Menschen, die er liebt, sich an die Gurgel gehen«, sagte Ina noch.

Die Welt verschwindet, dachte Jenni. Ein beneidenswerter Zustand.

Das Geschirr klirrte, als Lisa aufstand und eine trotzige Entschuldigung murmelte.

»Wohin geht sie?«, wisperte Miro furchtsam, eingeschüchtert durch die Erkenntnis, dass es um ernste Dinge ging.

»Iss nur«, antwortete Jenni.

Ina tupfte sich mit ihrer waldgrünen Serviette die Augen ab, entfernte dann den Fleck an Markus' Kinn. Jenni war ihr dankbar dafür. Auch sie betrachtete Markus und überlegte, was hinter diesen Augen vor sich ging. Um seinen Mund spielte ein kleines Lächeln, doch das hatte sicher nichts zu bedeuten. Plötzlich hob sich Markus' Hand vom Tisch. Sie streckte sich vorsichtig nach Lisas leerem Stuhl aus, zog sich dann wieder zurück.

Jenni öffnete den Mund, um etwas Tröstliches zu sagen,

zu Ina oder Markus, oder zu beiden. Da schlug ihr von hinten etwas auf den Kopf, so heftig, dass ihr die Haare über die Augen fielen. Die Worte blieben ihr in der Kehle stecken, und die Zähne drückten sich schmerzhaft in die Zunge.

»Verdammte Hure«, fauchte Lisa unmittelbar an ihrem Ohr.

Ein Messer fiel vom Tisch, als Jenni instinktiv die Arme um Miro legte.

»Ich hab mir vom Leben nichts anderes gewünscht als Mann und Kind, kein Geld, kein Boot, keine Anbetung, rein gar nichts.«

Jenni blickte stur geradeaus und drückte Miros Kopf an die Brust. Sie sah Ina, die aufstand und sich näherte, nur wie einen Schatten im Nebel.

»Und du verdammte kinderfratzige Hure nimmst mir beide weg.«

Du warst es, du hast Miro geschlagen, du hast geschlagen –

Jenni formte die Worte mit den Lippen, doch sie blieben unhörbar. Sie hätte sie Lisa ins Gesicht schreien wollen, war aber nicht einmal fähig, den Kopf zu drehen.

Du bist die Böse, du bist die, die schlägt –

»Du hast mir beide weggenommen!«

Du hast das Kind gebissen, du bist ein Monster und keine Mutter –

»Suchst du eine Vaterfigur in ihm oder was? Ich kann dir sagen, dass er nicht zum Vater –«

Inas Stimme schnitt Lisa das Wort ab. Es war eine ruhige, aber entschlossene Stimme, die Stimme der Vernunft. Jenni spürte Miros warmen Atem. Dieses Kind hatte sie geboren und an ihrer Brust genährt, es war das Allerwichtigste, nicht diese tollwütige Frau und ihre Verbitterung.

Jenni würde auf ihrem Platz sitzen bleiben und ihr Kind schützen, bis die Attacke vorbei war.

»Bist du jetzt zufrieden?«, fragte Ina in Jennis Rücken. Jenni wusste nicht, wem die Frage galt, ihr oder Lisa. Wütende Schritte pochten über das Parkett und entfernten sich. Ina bückte sich und hob etwas auf, wahrscheinlich das Messer.

»Esst ruhig weiter«, sagte sie. »Lisa ist weg, sie wird sich bald wieder beruhigen.«

Inas Hand fuhr über Miros Kopf. Eigentlich streifte sie ihn nur mit den Fingerspitzen, denn Jenni zog das Kind aus ihrer Reichweite. Sie betrachtete das Besteck auf dem Tisch und stellte sich vor, wie es von selbst auffliegen und versuchen würde, Miro zu verletzen, und es wäre ihre Pflicht, ihn zu schützen.

»Es ist vorbei«, beteuerte Ina. Sie kehrte an ihren Platz zurück und flüsterte Markus etwas zu. Aus den Augenwinkeln sah Jenni, dass er immer noch reglos wie ein steinernes Denkmal am Tischende saß.

»Alles in Ordnung«, sagte Jenni zu Miro und merkte, dass sie ihre Stimme zurückgewonnen hatte. »Wenn du keinen Hunger mehr hast, gehen wir nach oben.«

Sie spürte Miros Nicken.

»Besten Dank«, wandte sie sich an Ina und half Miro vom Stuhl. »Das war wirklich ein zivilisiertes Zusammensein.«

Ina versuchte etwas zu erwidern, aber Jenni und Miro waren bereits auf der ersten Treppenstufe. Da ertönte hinter ihnen ein einziges Wort.

»Jenni.«

Jenni blieb stehen und sah sich um. Markus' Position hatte sich nicht verändert, sein Gesicht war so ausdruckslos wie zuvor. Aber die Stimme war unverkennbar.

»Du bist gekommen.«

Jenni spürte ein leichtes Schwindelgefühl. In ihren Ohren klang ein schwaches Zischen. Wie von einem Schweißbrenner irgendwo weit weg, vielleicht im Keller.

Rate mal, was er gesagt hat.

Sie sah den blendenden Lichtstrahl und die Schutzmaske, obwohl natürlich kein Schweißer da war. Erinnerungen erwachten, bildeten wütende Fasern, brachten vergessene Gerüche mit sich, Geräusche.

Ina saß starr am Tisch, als fürchtete sie, Markus würde bei der kleinsten Bewegung wieder in seiner eigenen Welt verschwinden.

Jenni wartete eine Weile, dann wandte sie sich ab und ging mit Miro nach oben.

»Das klang ganz nach der alten Lisa«, sagte Aaron, als sie ins Gästezimmer kamen.

Er lag voll bekleidet auf dem Bett und starrte an die Decke. Offenbar hatte er jedes Wort gehört und sich dennoch nicht bequemt, nach unten zu kommen.

Jenni gab ihm keine Antwort. Aaron hatte sie und Miro nicht beschützt, niemand beschützte sie.

Sie zog Miro aus und half ihm in den Schlafanzug. Dann versuchte sie vergeblich, Miros Bett neben ihres zu schieben. Aaron wollte sie nicht um Hilfe bitten. Sie nahm zwei von Miros Gute-Nacht-Büchern aus dem Koffer und las ihm beide vor, auf dem harten Fußboden sitzend, in der Hoffnung, die vertrauten Worte und Gestalten würden Miro davon überzeugen, dass immer noch alles gut war. Dass seine Mutter sich nie in ein rasendes Weib verwandeln würde, das schlug und schrie.

»Jenni«, sagte Aaron nach einer Weile.

Jenni las weiter.

»Lass uns wegfahren.«

Die Geschichte ging weiter, der traurige Drache trug den kleinen Jungen auf seinem Rücken zur Burg des purpurnen Zauberers.

»Markus hat uns gesehen. Lisa hat die Gelegenheit bekommen, ihren Mistkübel auszukippen. Was tun wir hier noch? Dieses Projekt ist abgeschlossen.«

Auf dem Bild näherte sich der Drache der hoch oben auf einem Felsen errichteten Burg. Jenni warf einen Blick darauf und las weiter.

»Fahren wir nach Hause.«

Jenni ließ die Buchstaben der Geschichte ihre Lippen bewegen, obwohl sie gern geantwortet hätte, ja, wir fahren zurück. Aber Aaron war ein Verräter. Aaron hatte nicht begriffen, dass Jenni nicht ohne Miro zu haben war, das hatte er nie verstanden. Aaron schämte sich für den Jungen. Ein misslungenes Projekt. Also sollte er leiden.

Aaron seufzte, stand auf und begann sich auszuziehen.

»Mutti«, kam Miros Stimme aus der Dunkelheit, als Jenni die Gute-Nacht-Geschichte zu Ende gelesen und das Licht gelöscht hatte. »Ich hab Angst.«

Jenni drehte sich zu ihm um. Miro lag wie ein schwarzes Bündel in seinem viel zu großen Bett. Jenni wusste, dass sie sich nicht zu ihm legen durfte, denn dann würde er noch unruhiger. Es war ein quälendes Gefühl, sich nicht neben sein eigenes Kind legen zu können. Selbst schlafen zu wollen, damit man die Kraft hatte, sich zu sorgen.

»Möchtest du, dass wir das Licht anmachen?«, fragte sie.

»Kein Licht«, murmelte Aaron hinter ihr.

»Nicht nötig«, antwortete Miro resigniert.

»Wovor hast du denn Angst?«, fragte Jenni. »Du brauchst dich nicht zu fürchten. Lisa war nur auf mich wütend, und inzwischen hat sie sich bestimmt wieder beruhigt.«

Miro wälzte sich unruhig hin und her. Es war schon so dunkel, dass Jenni nicht sehen konnte, ob er ihr den Rücken oder das Gesicht zuwandte.

»Vor der hab ich keine Angst.«

Jenni stand auf und ging zu Miros Bett. Der Fußboden war kalt.

»Wovor denn dann?«

»Da-a-ass i-ich ertri-inke«, sagte Miro gedehnt.

Jenni zog ihm die Decke bis zu den Schultern hoch und dachte an den abschüssigen Felsen und an das Meer, an sein kaltes, gleichgültiges Wogen. In seinen Tiefen starben Fische und verrotteten, wurden zu einem feinen Schleier, den die Wellen bewegten und der zerfiel, wenn man ihn berührte, der sich in Nebel verwandelte und schließlich im Meer aufging.

»Im Bett ertrinkt man nicht, Dummerchen.«

»Ich meine nicht so wie im Schwimmbad.«

»Wie denn?«

Miro schwieg eine Weile, dann fing er an, in sein Kissen zu brabbeln und sich auf den Kopf zu schlagen.

»Na, na«, sagte Jenni und drückte Miros Hände auf die Matratze. »Jetzt wird geschlafen.«

Sie tastete im Dunkeln nach Miros Wange, bis ihre Finger die glatte Haut fanden. Miro blieb still liegen und flüsterte:

»Ich hab Angst, dass ich ertrinke und es ist ganz dunkel und dann hör ich nur mein eigenes Gebrabbel und du bist nicht da und kannst nicht sagen, dass ich still sein soll.«

Jenni zwang sich zu einem leisen Lachen, obwohl ihr

nicht zum Lachen war. Sie hörte Schritte auf dem Flur und überlegte, ob sie von Lisa stammten. Warum sollte Lisa hier oben ins Bad gehen?, dachte sie, war aber zu erschöpft, um sich weiter darum zu kümmern.

»Hör mal, ich bin immer bei dir und sage, jetzt ist Schluss mit dem Gebrabbel.«

»Versprochen?«

»Versprochen. Jetzt mach die Augen zu und schlaf schön.«

»Gute Nacht«, sagte Miro.

»Gute Nacht«, antwortete Jenni und ging zurück in ihr Bett. Der Schlaf überrollte sie unaufhaltsam und schwer wie eine Welle, obwohl sie wach bleiben wollte, bis Miro eingeschlafen war.

Aarons Atemzüge waren gleichmäßig und beruhigend. Jenni hasste sie, doch sie zogen sie mit sich in eine barmherzige Bewusstlosigkeit. Miros Stimme und die Erinnerung an die Schritte auf dem Flur ertranken in der Dunkelheit.

In der Nacht schrak Jenni auf. Es dauerte lange, bis sie wusste, wo sie war. Miros Atmen war ganz nah, ein beruhigendes Geräusch.

Jenni drehte sich auf den Rücken und sah an die Decke.

Etwas hatte sich verändert. Das Zimmer war nicht mehr so dunkel wie in dem Moment, als sie eingeschlafen war. Sie wäre gern in den Schlaf zurückgeglitten, doch es gelang ihr nicht. Ihre Augen öffneten sich wie von selbst, musterten die Decke und die Wände.

Wenn man lange genug hinschaute, sah man einen schwachen rötlichen Schimmer, der verschwand und dann wieder auftauchte. Es muss eine Halluzination sein, dachte

Jenni, schob aber dennoch die Bettdecke beiseite und setzte sich langsam auf. Sie betrachtete das Fenster. Ein rötlicher Widerschein zuckte über die Scheibe und verschwand. Jenni saß im Bett und wartete, bis sie ihn wieder sah, dann stand sie auf und ging ans Fenster.

Der Himmel war dunkel und sternlos. Nur ein trüber Mond beleuchtete die Wolkendecke, die einer erstarrten Lawine glich. Durch das Fenster, das Kühle ausstrahlte, war das Meer zu hören. Ein ruhiges wogendes Rauschen, das Miros Atemzüge begleitete.

Weit weg brannte etwas. Vielleicht tobte irgendwo ein Feuer oder man hatte einen gewaltigen Scheiterhaufen angezündet. Der rote Schimmer erstreckte sich über eine weite Fläche, er wogte und bewegte sich unruhig hin und her. Er musste von einer großen beweglichen Lichtquelle ausgehen.

Es war jedoch nichts dergleichen zu sehen. Der Wald und die Ufer waren dunkel. Ihre Formen waren nur dann zu erkennen, wenn der im Wasser schimmernde rote Schein auf sie fiel. Es war also doch kein Feuer. Im Meer leuchtete etwas.

Jenni beugte sich näher ans Fenster, bis ihre Nase das kalte Glas berührte.

Tatsächlich. Das Meer glühte. Jenni versuchte sich an den Gedanken zu gewöhnen, ihn in ihrem müden Kopf zu verarbeiten. Dann sah sie noch etwas anderes. Eine Bewegung, Gestalten am Ufer. Menschliche Gestalten. Sie tauchten auf, wenn der Schimmer im Meer stärker wurde und sich dem Land näherte, wurden dann wieder von der Dunkelheit verschlungen.

Ihr Atem ließ das Fenster beschlagen. Die Scheibe quietschte leise, als Jenni sie mit der Handfläche abwischte. Jenni hielt den Atem an und kniff die Augen zusammen.

Die menschlichen Gestalten bewegten sich seltsam, schienen zuerst zu eilen, blieben dann stehen, beugten sich wie verkrampft vor, als würden sie das Meer anschreien. Jenni dachte an den grauen Regenmantel und an den jungen Mann mit dem Welpen auf dem Bootssteg.

In ihrem schläfrigen Kopf schienen diese Bilder etwas ausdrücken zu wollen, das über ihren Verstand ging. Das Licht leuchtete vermutlich in der Nähe der Landspitze, auf der sie mit Miro gewesen war, aber in der Dunkelheit war sie sich dessen nicht ganz sicher. Vielleicht war ein Schiff gestrandet, und nun suchten Taucher mit Unterwasserlaternen nach Leichen. Vielleicht waren die am Ufer zuckenden Gestalten Angehörige und Freunde der Ertrunkenen. Eine große Katastrophe für die kleine Gemeinschaft, an die man sich noch nach Jahrzehnten erinnern würde.

Jenni drehte sich um und betrachtete das Zimmer, Miro, Aaron. Sie widerstand der Versuchung, einen der beiden zu wecken. Die Lichterscheinung und die zuckenden Menschengestalten wirkten so irreal, dass sie gern jemanden gehabt hätte, der sich mit ihr darüber wunderte und ihr bestätigte, dass sie keine Irrbilder sah.

Jenni betrachtete die Bewegung des Lichts, bis sie restlos erschöpft war. Dann legte sie sich wieder ins Bett und stellte sich die Wogen vor, die über das Fischerboot schlugen, als hätte sich die Nacht selbst voller Wut in Wasser verwandelt.

An der Schwelle zum Schlaf sah sie Markus' Gesicht. Sie streckte die Hand aus und ließ die Fingerspitzen darüberwandern. Das Licht wurde heller. Es zitterte auf Markus'

Gesicht, in den Falten, Dellen, Poren. Das Narbengewebe zog sich unter der Berührung zurück, verwandelte sich in glatte Haut.

Als außer Jakob nur noch der Apotheker und zwei Seeleute übrig waren, hoben sie vorsorglich die Gräber für alle vier aus. Jakob betrachtete die Plackerei der ausgemergelten Männer und überlegte, welche der Gruben für ihn bestimmt war.

Als die Arbeit vollbracht war, stützte sich der eine der beiden Seeleute auf das Brett, das er als Schaufel benutzt hatte, und brach nach einer Weile am Rand des letzten Grabes zusammen. Der Apotheker vergewisserte sich, dass der Mann tot war, und schob die Leiche ins Grab. Als es mit Erde bedeckt und mit Steinen markiert war, hielt er eine kraftlose Rede, in der er betonte, dass es sich bei den Gräbern nur um eine Vorsichtsmaßnahme handelte; er beschrieb Wahrscheinlichkeitsketten: Schiffe führen auf dieser Route, und es bestehe noch immer die Möglichkeit, dass sie gerettet würden. Jakob wusste, dass sein Ende gekommen war, wenn der Apotheker die letzte Hoffnung verlor. Bis dahin war er in Sicherheit. Dank der Gnade eines Sklaven der Krone.

Nach der Rede stürzte sich der letzte Seemann auf den Apotheker und schrie, man müsse die Leiche ausgraben und auf den Uferfelsen legen, um Vögel anzulocken. Jakob lehnte sich an einen Baumstamm und beobachtete leise lachend den Kampf der Männer. Die verlumpten Körper wanden sich umeinander, als liefe die Zeit verlangsamt ab. Der Apotheker war nicht an Handgreiflichkeiten gewöhnt, doch da er größer war, behielt er die Oberhand.

»Ich weiß, was ihr getan habt, du und dein Gefährte«, sagte er und presste den Kopf des Mannes auf das Geröll. »Ich weiß, was für Fleisch du zwischen den Zähnen hast.«

Er nahm einen Stein vom Grab und schlug ihn dem Mann drei Mal auf den Kopf. Nach jedem Schlag fiel ihm der Stein aus der Hand, doch er nahm ihn immer wieder auf und schlug zu, langsam, aber entschlossen, bis der Mann sich nicht mehr bewegte.

Der Apotheker wälzte sich von dem Toten herunter, lehnte sich ächzend an einen Felsen und holte die kleine braune Flasche aus seiner Jacke. Er trank gierig daraus und verkorkte sie sorgfältig. Plötzlich wurde Jakob bewusst, dass der Apotheker seine Arzneiflasche nie bei Tageslicht hervorgezogen hatte, als die Seeleute noch lebten.

»Es wird ein Schiff kommen«, sagte der Apotheker mit rasselndem Atem und zeigte Jakob die Flasche. »Wir werden den Hafen erreichen. Dafür habe ich gesorgt. Die Essenz hätte nicht für alle gereicht.«

»Wenn es den Hafen noch gibt«, warf Jakob ein. Als der Apotheker ihn verständnislos ansah, erklärte er:

»Die ganze Schöpfung wird hinweggefegt, sie bröckelt bereits. Deinen Hafen hat vielleicht schon ein Feuersturm verschlungen. Und kein Schiff segelt mehr in Gewässern, auf deren Grund alle Widerwärtigkeiten der Schöpfung erwacht sind und an Land kriechen, um zu sterben.«

Der Apotheker schüttelte den Kopf.

»Warum hasst Ihr die Welt so sehr?«, fragte er. »Seht Ihr nichts Gutes darin?«

»Diese Welt ist ein Zerrbild der Welt, auf die ich meinen Blick richte.«

»Seht die Vögel am Himmel. Wie friedlich sie über den Winden dahingleiten. Wie das Licht sogar die Sturmwolken durchdringt. Die Schöpfung ist perfekt. Ihr Lauf wird von der feinsten Mechanik gesteuert.«

»Das sind die Irrwege weltlicher Weisheit«, entgegnete Jakob. »Die Schöpfung ist leer. Ein Mensch, der von ihr lebt, ist so viel wert wie ein Wurm, der sich durch die Erde schlängelt und der keine Augen hat, zu sehen, keinen Geist, zu denken. Wenn man einen Wurm in die Hand nimmt, spürt man, wie er sich windet. Er will noch ein Maulvoll Humus. In Gottes Augen hat der Wurm keinen Wert. Er darf zerquetscht werden, inmitten seines kopflosen Treibens, das Maul gefüllt mit dem Humus seiner Welt.«

»Hat das Leben Euch nichts Gutes gegeben?«, fragte der Apotheker müde, aber immer noch begierig zu verstehen. »Habt Ihr nie die Treue einer Ehefrau, die Ehrerbietung von Kindern erlebt?«

Jakob schwieg. Er ballte die Hand zur Faust und öffnete sie, wieder und wieder. Die Furchen in der Handfläche nahmen das Licht langsam auf, als wären es jedes Mal andere.

»Das war einmal«, sagte er dann.

»Ich kann mir Eure Familie nicht vorstellen«, meinte der Apotheker. »Wie haben Eure Angehörigen geheißen? Vielleicht würden mir die Namen helfen, sie vor mir zu sehen?«

Wieder ballte Jakob eine Faust. Er flüsterte die Namen so leise, dass der Wind sie davontrug.

Katharina. Malin. Beata.

Der Apotheker hörte nichts. Den Kopf schräg gelegt, wartete er auf Antwort. In dieser Position wird er sterben, dachte Jakob. Die Vögel werden ihm als Erstes die Augen auspicken. Augen, welche die imaginären Gesetzmäßigkeiten des Himmels und die Mischung von Heilkräutern in Glasgefäßen betrachtet hatten. Nur die Höhlen würden bleiben, und keine Spur von jenen Wundern.

»Manchmal, wenn ich die Vögel betrachte«, sagte der Apotheker, als hätte er seine Frage vergessen, »überlege ich, wie sie sich dort oben in der Luft halten, während wir an die Erde gebunden sind. Der heilige Augustinus meint, die Verdunstung des Wassers mache die Luft dichter, die Vögel würden von einem unsichtbaren Wassernebel getragen. Gott hat die Welt so erschaffen, dass das Wasser verdunstet, aber er selbst lässt es nicht verdunsten. Es ist das von Ihm geschaffene Gesetz der Welt, das aus sich selbst wirkt.«

Die Schreie der Möwen. Der Schatten eines Vogels strich über das Gesicht des Apothekers wie ein schwarzer Schleier. Er sprach über die Vögel, hatte aber nicht mehr die Kraft, sie zu betrachten.

»Wie wundersam ist diese Mechanik! In meinem Herzen weiß ich, dass sie nicht zufällig entstanden sein kann, sondern dass Gott alles so eingerichtet hat. Aber mein Verstand …«

Der Apotheker hob träge die Hand und strich sich über die Stirn.

»Er lässt mich mitunter das Gleiten und den Sturzflug der Vögel betrachten wie materialisierte Musik, die keinen Komponisten hat. Versteht Ihr?«

Jakob bestätigte ihm nicht, dass er ihn verstand. Die Schatten der Vögel strichen über den steinigen Boden zwischen ihnen. Jakob betrachtete das schlaffe Gesicht des Apothekers. Wie man die Borke eines Baumes betrachtet, einen Uferfelsen, die Form einer Welle.

Katharina. Malin. Beata.

»Ich spreche auf die Gefahr ewiger Verdammnis hin, aber soll man seine Sünden nicht offen bekennen? Manchmal, wenn ich die Mechanik der Schöpfung und des Himmels betrachte, geschieht es, dass ich mich gleichsam … verliere. Ich sehe die Hand Gottes nicht mehr, spüre keine Seele in meiner Brust. Denkt nur …, dass nur wir hier wären, die Vögel, der Wind. Alle gleichermaßen seelenlos. Und wenn wir unser Ende finden, nähren die leeren Schalen unseres Körpers andere Kreaturen, als hätten wir nie einen Namen gehabt, eine Überzeugung, die Liebe unserer Familie. Eine Seele.«

Jakob blickte auf den blutbefleckten Stein, der einige Meter von dem Apotheker entfernt lag.

»Aber was wäre die Folge, wenn diese Teufel des Zweifels von Herz zu Herz wandern? Keine Epidemie könnte größere Trauer und Zerstörung anrichten. Selbst dein Jüngstes Gericht wäre im Vergleich dazu eine Erleichterung.«

Jakob stand auf. Die Augen des Apothekers folgten ihm. Kein anderer Teil seines aufgedunsenen Körpers bewegte sich. Nur die gelblichen Augäpfel regten sich, die Gesichtshaut hing schlaff herab. Jakob dachte an wiegendes Heu, an die Gischt auf den Wellen, an Blütenstaub, der im milden Sommerwind schwebt. Er hob den Stein auf. Der Blick des Apothekers folgte ihm. Bloße Bewegung ohne Sinn. Jakob nahm seinen Spiegel und umschloss ihn mit der freien Hand.

»Bin ich nur ein Wurm?«, fragte der Apotheker. »Ist mein Mund voller Erde?«

Jakob schlurfte zu ihm. Sein Schatten fiel über die schlaffen Glieder, über die Kopfhaut, die am Scheitel durch den strähnigen Schopf hindurchschien. Die dünnen Haare zitterten im Wind.

Jakob hielt dem Apotheker den Spiegel vor die Augen. Das Licht, das der Spiegel reflektierte, zuckte auf dem schlaffen Gesicht. Er wartete, bis der Blick des Apothekers sich dem Spiegel zuwandte. Bis das Licht die geschwächten Augen blinzeln ließ. Dann schlug er drei Mal zu.

Name. Name. Name.

Danach ließ er den Stein fallen und blickte nach oben.

Die Vögel flogen durch die Luft und riefen einander. Ihre Betriebsamkeit kannte keine Zweifel, keine Sorgen. Sie dachten nicht über den Ursprung oder die Richtung des Wasserdampfes unter ihnen nach.

Jakob beugte sich zu dem Apotheker hinab, schob sein Gesicht dicht an das feiste Ohrläppchen des Mannes. Er spürte den Tod, die Reglosigkeit, die tiefer war als Schlaf. Das hatte er auch damals sofort gespürt, als er Katharina und die Kinder sah.

»So groß ist mein Erbarmen mit dir, Apotheker Arvid Langelin, dass ich es dir erst jetzt erzähle. Jetzt, da deine Ohren nicht mehr vernehmen, was deine Seele erwartet.«

Jakob roch den Schweiß und den Schmutz auf der Haut und in den Gehörgängen des Mannes. Die Möwen kreischten.

»Ulstadius berichtet von einem großen Insekt, das in einem fernen Land lebt. Für die Menschen ist es ungefährlich, aber so grausam bei der Jagd, dass selbst die Heiden im Dschungel es meiden. Dieses Insekt jagt seltsame Spinnen, groß wie eine Männerhand, die in jenem Weltstrich leben. Es beißt seiner Beute die Beine ab und legt seine Eier in ihre Eingeweide. All das tut es, damit die aus den Eiern schlüpfenden Maden die Spinne bei lebendigem Leibe auffressen können. Die Mahlzeit kann Tage, sogar Wochen dauern, und das arme Opfer hat keine Beine, um zu fliehen. Setze an die Stelle der beinlosen Spinne deine in der Verdammnis schmachtende Seele. Und an die Stelle von Tagen und Wochen die Ewigkeit.«

Jakob trat beiseite und stolperte einige Schritte rückwärts. Er dachte an die Würmer, die ihr Opfer lebend verspeisten, und an die Ewigkeit. Die Beine trugen ihn nicht mehr. Er fiel auf die Knie und weinte.

Er befand sich immer noch in derselben Stellung, als sich die Dunkelheit herabsenkte. Da hörte er eine Stimme an seinem Ohr. Wie ein Seufzer.

Jakob.

Doch als er sich umdrehte, sah er nur die Leiche des Apothekers Arvid Langelin.

III

DIE PUPPE

Fira war ein alberner Name für eine Stadt, aber die Stadt war immer noch besser als das beschissene Feriendorf, in dem sich ihr Hotel befand. Markus, Jenni und Ina hatten schnell gegessen und waren dann auf die Terrasse des Restaurants gegangen. Ihre Eltern hatten bereits dreimal Bier nachbestellt, da machte es keinen Spaß mehr, sich ihr Gerede anzuhören.

Sie betrachteten die schneeweißen Gebäude, deren leuchtende Reihen steil zum Ufer abfielen und erst bei den hässlichen Hafenkränen und den Schiffen aufhörten, mit denen garantiert keine Touristen fuhren, sondern nur dreckige, kettenrauchende Griechen.

Nach einiger Zeit wurde ihnen langweilig.

»Gehen wir in die Marktgassen«, schlug Jenni vor. »Ich habe Geld.«

Markus blickte zum Tisch ihrer Eltern, wo Lisa mit gefurchter Stirn Jennis und Inas Mutter etwas erzählte. Vermutlich, wie gern sie Kirka mochte oder Loiri mit seinen Eino-Leino-Liedern, oder welche Angst sie vor Vulkanausbrüchen oder Erdbeben hatte, überhaupt vor all dem, wovor man sich in Finnland nicht zu fürchten brauchte. Im Norden lebte es sich doch am besten.

»Die werden sich Sorgen machen«, wandte Ina ein und deutete mit dem Kopf hinter sich.

»Die kriegen das gar nicht mit«, gab Jenni zurück und versetzte Ina einen Stoß mit dem Ellbogen. Die Spielverderberin.

»Gehen wir ruhig«, sagte Markus.

Auch er hatte Geld. Seine Mutter hatte ihm am Vorabend fünfhundert Drachmen für die Spielhalle gegeben, aber sie hatten einen interessanteren Zeitvertreib gefunden, in Gesellschaft irgendwelcher Norweger, die etwas älter waren als sie und an einer der Buden Spielkarten mit verschwommenen Fotos von nackten Frauen gekauft hatten.

Als sie am Elterntisch vorbeigingen, fragte Lisa:

»Wohin des Weges?«

Ihre Stimme klang belustigt und betrunken, daher war keine vernünftige Antwort erforderlich. Sie beschleunigten einfach ihre Schritte.

Die Gassen waren schmal und voll von rotverbrannten Erwachsenen, Männern und Frauen, die alles mit halb geschlossenen Augen und gelangweilter Miene betrachteten. Die Kinder plapperten laut und selbstsicher. Markus konnte sich nicht vorstellen, dass ein Vulkanausbruch oder ein Erdbeben ausreichen würde, um die ziellos wirkende Betriebsamkeit und den Strom unbekannter Gesichter anzuhalten.

Jenni blieb an einer Bude stehen und ließ den Blick langsam von rechts nach links über das Angebot schweifen. Markus sah nichts als Farben und Formen, die er schon an vielen Buden gesehen hatte.

»Ui«, sagte Jenni und zeigte auf eine kleine Puppe.

Markus sah sie an. Eine ganz normale Puppe. Sie war vielleicht zehn Zentimeter groß, ein nach oben blickendes Mädchen mit einem bunten Kopftuch und einem gitarrenähnlichen Instrument.

»Was ist damit?«, fragte er.

»Wunderschön«, sagte Jenni und legte die Hände vor den Mund.

Markus musterte die Puppe erneut und versuchte zu verstehen, was an ihr so außergewöhnlich sein sollte. Er war überzeugt, dass Jenni ihn aufzog. Etwas so Gleichgültiges konnte ihr nicht wirklich gefallen.

»Na, dann kauf sie halt«, sagte er provokativ.

»Nein ...«, warnte Ina.

Markus ärgerte sich über Inas Ängstlichkeit, aber Jenni schien die Mahnung ernst zu nehmen.

»Ich kauf sie dir«, sagte Markus und holte ein Bündel Drachmen aus dem Geldbeutel, der ihm um den Hals hing.

»Nicht nötig.«

Jenni und Ina wagten nicht mehr zu protestieren, da der Händler die durchsichtige Plastikschachtel mit der Puppe bereits in der Hand hielt. Er nannte den Preis, und Markus gab ihm einen Geldschein. Der reichte nicht. Der Mann tippte mit seinem dicken Finger auf das Preisschild. Markus gab ihm mehr Geld. Und noch mehr.

Als die Puppe schließlich in einer kleinen Plastiktüte steckte, nahm Markus seinen Kauf und ging, Jenni und Ina im Schlepptau, zum Restaurant zurück. Er verfluchte sich selbst, weil er so viel Geld für eine alberne Puppe vergeudet hatte.

»Ina, lässt du uns mal kurz allein«, bat er, als sie vor dem Restaurant standen.

Ina machte ein beleidigtes Gesicht, trat aber einige Schritte beiseite. So war sie.

Markus nahm die Schachtel aus der Tüte, öffnete sie und hielt Jenni die Puppe hin. Als sie danach greifen wollte, sagte er:

»Das ist keine gewöhnliche Puppe.«

Jenni sah ihm in die Augen.

»Es ist eine haitianische Voodoo-Puppe. Solange du sie hast, ist alles in Ordnung. Wenn du sie verlierst, gewinnt derjenige, in dessen Besitz sie gerät, Macht über dich und kann dir Arme und Beine ausreißen oder dich ertränken.«

Jenni lachte auf.

»Lach nicht«, sagte Markus. Er sah Jenni in die Augen, bis sie ernst wurde, und winkte dann Ina herbei. Gemeinsam gingen sie zurück ins Restaurant. Der Kellner, der an der Tür stand, erkannte sie und hieß sie willkommen.

Als Markus eintrat, fasste ihn jemand am Ärmel seines T-Shirts.

»Wo wart ihr?«

Sein Vater musterte ihn durch seine Sonnenbrille. Jenni und Ina stellten sich nebeneinander auf wie Soldaten, die vorgeben, Wache gestanden zu haben.

»Einkaufen«, sagte Markus.

Wenn sein Vater betrunken war, empfahl es sich meist, ehrlich zu sein.

»Was habt ihr gekauft?«

Markus überlegte, ob er ihm die Wahrheit oder irgendeine Geschichte erzählen sollte.

»Eine Voodoo-Puppe«, sagte er schließlich.

Sein Vater schwankte, aber nur so leicht, dass es außer Markus niemand merkte.

»So, eine Voodoo-Puppe«, wiederholte Markus' Vater und lächelte. »Ist ja toll.«

Seine Lippen schmatzten bei jedem Wort, und er schnaufte laut.

»So eine«, mischte sich Jenni plötzlich ein und zeigte ihm die Puppe.

Der Vater lockerte seinen Griff und betrachtete das Souvenir. Das glaubte Markus jedenfalls.

»Wirklich hübsch«, meinte der Vater. »Von welchem Geld habt ihr die gekauft?«

»Na … von Markus seinem«, erwiderte Jenni unsicher.

Es wurde still. Wider Erwarten packte der Vater Markus' Hemdsärmel nicht fester.

»Gib mal her«, sagte er.

Jenni hielt ihm die Puppe hin. Markus' Vater packte sie und steckte sie in die Tasche.

»Wir hatten mit Markus darüber gesprochen, dass kein Tand gekauft wird. Nicht wahr, Junge?«

Markus lächelte mit zusammengebissenen Zähnen.

»Na los, geht schon«, sagte sein Vater, ließ Markus los und wandte sich ab.

Markus blieb stehen. Er spürte, wie der Ärmel sich wieder auf seine Haut legte, und sah die beiden Mädchen an.

Jenni wirkte erschrocken, lächelte aber. In Inas Miene las Markus ein rechthaberisches *Das habe ich euch ja gleich gesagt*. Er trat Ina auf die Zehen und boxte sie so fest in den Bauch, wie er nur wagte.

Dann ging er weiter, langsam und gelassen, als wäre nichts passiert. Er hörte Inas pfeifenden Atem. Jennis Schritte, die ihm folgten. Markus lächelte, betrachtete den blauen Himmel und stellte sich vor, Jenni und er würden fliegen, ihre Sandalen würden sich vom Straßenpflaster lösen und niemand könnte sie an den Knöcheln festhalten.

—

Jenni erwachte von einem gedämpften Poltern. Es war hell. Aaron stand fertig angezogen vor dem Koffer, den er aufs Bett geworfen hatte, und faltete seinen Schlafanzug zusammen.

»Fährst du weg?«, fragte Jenni. Ihre Stimme klang noch schläfrig, aber vollkommen beherrscht.

Aaron warf ihr einen kurzen Blick zu und legte den Schlafanzug in den Koffer.

»Ja.«

»Und uns lässt du hier.«

»Nicht unbedingt. Das hängt von euch ab.«

»Besten Dank auch.«

Aaron schloss den Koffer und tippte auf seinem Handy.

»Du hast gesagt, du hättest ein paar Tage nichts anliegen.«

»Ich hab immer was«, murmelte Aaron.

Jenni stützte sich auf den Ellbogen und betrachtete Miro. Er schlief mit offenem Mund. Seine Decke hatte sich zu einer Schlange gerollt, die er umarmte.

»Stimmt. Immer hast du etwas, das wichtiger ist als wir.«

Aaron schüttelte langsam den Kopf.

»Er versteht kein Wort«, sagte er. »Der Junge ist ein hoffnungsloser Fall.«

Sekundenlang war Jenni sicher, dass er Miro meinte. Die Wut vertrieb den letzten Rest von Schläfrigkeit aus ihrem Kopf und wollte sich auch dann nicht legen, als Jenni merkte, dass Aaron von Markus sprach.

»Ein hoffnungsloser Fall?«, wiederholte sie. »Das hast du bestimmt schon seit seiner Geburt gesagt.«

»Jenni, red nicht über Dinge, von denen du nichts weißt.«

»Außerdem hat Ina uns, soweit ich weiß, nur um eines

gebeten. Dass wir warten. Wegen Markus. Wegen uns allen.«

»Und wie lange? Bis nach der Wahl?«

»Scheiß auf deine Wahl«, fauchte Jenni. »Machst du dir so wenig aus deinem eigenen Kind?«

Instinktiv blickte sie zu Miro hinüber. Er lag immer noch in derselben Stellung da. Seine Schultern hoben sich in gleichmäßigem Rhythmus. Aaron schob seine Brille zurecht und las mit gerunzelter Stirn die Textmitteilungen auf seinem Handy.

»Was ist aus unserem eigenen Leben geworden?«, fragte er ruhig. »Wir brauchen uns wegen der Vergangenheit nicht für das Heute schuldig fühlen, oder wie hast du es ausgedrückt?«

»Du begreifst nicht. Ich *will* mich schuldig fühlen«, antwortete Jenni und schloss die Augen. Sie hatte geflüstert, doch in ihren Ohren klangen die Worte wie ein Schrei aus der Ferne. »Ich will Markus um Verzeihung bitten. Ich muss es tun.«

»Na, du kannst ja versuchen, mit ihm zu schlafen. Vielleicht hat sein Körpergedächtnis die Fähigkeit noch gespeichert. Ina vögelt er bestimmt. Wo sonst sollte ein so graues Mäuschen Sex kriegen.«

Aaron hatte die Augen immer noch auf das Handy geheftet. Seine Stimme war so leise wie zuvor. Als hätte er nur vor sich hin gemurmelt, was ihm gerade durch den Kopf ging, ohne die Absicht, jemanden zu kränken.

Jenni ließ sich in die Kissen fallen und legte die Hände auf die Augen. Es war eine widerlich resignierte Geste, aber immer noch besser als das, was sie eigentlich tun wollte.

»Aaron, bitte …«

Sie hörte das Geräusch der Handytasten, Miros Atemzüge und das Rascheln von Aarons Kleidung, wenn er sich bewegte. Hinter ihren geschlossenen Augen sah sie rotglühende Gebilde, die ihr das nächtliche Leuchten und seine Widerspiegelung an der Zimmerdecke in Erinnerung riefen. Sie hätte Aaron gern davon erzählt. Vielleicht hätten sie sich gemeinsam darüber wundern und für eine Weile alles andere vergessen können. Vielleicht konnte man Vergangenes tatsächlich hinter sich lassen.

Jenni versuchte das Gefühl heraufzubeschwören, das sie bisher jedes Mal, wenn sie die Koffer schon gepackt hatte, daran gehindert hatte, ein Taxi zu rufen und endgültig zu verschwinden. Letzten Endes war doch Aaron derjenige, der das größere Opfer gebracht hatte, dessen Bürde schwerer wog. Aarons Kälte gegenüber Markus war eine Zwangslösung, das hatte er selbst gesagt. Der Junge hatte jedes Hilfsangebot abgelehnt, hatte seinem Vater nur kindische Verbitterung und Hass entgegengebracht. Es war Jenni leichtgefallen, Aaron zu glauben, denn sie selbst war damals von gekränktem Stolz und Wut erfüllt gewesen. Als Markus zu einem verbitterten Schatten seiner selbst geworden war und sich zurückgezogen hatte, in dieses dumme Haus auf der Insel, völlig blind dafür, dass Jenni immer noch schön war. Unfähig zu sehen, dass ihre Seele voll heimlicher Träume war, wie ungeöffnete Schachteln, dass sie die Blicke der Männer immer erkannt hatte, von Kind an.

»Bitte«, sagte Jenni. Sie presste die Finger so fest auf die Augen, dass es schmerzte. Hoffte, dass die Augäpfel platzten, dass der Glaskörper ihr an der Wange herunterliefe und sie nichts zu erklären brauchte. »Lass uns wenigstens noch bis heute Abend warten.«

Aaron hüstelte und steckte das Handy in die Brusttasche. »Ich habe meine Entscheidung getroffen«, sagte er. »Wenn ihr mitkommen wollt, weck den Jungen.«

Den Jungen.

Aaron ging aus dem Zimmer und ließ die Tür offen. Jenni hörte das laute Plätschern, als er im Bad pinkelte, und versuchte sich an den verkümmerten Teil ihres Ichs zu erinnern, der von diesem Mann fasziniert war. Oder war es immer nur genau kalkulierter Selbstbetrug gewesen, von jener entscheidenden Begegnung an?

Es war passiert, nachdem Markus Jenni am Telefon wie ein Berserker angebrüllt und verlangt hatte, sie solle abtreiben. Er habe keine Zeit für ein Puppenhaus, denn er habe große Pläne. Jenni hatte nie verstanden, von welchen Plänen er sprach. Nach dem demütigenden Skandal um sein Buch war es mit seiner Karriere aus gewesen. Seither hatte Markus mit seinen bitteren Gedanken auf dieser elenden Insel gehaust. Aber es gab wohl für alles einen Grund. Jenni erinnerte sich an den Tränengeschmack, der ihr auf der Zunge lag, als sie in ihrer Verzweiflung bei Markus' Eltern geklingelt hatte. Sie hatte gedacht, vielleicht könne Lisa ihr irgendwie helfen, Markus umzustimmen.

Doch es war nicht Lisa gewesen, die ihr öffnete. Lisa war beim Friseur oder beim Arzt oder sonst wo, Jenni wusste es nicht mehr. In der Tür hatte Aaron gestanden.

Alles hatte seinen Grund. Aber was war, wenn man diese Gründe nicht mehr als seine eigenen erkannte? Wenn man sich so veränderte, dass es einem schien, als hätte ein anderer die Entscheidungen getroffen?

Als Jenni die Hände von den Augen nahm, sah sie das Zimmer eine Zeitlang durch einen Nebel elektrischer

Punkte. Sie stand auf, trat an Miros Bett und überlegte, ob sie den Jungen wecken sollte. Würde sie allein durchhalten, wenn Aaron wegfuhr? Sie zog die Decke über Miros nackte Füße und ging nach unten.

Das Radio in der Küche lief zu laut. Ina goss gerade Kaffee in eine dunkelviolette Tasse und murmelte etwas vor sich hin, als Jenni neben sie trat.

»Ach, guten Morgen«, sagte Ina überrascht. »Markus und Lisa schlafen wohl noch.«

»Aaron will weg.«

Ina schlug die Augen nieder und nickte.

»Er hat nun doch keine Zeit?«

»Nein.«

Jenni setzte zu einer Erklärung an, konnte die Tränen aber nicht zurückhalten. Das Weinen kam schneller als die Worte, ein dummes Schluchzen, gegen das sie machtlos war. Sie dachte an Aaron und an ihre Befürchtung, er würde auch Miro nie lieben, er könne ein Mensch sein, der Kinder übersah, der immer wichtigere Dinge im Blick hatte. Ina stellte die Kaffeetasse auf den Tisch und legte die Arme um Jenni. Doch die Geste brachte keinen Trost, es war gekünsteltes Mitgefühl. Für jemanden wie Jenni brachte Ina wohl nur Verständnis auf, weil sie sich beweisen wollte, dass sie eine gute Christin war.

Jenni hörte Miros Stimme aus dem Obergeschoss. Sie löste sich aus Inas Umarmung und wischte sich die Tränen ab. Vielleicht war es tatsächlich das Beste wegzufahren.

»Ich rede mit ihm«, sagte Ina. »Unter vier Augen.«

»Das bringt nichts.«

Jenni stellte sich Ina und Aaron zu zweit in einem Raum vor. Dabei schäumte ein unkontrollierbares Gefühl in ihr hoch. Erst nach einer Weile erkannte sie, dass es Eifersucht war.

»Ich versuche es. Geh du inzwischen mit Miro spazieren.«

»Verstehst du nicht?«, fragte Jenni. »Aaron lässt uns hier zurück, wenn wir jetzt nicht sofort mitfahren.«

»Nein, das tut er nicht«, erwiderte Ina und suchte Blickkontakt. »Das verspreche ich dir.«

»Du versprichst mehr, als du halten kannst. Glaub mir.«

»Wir werden sehen. Hol Miro.«

Jenni starrte Ina eine Weile an und hoffte, dass sie die Eifersucht in ihren Augen sah. Das Gefühl ließ sich nicht in Worte kleiden, Jenni konnte nicht aussprechen, was sie empfand. Ina musste es sehen und die Konsequenzen begreifen.

»Okay«, sagte Jenni und wandte sich ab, um Miro zu holen.

Jenni beschloss, eine andere Richtung einzuschlagen als beim letzten Mal. Außer dem Fahrweg gab es allerdings nur den Pfad, der zur Landspitze führte. Eine innere Stimme riet Jenni, erneut ans Ufer zu gehen. Vielleicht würde sie dort Spuren des nächtlichen Leuchtens und der zuckenden Menschen finden. Doch die Erinnerung an die nächtliche Szene war so beklemmend, dass sie sich für die entgegengesetzte Richtung entschied.

Nachdem sie eine Viertelstunde quer durch den Wald gestapft waren, begann Jenni ihren Beschluss zu bereuen. Sie drückte Miros Hand, als sie begriff, dass sie die Orientierung verloren hatte. Bäume und Felsen überall.

»Ich kann nicht mehr laufen«, klagte Miro.

Anfangs war er so schnell gerannt, dass Jenni ihn bremsen musste. Jetzt hatte das schwierige Gelände den Reiz des Neuen verloren, und die Erschöpfung machte sich bemerkbar.

»Wir gehen gleich zurück«, antwortete Jenni. »Mutti muss nur zuerst den bequemsten Weg finden.«

Bäume. Felsen. Der Instinkt empfahl ihr mindestens drei Richtungen, von denen keine richtiger wirkte als die anderen.

»Was hab ich da auf dem Kopf?«, fragte Miro und zupfte an den Haaren.

»Da ist nichts, glaub mir.«

»Doch«, widersprach Miro und hielt ihr die Hand hin.

Jenni betrachtete das krummbeinige pechschwarze Insekt, das hektisch über die Linien in der blassen Handfläche krabbelte. Sie erinnerte sich an Zeitungsberichte über Hirschlausfliegen, die sie gleichgültig überflogen hatte, in der Gewissheit, diese Tiere hätten nichts mit ihrem Leben zu tun.

»Schmeiß es weg«, sagte Jenni und schüttelte Miros Hand.

Das Insekt verschwand. Jenni klopfte Miros Jacke ab und spürte eine alberne, grundlose Panik, die ihre Gedanken durcheinanderbrachte. Was war schon passiert? Die Insekten waren eklig, hirnlos, aber unschädlich. Und sie konnten höchstens zwei Kilometer vom Haus entfernt sein.

»Gehen wir zurück«, sagte Jenni und fasste Miro an der Hand.

»Von da sind wir aber nicht gekommen«, protestierte der Junge.

»Doch. Nun komm schon.«

Miro konnte keine Ahnung von der richtigen Richtung haben. Er hatte die ganze Zeit auf seine Füße geschaut, war hier und da stehen geblieben, um Baumwurzeln zu untersuchen, hatte vor sich hin geplappert, ohne auf irgendetwas zu achten, das mehr als einen Meter von ihm entfernt war.

Sie gingen eine Weile. Miro klagte, er könne nicht mehr, und Jenni wurde immer nervöser. Schließlich blieb sie stehen. Die Umgebung sah in jeder Richtung gleich aus. Große, moosbewachsene Findlinge. Gerade Kiefernstämme, hier und da Krüppelbirken, Ebereschen und seltsame, konturlose Bäume, deren Namen kein Städter kennen konnte. Ein gleichmäßiges Rauschen, das Jenni, wie ihr plötzlich klar wurde, für fernes Verkehrsgeräusch gehalten hatte. Das war es natürlich nicht. Es war das Rauschen der Menschenlosigkeit, unendlich einsam, gnadenlos.

»Wir sind von da gekommen«, sagte Miro und zeigte nach hinten.

»Woher willst du das wissen?«, fragte Jenni gereizt, blickte aber dennoch in die angegebene Richtung.

Überall das Gleiche. Steine, Bäume, Rauschen.

»Ich weiß es einfach.«

Darauf ist nun wirklich kein Verlass, dachte Jenni und holte das Handy aus der Tasche. Sie tippte Inas Nummer ein. Das Freizeichen ertönte wieder und wieder, aber niemand meldete sich. Jenni versuchte es bei Aaron. Ohne Erfolg.

Was zum Teufel treiben die beiden, wieso gehen sie nicht ans Telefon?, dachte Jenni. Sie fluchte und bereute es sofort.

»Haben wir uns verlaufen?«, fragte Miro. Er wusste, dass seine Mutter nur in schwierigen Situationen fluchte.

»Natürlich nicht, ich wollte nur …«

Erneut rief Jenni bei Ina, dann bei Aaron an, ohne Erfolg. Sie steckte das Handy in die Tasche und sah sich wieder um. Es war noch hell, aber ohne Orientierungspunkt würden sie womöglich stundenlang umherirren, vielleicht den ganzen Tag. Wenn die Sonne unterging, wurde es rasch dunkel. Andererseits konnten sie nicht weit vom Haus weg sein. Wenn sie nur wüsste, welche Richtung sie einschlagen mussten, wären sie in einer halben Stunde am Ziel. Oder wer weiß. Vielleicht waren sie die ganze Zeit in die falsche Richtung gegangen.

»Mir ist kalt«, klagte Miro.

Jenni bückte sich und wärmte ihn. Sie spürte sein Zittern durch die Kleider hindurch.

»Keine Angst«, sagte sie. »Mutti telefoniert um Hilfe.«

Sie richtete sich auf und blickte unschlüssig auf das Handy, wusste nicht, wen sie anrufen sollte. Ohne weiter nachzudenken, wählte sie die Notrufnummer, löschte sie aber sofort. In einer solchen Situation konnte man wohl nicht die Notrufzentrale anrufen. Die war vollauf beschäftigt mit echten Katastrophen, mit Vergiftungen, Verbrennungen, abgetrennten Gliedmaßen.

»Telefonierst du nun oder nicht?«, fragte Miro. Auf seinem Gesicht lag Besorgnis, vielleicht sogar Angst.

Jenni sah ihm eine Weile in die Augen.

»Ja, ich telefoniere«, sagte sie dann und wählte erneut den Notruf. Schließlich riefen dort auch alle möglichen Junkies an, wenn ihre Freunde ins selbstverschuldete Koma fielen.

Es tutete fünfmal, bevor sich jemand meldete.

»Ich weiß nicht, ob es sich wirklich um einen Notfall handelt«, begann Jenni. »Aber ich glaube, dass ich mich mit meinem Kind verirrt habe. Es kommt mir wirklich blöd vor, deshalb anzurufen.«

»Das ist ganz und gar nicht blöd«, sagte die freundliche Stimme eines jüngeren Mannes. »Was ist denn passiert?«

Jenni erklärte es. Sie war erleichtert, mit einem Erwachsenen sprechen zu können, auch wenn sie sich wie eine komplette Idiotin vorkam. Anrufer wie sie waren bestimmt Dauerthema in den Kaffeepausen des Notrufpersonals. Dumme, verantwortungslose Städter, die zu Wanderungen durch den Wald oder in die Schären aufbrachen, ohne die geringste Ahnung, worauf sie achten mussten. Und ihre Kinder nahmen sie auch noch mit.

»Zuallererst sollten Sie nachschauen, ob irgendwo das Meer zu sehen ist.«

Jenni blickte in alle Richtungen.

»Nein.«

»Aha. Ist es zu hören? Nehmen Sie mal das Handy vom Ohr und horchen Sie.«

Jenni folgte dem Rat. Zuerst klang das Rauschen nur wie ein einziges gleichmäßiges Geräusch. Dann unterschied sie verschiedene Nuancen, unterschiedliche Frequenzen und Rhythmen. Miro wollte etwas fragen, aber Jenni legte einen Finger auf die Lippen.

»Ich glaube, ich höre die Wellen«, sagte sie dann ins Handy.

»Gut. Können Sie auf das Geräusch zugehen?«

»Vielleicht.«

»Versuchen Sie es. Legen Sie aber nicht auf.«

Jenni ging in Richtung des Wellengeräuschs und winkte Miro, ihr zu folgen. Sie kletterten über Steine und Erdhügel, bis sie ein Schimmern zwischen den Bäumen entdeckte.

»Hallo«, rief sie erleichtert ins Handy, »ich sehe das Meer.«

»Na also. Gehen Sie jetzt ans Ufer und schauen Sie, ob irgendwo ein Gebäude zu sehen ist. Wenn ja, gehen Sie am Ufer entlang darauf zu, selbst wenn der Weg ein wenig länger ist. Dann kommen Sie auf jeden Fall ans Ziel, auch bei Dunkelheit.«

Sie gelangten ans Ufer. Jenni blickte zuerst nach rechts, dann nach links. Weit entfernt sah sie ein hohes Satteldach am felsigen Ufer. Das Profil von Markus' Haus.

»Links sehe ich ein Haus. Und es ist sogar das Haus, wo wir übernachten.«

»Sehr schön«, sagte der Mann. Seine Freude wirkte ehrlich. »Jetzt gehen Sie einfach am Ufer entlang dorthin. Nehmen Sie keine Abkürzung, wenn Sie sich nicht absolut sicher sind.«

»Das ist mir jetzt ganz schön peinlich«, gestand Jenni. »Ganz herzlichen Dank.«

»Nichts zu danken«, antwortete der Mann. »Freut mich, dass ich Ihnen helfen konnte.«

Jenni bedankte sich noch zweimal und überlegte, wie der Mann wohl aussah. Wie ihr Leben verlaufen wäre, wenn sie diesen gesichtslosen Menschen geheiratet hätte. Sie lächelte, obwohl der Gedanke so traurig war, dass die Beine unter ihr nachgegeben hätten, wenn sie es zugelassen hätte.

Sie blickte aufs Meer und dachte, dass sie diesem Mann alles hätte erzählen können. Ihre Sorge um Miro und die Zukunft. Und dass ihre Gedanken immer wieder um Aarons und Inas Handys kreisten, deren Läuten keiner der beiden gehört hatte. Das quälte sie, obwohl diese beiden Menschen eigentlich letzten Endes keine, überhaupt keine Bedeutung hatten. *So ist das Leben,* sagte eine gleichgültige Stimme in ihrem Kopf. Vielleicht hatte sie den Satz als Kind gehört. Vielleicht als Erwachsene, aus dem Mund eines Betrunkenen bei irgendeiner blöden Betriebsfeier. Eine dieser banalen Floskeln, die man sich vorbetete, wenn die Schlinge der eigenen Entscheidungen einen würgte. Wenn man bei jedem Atemzug das Gefühl hatte, dass etwas fehlte und nicht mehr viel Zeit blieb.

»Also, dann mal los«, sagte sie zu Miro und nahm ihn an der Hand. Sie dachte an die Stimme am Handy und daran, dass sie für immer verschwunden war.

Miro wehrte sich.

»Schau dir die Fische an.«

»Wir schauen uns jetzt nichts an«, erwiderte Jenni. Sie dachte an die Stimme und ihr endgültiges Verschwinden. Wie ein Tod. »Wir gehen jetzt.«

»Sieh doch mal!«

Jenni zog an Miros Arm und blickte dabei versehentlich auf die Stelle, auf die er zeigte.

Der Felsen fiel ins Meer ab, in seichtes Gewässer. Unter den langsam wogenden Wellen waren schwarzgraue reglose Gestalten zu sehen. Zuerst glaubte Jenni, es seien nur wenige. Dann blickte sie weiter über das Wasser. Die schwarzen Silhouetten der Fische zeichneten sich überall ab, bis zu der Stelle, wo die Lichtspiegelung und die Trübheit des Wassers die Sicht verwehrten.

Der Anblick war unwirklich. Der Schwarm bewegte sich nicht mit der Brandung. Er bildete eine Art Pfeil, dessen Spitze nahezu ans Ufer reichte und genau auf Miros linke Schuhspitze zeigte, die nur zehn Zentimeter vom Wasser entfernt war.

Jenni zog Miro zurück.

»Warum bewegen die sich nicht?«, fragte Miro und machte einen langen Hals, um die Fische besser zu sehen.

»Ich weiß nicht«, antwortete Jenni besorgt. »Vielleicht schlafen sie.«

Es sah aus, als ob die Fische auf der Seite lagen und aus einem Auge nach oben starrten, vielleicht an den Himmel. Vielleicht auf sie. Jenni blinzelte, doch das Licht, das sich in den Wellen spiegelte, verzerrte das Blickfeld. Tote Fische können nicht so unbeweglich im Wasser liegen, dachte Jenni. Sie müssten träge mit den Wellen schaukeln, auf die Uferfelsen geschwemmt werden wie Schilf.

Aus einer plötzlichen Eingebung heraus hob sie einen kleinen Stein auf und warf ihn ins Wasser. Miro zuckte zusammen, blieb aber stehen.

Die Fische rührten sich nicht.

»Die schlafen wirklich fest«, sagte Miro leise, fast flüsternd. »Bestimmt träumen sie gerade.«

Wieder warf das Wasser einen Lichtstrahl auf Jennis Gesicht, und einen kurzen Moment lang sah sie nichts anderes als kleine Fischaugen, die unter dem Wasser leuchteten. Ein Augenmeer. Sie blinzelte, damit die Vision verschwand.

»Komm«, sagte sie und zog Miro an sich. »Gehen wir.«

Den Rest der Strecke legten sie in einiger Entfernung vom Ufer zurück.

»Schlafen Fische mit offenen Augen?«, fragte Miro.

»Ja. Vorsicht, da liegt ein Stein.«

»Haben die uns gesehen, obwohl sie schliefen?«

»Nein«, meinte Jenni.

»Wie sehen wir eigentlich aus, von unter Wasser?«

»Ich weiß nicht. Pass auf, dass du nicht stolperst.«

»Du ziehst so fest«, murmelte Miro und sprang über Wurzeln und Steine.

Jenni entschuldigte sich und hob den Jungen hoch. Sie

trug ihn, bis ihre Schultern vor Erschöpfung zitterten. Auf dem letzten Stück gingen sie wieder beide. Miro wollte sogar vorangehen. Er trabte vor sich hin und stolperte, bis er das Haus entdeckte und wieder munter wurde.

»Mutti, wir sind da!«

Jenni lehnte sich an einen Baum und lächelte. Die Angst war irgendwo im Bauch gefroren, und erst jetzt, als Miro auf das Geborgenheit ausstrahlende Haus zulief, begann sie zu schmelzen.

Am liebsten wäre Jenni dort geblieben. Sie wollte den Baum, dessen Namen sie nicht kannte, an ihrer Handfläche spüren. Miro und die Zeit und die Welt ihrem Lauf überlassen. Es würde lange dauern, bevor irgendjemand merkte, dass sie nicht da war. Jenni würde es nicht übelnehmen. Sie würde verständnisvoll sein und die Augen schließen und an die gesichtslose Stimme denken. An den Mann, für den sie plötzlich alles hätte hingeben können. Das war nicht absurd. So war das Leben.

Jakob lag auf dem Rücken in seinem Grab und wartete. Die Ränder der Grube umrahmten ein viereckiges Stück Himmel. Schwarze Sturmwolken zogen darüber hin, hellere graue Wolken folgten.

Jakob hatte nicht erwartet, dass Hunger so unermesslich, so wütend sein konnte. In seinem Heimatdorf hatte er selbst in schlechten Jahren immer noch so viel Getreide gehabt, dass es ihm nie eingefallen wäre, Erde oder Steine zu lutschen.

Doch nun kratzte er an der Grubenwand, drückte Erde, Wurzeln und Steine an den Gaumen, deren modriger Geschmack Spuren von Würmern und anderen in der Finsternis der Erde wandernden Wesen enthielt, bei deren Anblick er früher nur Gleichgültigkeit oder Ekel empfunden hatte.

Jakob dachte an die Körner. An ihre schwarze Schale, daran, wie sie zwischen den Zähnen zerbröckeln würden. Er konnte sich nicht vorstellen, wie sie schmeckten. Die Gutgläubigen in seinem Dorf, die vom Hunger erschöpften Sünder hatten das vom Korn vergiftete Brot genießerisch stöhnend gegessen. Aber sie hatten nicht gewusst, welche Wut in den Körnern wohnte. Der Hungerwahn lockte Dämonen herbei, die Jakob in beide Ohren flüsterten: *Iss, und du wirst nie mehr Hunger verspüren.*

Jakob betete und presste den Stoffbeutel mit beiden Händen. Beim Beten eilte er von einem Wort zum anderen, denn zwischen den Worten lagen willenlose Momente, in denen die Hände ihm den gesamten Inhalt des Beutels in den Mund schütten konnten. Jakob betete, der Herr möge die Todesstunde der Welt bald kommen lassen, denn er wurde immer schwächer. Die Finsternis der Schöpfung bedrängte ihn von allen Seiten. Sie wurde immer stärker, drückte seine Schultern mit ihrer erdigen Berührung in der engen Grube, die so flach war, dass man nur den Arm auszustrecken brauchte, um den Sturm zu spüren.

In seinem verwirrten Zustand, während die Grenze zwischen Wachsein und Schlaf sich verwischte, betrachtete er die Bewegung der Wolken, der sich drehenden und umeinander windenden schwarzen Schleier, und erinnerte sich an die Worte des Apothekers. Dass die Vögel in einem ewigen Strom, vom Zufall gelenkt, hierhin und dorthin gleiten. Der Gedanke brachte Jakob zum Lachen, doch aus dem Gelächter wurde bald Weinen, dann wieder Lachen, bis er aus purer Angst vor dem Irrsinn verstummte. Was sollte das für eine Welt sein, ohne Seele, ohne Gott, eine Welt, in der die Schöpfung ihren widerlichen Wahn des Geborenwerdens und Essens fortführte, ohne Richtung und ohne Sinn?

Über diesem Gedanken schlief Jakob schließlich ein. Bevor sein Bewusstsein erlosch, begriff er, dass er losließ und die Dunkelheit gelassen, glücklich begrüßte, überzeugt, dass der Tod seiner Qual endlich ein Ende bereitete.

Erdenwurm …

Jakob hörte den Ruf im Schlaf. Als er die Augen aufschlug, sah der Apotheker vom Rand der Grube zu ihm herab. Seine Haare und sein Gesicht bedeckte geronnenes Blut.

Erwache, Erdenwurm.

Andere Gestalten erschienen am Rand des Grabes, die Gesichter der Seeleute. Sie wiederholten die Worte des Apothekers wie ein Echo. Weiter weg ertönte eine schrille, weibische Stimme. *Ich bin deine Sau,* sagte sie. *Deine fette, schmutzige Sau.*

»Bin ich doch nicht tot?«, fragte Jakob.

Blind, den Mund voller Erde.

Jakob hob den Kopf. Der Stoffbeutel ruhte auf seiner Brust. Er war aufgeschnürt. Der Spiegel lag neben dem Beutel. Er spiegelte den Himmel wider. Schwarze Krümel sprenkelten ihn.

Nein.

Im Beutel waren noch Körner, aber die Hälfte war weg. Einige schwarze Körner lagen auf seiner Hemdbrust.

Als der erste Krampf Jakobs Rücken krümmte, begann er zu schreien.

Name. Name. Name.

Der Apotheker und die Seeleute wiederholten seine Worte wie ein wirrer lachender Chor.

Als Jenni endlich auf Markus' Haus zuging, sah sie, dass Aarons Wagen noch da stand, wo er ihn am Vorabend abgestellt hatte.

Ina hatte Aaron also von seinem Vorhaben abgebracht. Jenni blieb stehen und betrachtete ihr Spiegelbild im Seitenfenster. Auf ihrem langgezogenen Gesicht lag ein dümmlicher verwunderter Ausdruck. Wie hatte Ina das geschafft?

Miro war bereits an der Haustür, und Jenni lief rasch zu ihm. Als sie die Tür hinter sich zuzog, kam Ina mit einer Bettpfanne aus Markus' Zimmer. Die Flüssigkeit plätscherte leise gegen die Plastikwand des Gefäßes.

»Ach, hallo.«

Inas Stimme klang heiter. Das erschien Jenni irgendwie unpassend.

»Aaron ist geblieben«, sagte sie, als mache sie Ina deshalb einen Vorwurf.

»Ja. Das habe ich dir doch versprochen.«

Ina ging ins Bad, und Jenni blieb in der Diele stehen. Sie lauschte auf das Rauschen des Wassers in der Toilette und im Waschbecken. Geschickte Hände entsorgten die Ausscheidungen in blütenweiße Becken, in denen sie verschwanden, als habe es sie nie gegeben.

Jenni überlegte, ob sie erzählen sollte, welche Angst sie

im Wald ausgestanden hatte. Die Notrufzentrale würde sie jedenfalls nicht erwähnen. Und wenn Aaron oder Ina sich über ihre Anrufe wunderten, würde sie sich etwas einfallen lassen. Vielleicht hatte sie nur mitteilen wollen, dass sie und Miro einen längeren Spaziergang machen würden. Kein Grund zur Sorge und so weiter.

Als Jenni sich bückte, um Miro die Jacke auszuziehen, hörte sie einen Schrei.

Lisas brechende Stimme hallte von den Wänden wider, sodass nicht zu erkennen war, woher sie kam. Im Badezimmer polterte die Bettpfanne auf die Fliesen und Ina stürzte heraus, wusste sofort, wohin sie sich wenden musste. Jenni lief ihr nach, obwohl sie immer noch die schmutzigen Schuhe anhatte. Sie sah Ina in einem Zimmer am Ende des Flurs verschwinden und folgte ihr.

Markus lag im Bett und blickte an die Decke. Lisa hatte sich über ihn gebeugt und umklammerte seine rechte Hand. Ina stand starr da, die Hand vor den Mund gelegt, wie ein Mensch, der endlich beweisen kann, dass das Wunder, das er gesehen hat, wirklich geschehen ist. Jenni spürte, wie Miro sich an sie drückte. Sie legte ihm die Hand auf die Schulter und dachte, nun sei Markus gestorben. Jetzt war alles zu Ende, es gab keinen Grund mehr, sich zu quälen. Sie hörte Schritte hinter sich und wusste, dass es Aarons waren.

»Markus hat gesagt, ich soll weggehen«, jammerte Lisa. »Er würde mir nie verzeihen.«

Ina trat vorsichtig zu ihr und berührte sie beinahe. Jenni hörte Aarons unterdrückten Seufzer und stellte sich vor, dass er den Atem angehalten hatte, seit sie mit Miro aus dem Haus gegangen war. Wie viel leichter wäre es für sie alle, wenn Markus tatsächlich einfach gestorben wäre?

Das erkannte Jenni nun ganz deutlich, sie hatte Mitleid mit jedem im Raum, sogar mit Lisa.

»Warum soll ich weggehen?«

Lisas Stimme brach. Ihr Gesicht war gerötet und so verzerrt, dass Jenni sich genierte, es anzusehen.

»Lisa«, sagte Ina und streckte erneut die Hand aus. Diesmal legte sie sie behutsam, kaum spürbar, auf Lisas Schulter. »Markus muss ruhen.«

»Fahr zur Hölle«, sagte Lisa leise und schob Inas Hand weg, mit einer ruhigen Bewegung wie eine Geigenlehrerin, die demonstrierte, wie man die Hand halten soll. »Du weißt nicht, wie man sich fühlt, wenn man ein Kind hat.«

Lisas Stimme war nur ein Flüstern, doch sie drang in jeden Winkel des Zimmers.

»Lisa …«

»Markus ist für dich nichts weiter als ein alberner Teenagerschwarm, aber er ist mein Kind. Ich hab doch gesehen, wie du ihn schon damals angeschaut hast, aber Markus hatte ja bloß Augen für die da …«

Lisa sah Jenni nicht an, zeigte aber mit dem Finger auf sie. Der Finger kreiste in der Luft, als wäre sie ein verschwommener, giftiger Dunst.

»Aber *das* hätte ich mir nicht träumen lassen, dass mein eigener Mann … der sich nach mir verzehrt und auf Knien um meine Hand angehalten hat und dessen sämtliche Mängel ich ertragen habe … dass er es mir vergilt, indem er mit kleinen Huren herummacht … *das* hätte ich mir nicht …«

Jenni hielt den Atem an. Das Zimmer war plötzlich brüchig, der ganze tapezierte und wärmeisolierte und verschalte Raum war nur eine Seifenblase, die im nächsten Moment platzen würde. Jenni konnte nicht nach hinten blicken, dahin, wo Aaron war. Sie musste regungslos verharren, wie es jeder vernünftige und kaltblütige Mensch tut, wenn er im Wald auf einen Bären trifft.

Ina umarmte Lisa, tröstete, beschwichtigte. Jenni wollte ihren Augen nicht trauen. Sie war überzeugt gewesen, dass Lisa in dieser Situation jeden Trost zurückweisen würde. Ina hatte offenbar eine Sondergenehmigung, obwohl sie gar nicht wissen konnte, wie es war, ein Kind zu haben. Jenni verspürte den Drang, zu Lisa zu gehen, Ina beiseitezuschieben und zu sagen: *Ich weiß es.* Sekundenlang schien ihr, als sei das die einzige Lösung. Aaron war nicht fähig, Miro zu lieben, Markus zu lieben. Sie waren Seelenverwandte, Jenni und Lisa.

Und doch hatte Ina das Recht, die Wut zu besänftigen, von der Lisa besessen war. Ina, die von nichts etwas wusste, die immer rein und makellos war, weil sie nie wirklich gelebt hatte.

Aarons Stimme riss Jenni aus ihren Gedanken.

Sie wusste nicht, was er gesagt hatte, wusste aber, dass sie seine Stimme gehört hatte. Ihre Haut prickelte, als hätte sie Schmerzen erwartet. Eine Nadel oder eine scharfe Klinge.

»Wir bleiben noch«, wiederholte Aaron.

Seine Stimme klang ruhig, obwohl er gerade gehört hatte, wie Lisa über Dinge wütete, die ihm etwas bedeuten sollten.

Jenni verstand die Worte erst nach einer Weile und spürte eine unbestimmte Erleichterung. Natürlich bleiben wir, klar. Ina, dieser gute Mensch. Kümmerte sich um den betrunkenen Vater. Brachte Blumen auf Mutters Grab. Ina ist die Einzige, die in dieser bald platzenden Seifenblase ohne Sünde ist.

»Schön«, sagte Jenni ausdruckslos, ging mit Miro zurück in die Diele und zog ihm die Jacke aus. Der Reißverschluss klemmte und löste sich erst, als sie ungeduldig daran ruckelte. Dabei hatte sie dem Jungen genau das Gegenteil beigebracht.

Miro bewegte sich im Takt von Jennis Geruckel und fragte:

»Was ist eine Hure?«

Lisa kam nicht zum Mittagessen. Den Grund für ihre Abwesenheit erfuhr Jenni nicht, doch sie war erleichtert. Markus wiederum weigerte sich nach dem ersten Bissen weiterzuessen, und wurde hinausgebracht. Ina erledigte das taktvoll, sprach mit ihm wie mit einem Erwachsenen, behandelte ihn natürlich nicht herablassend.

Ina hatte sich beim Kochen sichtlich Mühe gegeben, doch Jenni brachte kein lobendes Wort über die Lippen. Den Fisch hatte sie bei Fischern von der Insel gekauft und genau richtig zubereitet. Ina sagte, er habe zwar ein starkes Aroma, schmecke aber vorzüglich. Jenni fand den Geruch widerlich. Er ließ sie an die reglosen Fische denken, bei denen man nicht wusste, ob sie lebten oder tot waren. Das Brot war nur einen Kilometer entfernt gebacken worden. Eine echte Schärenmahlzeit, wie herrlich.

Jenni probierte zwei Bissen von dem Fisch und ließ den Rest liegen. Den Wein rührte sie nicht an. Sie beobachtete Aaron, der aß und trank wie ein egoistisches Ferkel. Die Gräten lagen akkurat aufgereiht am Tellerrand. Aaron lobte das Brot, goss sich Wein nach und nickte, als Ina von Markus' Zustand erzählte und von den alltäglichen Schwierigkeiten, die sie sich doch selbst, aus freiem Willen, aufgehalst hatte.

»Ich muss euch etwas fragen«, sagte Ina plötzlich. Ganz offensichtlich hatte sie ihre Frage schon seit einer ganzen Weile stellen wollen. Sie hatte ihr Besteck auf den Teller gelegt und versuchte, die nach oben geknickte Ecke der Serviette glattzustreichen.

»Hat Markus es vor dem Unfall erfahren?«

Jenni spürte ein Zwicken im Magen. Sie dachte an die wenigen Bissen, die sie gegessen hatte. An all die Parasiten, die im Fischfleisch stecken konnten, wenn man es nicht durchgarte.

»Ich meine, das mit euch beiden?«

»Was spielt das für eine Rolle, wenn ich fragen darf?«, sagte Jenni halblaut.

Ina strich unablässig über die Serviette. Die Bewegung ging Jenni auf die Nerven.

»Ich war an der Unfallstelle. Da gab es keine Bremsspuren.«

Die Stille dehnte sich bis zur Lächerlichkeit. Aaron aß weiter, als hätte er die Frage nicht gehört. Nur nichts übereilen. Jenni hatte den Eindruck, dass das Zwicken in ihrem Bauch über das Rückgrat in den Hinterkopf stieg. Sollte Aaron das Reden übernehmen. Sie hatte für heute genug gesagt.

»Wahrscheinlich spielt es keine Rolle«, räumte Ina ein und nahm die Gabel in die Hand. »Das Leben läuft, wie es läuft. Nachträglich kann man nichts mehr ändern.«

Ihr Messer lag noch auf dem Teller. Jenni sah, dass es gleich herunterfallen musste, aber das war ja nicht ihr Problem.

»Ich habe in der Klinik mit Markus gesprochen«, sagte Ina. »Oder besser gesagt, ich habe ihm zugehört. Ich möchte betonen, dass ich keine Fragen gestellt habe.«

Die Gabel kreiste langsam über dem Essen.

»Markus hat gesagt, Aaron wäre nicht …«

Jenni sah, wie Aarons rechte Hand zuckte. Ohne diese Beobachtung hätte sie glauben können, dass er es absichtlich tat, um nicht hören zu müssen, was Ina sagen wollte. Die Bewegung war jedoch zu ungeschickt, um beabsichtigt zu sein. Sein Weinglas kippte über den Tischrand und zersplitterte auf dem Fußboden. Jenni malte sich die Scherben und die rote Flüssigkeit in den Parkettfugen aus.

»Nicht so schlimm«, sagte Ina und stand auf. Das Messer klapperte auf ihrem Teller, fiel aber nicht herunter. Ina ging um den Tisch, um den Wein aufzuwischen.

Aaron betrachtete seine rechte Hand und wirkte verwirrt.

»Keine Aufregung.« Ina legte die Serviette auf den Fleck.

Jenni rührte sich nicht. Sie war nur Beobachterin. Das war ihr gutes Recht.

Aaron schüttelte die Hand. Seine Finger verkrampften sich zweimal, entspannten sich dann. Die Bewegung war merkwürdig, sie wirkte ungesteuert. Jenni starrte auf Aarons Hand, bis sie unter dem Tisch verschwand. Es war dieselbe Hand, die sich im Wald erhoben und in der Sonne rot gefärbt hatte. Dieselbe Hand, mit der Aaron ihr vor sechs Jahren das Handy hingehalten hatte. Er hatte gesagt: *Ruf ihn an. Sinnlos, aufzuschieben, was unausweichlich ist. Wir haben das Recht, uns zu lieben, selbst wenn sich die ganze Welt gegen uns stellt.* Es war ein Herbstabend gewesen, und immer, wenn ein Windstoß am Fenster rüttelte, hatte Jenni das Gefühl gehabt, in die Luft gehoben zu werden, gehalten von Aarons Sicherheit, von der Härte, mit der er sein Recht einforderte zu leben. *Wir haben nur dieses eine Leben.* Keine Kompromisse, keine Angst. Aaron hatte sie geweckt, hatte sie zu der umwerfenden Erkenntnis geführt, dass ihre Hände ihren Entscheidungen gehorchten, dass sie ihrem Herzen folgen durfte, wenn sie es wollte. Die Welt war nicht untergegangen, als sie Markus' Nummer gewählt und die Worte gesagt hatte, im Gefühl vollkommener Kraft und Klarheit. *Ich heirate Aaron. Ja. Deinen Vater.*

Aaron betrachtete den Weinfleck, der sich auf der Serviette ausbreitete, lachte verlegen auf und entschuldigte sich.

»Ich weiß nicht, was …«

Jenni saß nur da und beobachtete.

An der Bewegung von Aarons Schultern sah man, dass er sich unter dem Tisch die Hände rieb. Es sah anstößig aus, als ob er sich zwischen den Beinen rieb. In Jennis Erinnerung tauchte ein weiteres Bild auf, das sie bewusst verdrängt hatte. Es stand plötzlich da wie ein lädiertes Möbelstück, das man immer vor der Nase hat, aber nie zur Reparatur bringt. Sie war ins Obergeschoss zurückgekommen, um Miros Schal zu suchen, der überall liegen konnte. Durch den Türspalt hatte sie Aaron gesehen, der in seinem Arbeitszimmer am Laptop saß und sich ein verwackeltes Video ansah, auf dem eine schwangere Frau den Schwanz eines bleichen, mageren Mannes massierte. Aus den Lautsprechern kam kraftloses Grunzen.

Als wäre er bei der Arbeit, hatte Aaron voll bekleidet auf dem Stuhl gesessen und sich durch die Hose hindurch gerieben. Wie eine Frau. Jenni hatte Miros Schal vergessen, war nach unten geschlichen und aus dem Haus gegangen. Hatte auf der Treppe gestanden, die Augen fest geschlossen, die Schultermuskeln gespannt und sich den

Bauch gehalten. Der Schmerz war ihr heftig und wirklich erschienen, obwohl sie gewusst hatte, dass sie ihn sich nur einbildete. Es gab Dinge, auf deren Anblick sie nicht vorbereitet war. Überraschende, banale Dinge, die ihren Orientierungssinn vollkommen verwirrten.

Nun beobachtete sie das Zucken in Aarons Gesicht, die unnatürliche Reglosigkeit seiner Arme. Ina war an ihren Platz zurückgekehrt. Sie sagte etwas zu Aaron. Jenni hörte nicht zu.

Als Miro sich satt gegessen hatte, bedankte sich Jenni, stand auf und brachte den Jungen nach oben.

Miro war bereits eingeschlafen, als Aaron heraufkam. Jenni war noch wach, stellte sich aber schlafend. Aaron zog sich aus und ging dann im Schlafanzug ins Bad, um die Zähne zu putzen. Der Wind rüttelte am Haus, ließ draußen irgendetwas scheppern. Ein gleichmäßiges, metallisches, einsames Geräusch. Das Plätschern des Wassers im Waschbecken, das leise Rauschen der Spülung. Jenni lag reglos da, bis die Schritte zurückkehrten und Aaron ins Bett fiel.

Er hüstelte zweimal und rollte sich auf die Seite. Jenni wollte sich nicht die Blöße geben zu fragen. Doch die Versuchung war zu groß.

»Was hat sie heute früh gesagt?«, flüsterte sie.

Aaron hielt den Atem an.

»Wer?«

»Na wer schon. Ina. Warum hast du beschlossen zu bleiben?«

Ein Schnauben.

»Sie hat die Lage aus ihrer Perspektive erklärt«, sagte Aaron leise. »Markus ist immerhin …«

Jenni hielt den Atem an, während sie auf die Fortsetzung wartete. Als nichts mehr kam, fürchtete sie, Aaron sei eingeschlafen, habe sie in diesem Zustand der Kränkung und des Verfolgungswahns zurückgelassen, in dem sie bestimmt keinen Schlaf finden würde.

»Sie hat dir also erzählt, dass Markus bloß noch vor sich hin vegetiert und bald stirbt?«, fragte Jenni. »Und das hat dich in väterlichen Gram gestürzt? Tut mir leid, aber das kann ich mir nicht vorstellen, beim besten Willen nicht.«

Aaron seufzte. Oder gähnte er?

»Lisa hat ihren Sohn wenigstens immer geliebt«, fauchte Jenni und merkte, dass sie weinen musste, wenn sie auch nur noch ein einziges Wort sagte. Das Gefühl wurde rasch stärker, der Hals wurde ihr eng.

»Du weißt überhaupt nichts«, murmelte Aaron. »Armes Mädchen.«

Hilflos lauschte Jenni auf den Nachhall der letzten Worte. Er zog durch die Gehörgänge, blieb ihr im Ohr haften, verwandelte sich in Lisas Stimme. Das unwissende arme Mädchen. *Du weißt auch nichts*, hätte Jenni gern gesagt, doch sie brachte es nicht fertig.

Sie überlegte, was geschehen wäre, wenn Ina am Esstisch nicht unterbrochen worden wäre. Vielleicht gar nichts. Warum hätte Ina überhaupt enthüllt, dass Markus Miros Vater war? Ina, die nur wollte, dass sich alle vertrugen.

Aaron schnarchte leise. Jenni starrte an die Decke und merkte, dass sie auf das rote Leuchten wartete. Das war ihr ureigenes Geheimnis, ein an sie gerichtetes Zeichen dafür, dass es außerhalb dieses Zimmers Leben gab, sehenswerte Dinge. Sie dachte an die graue Kapelle und an die alte Frau am Ufer. An Miro, wie er über den Waldweg lief, und an das Licht, das ihr zu sagen versuchte, dass das Glück in jenen kleinen Momenten lag, in denen nichts Vergangenes oder Künftiges existierte. Vielleicht war dem Menschen nichts anderes gegeben. Nichts anderes. In jüngeren Jahren glaubte man, dass noch etwas Großes auf einen zukam. Irgendein großes Wunder würde geschehen, wenn man nur ein Frachtschiff bestieg, mit nichts weiter als einem Rucksack, völlig frei, in einem anderen Land den Mond anschaute, einen Fremden küsste, in einem Tempel irgendwo in Indien meditierte. Aber es war alles das Gleiche. Das metallische Motorengeräusch der Frachtschiffe, die fetten Eltern der Fremden, die graue Routine der Tempel.

Als der rote Schein ausblieb, stand Jenni auf und schlich ins Bad. Sie machte Licht und betrachtete sich im Spiegel, hob die Augenbrauen und spitzte den Mund, lächelte dann. Das war der Mensch, den die anderen sahen. Noch schön, dass wusste sie. Doch mit sich selbst, mit dem Ich, das durch die Tage wanderte und litt, wusste sie die schöne Frau im Spiegel nicht zu verbinden. Mit dem Ich, das sich immer über Ereignisse wunderte, die Jahre zurücklagen.

Sie löschte das Licht und legte sich wieder ins Bett. Irgendwann begannen ihre Gedanken sie in den Schlaf zu ziehen. Welch barmherziger Zustand.

Im Einschlafen sah sie die alte Frau mit der Kapuze, die an die Landspitze ging und rückwärts ins Wasser fiel. Die Wellen trugen nur ihren Mantel ans Ufer. Er rieb sich an den Steinen wie ein Tier, das aufs Trockene will. Jenni nahm ihn in die Hand, ließ ihn aber sofort wieder los, denn er stank entsetzlich. Sie schaute ins Wasser und sah, wie sich die nackte blasse Leiche der Frau drehte, von der Wellenbewegung verzerrt, ein erstarrtes, halb vom Schlamm verdecktes Lächeln im Gesicht. Jenni dachte an die aufgedunsene Haut und an den schwarzen Schlick, der in den Mund und in die Kehle rann. Daran war nichts Schlimmes, alles im Meer war ein und dasselbe. Der Blick der Frau war offen, aber unbeweglich. *Ensam med Gud.*

Jenni schreckte auf und tastete nach einem Menschen neben sich. Nicht nach Miro, nicht nach Aaron, sondern nach Markus.

Es gab eine Zeit, in der Jakob bedingungslos glücklich gewesen war. Er war morgens erwacht, alltägliche Gedanken im Kopf und Liebe zu gewöhnlichen Dingen im Herzen. Kühe gaben Milch, Boote wurden gebaut, Milch butterte, Kaufleute verkauften, Pferde liefen, Kinder wurden geboren.

Katharina brachte zwei gesunde Töchter zur Welt. Mehr Kinder waren ihnen nicht beschieden, doch es genügte. Morgens ging Jakob zum Brunnen, unterhielt sich mit den Leuten. Abends betrachtete er die Bootsschuppen am Hafen, die im Licht der untergehenden Sonne kirschrot leuchteten.

Selbst im Winter, wenn der Wind durch die Straßen strich, war Jakob nicht bereit, die Falschheit der Welt zu sehen. Er sah nur die Glut in der Feuerstelle und die Umrisse seiner Kinder, die sich daran die Hände wärmten. Das Heulen des Windes, seinen sinnlosen Hass, hörte er nicht.

Bisweilen geschah es jedoch, dass er seinen Namen hörte, obwohl niemand da war.

Nur ein Wort: *Jakob*.

Das geschah vielleicht ein, zwei Mal im Jahr. Meist früh am Morgen, wenn er Wasser holte. Oder spätnachts, wenn der Schlaf nicht kommen wollte. Jakob vermochte die Stimme mit keinem ihm bekannten Menschen in Verbindung zu bringen. Es war eine ruhige Stimme, fast ein Seufzer.

In diesen Momenten fühlte Jakob sich verletzlich. Er schrak gewissermaßen auf in seiner sterblichen Hülle, erinnerte sich an die Geschichten von Teufeln, welche die Seele eines Menschen zerbrechen und ihn einem Schwein gleichmachen konnten, das sich im Schlamm wälzt. Zwei Tage, nachdem er die Stimme gehört hatte, war Jakob immer noch zerstreut. Er fuhr inmitten seiner Beschäftigung auf und merkte, dass er vor sich hin gestarrt hatte, tief in Gedanken. Er betrachtete Katharina, die am Herd arbeitete, und seine Kinder, die über den Hof liefen, und wälzte düstere Gedanken.

Der Landvermesser Israel Ulstadius klopfte im Herbst an ihre Tür, als Jakobs älteste Tochter Malin gerade ihren fünften Sommer erlebt hatte. Zu jener Zeit hatte Jakob bereits sorgenvolle Zeiten durchlebt, denn das Mädchen war während des regnerischen Sommers zweimal von einem seltsamen Schüttelfrost befallen worden. Die anderen Familienmitglieder waren jedoch gesund geblieben.

Das Pferd des Landvermessers war auf dem Weg nach Norden fehlgetreten und hatte sich ein Bein gebrochen. Ulstadius hatte es von seiner Pein erlösen und zu Fuß ins nächste Dorf gehen müssen. Jakobs Haus war das erste, in das er eingelassen wurde. Ulstadius wurde gastfreundlich aufgenommen und vergalt den Empfang auf die schrecklichste Art.

Nachdem er sich gewaschen und gegessen hatte, trank Ulstadius Bier, dessen Schaum an seinem Bart hängen blieb, und ereiferte sich über die Ereignisse in der Welt und darüber, dass alles immer nur schlechter wurde. Der

Königshof sei ein Sündenpfuhl. Die Geistlichen frönten der Lüsternheit. Fromme Taten seien nur noch Theater, über das die Darsteller insgeheim lachten.

»Aber es gibt noch Weisheit«, sagte Ulstadius beinahe flüsternd und beugte sich zu Jakob vor. »Sie verbirgt sich in kleinen Körnern in dieser wurmstichigen Welt.«

Jakob konnte Ulstadius' Reden natürlich nicht gutheißen. Er achtete den König und die Geistlichkeit, glaubte an die Kraft der Gesetze und des Gebets. Der Landvermesser lachte über seine Gutgläubigkeit.

»Was findest du Gutes in diesem weltlichen Dunghaufen?«, fragte er und ließ den Blick durch die Stube schweifen. »Deine Frau? Deine Kinder? Du bist noch jung, voller Eifer und überzeugt, dass die Welt es aufrichtig meint mit dem Guten, das sie dir gegeben hat. In deinem Herzen glaubst du, dass du durch dein eigenes Wirken all das bewahren kannst. Doch glaube mir: Alles ist im Voraus dazu bestimmt zu verschwinden. Keine Tat ist dem Willen des Menschen anheimgestellt, er entscheidet nicht einmal darüber, ob er seinen kleinen Finger streckt oder krümmt. Alles geschieht, wie es vorherbestimmt ist.«

Mit flammenden Augen beugte er sich über den Tisch.

»Wenn man dir alles nimmt, wirst du meine Worte verstehen und dich grämen, weil du sie nicht früher beherzigt hast. Die Schöpfung ist mit Adam und Eva der Sünde verfallen. All die Schönheit, die du siehst, ist *ludificatio daemonum,* ein Spiel des Teufels. Jedes lebende Wesen ist nur ein Zerrbild des ursprünglichen Paradieses, das Gott schuf. Ein jedes Wesen, von der Ameise bis zum Pferd und zum Menschen, ist gezwungen zu essen, sich zu vermehren, zu sterben und zu verwesen, ohne Hoffnung. Nur einige Heilige finden Erlösung.«

Jakob wahrte die Beherrschung und versicherte, er gestatte Ulstadius, seine Ansichten zu behalten, und werde sie nicht weitererzählen. Aber Ulstadius war sichtlich aufgebracht. Voller Groll sagten sie einander Gute Nacht.

Am nächsten Morgen gab sich der Landvermesser versöhnlicher. Er verzichtete auf das Frühstück und bot an, für sein Nachtlager zu arbeiten. Jakob versicherte, er benötige kein zusätzliches Paar Hände. Hilfreicher sei es, wenn Ulstadius so bald wie möglich aufbreche.

Der Landvermesser fügte sich widerspruchslos. Nachdem er seine Sachen eingesammelt hatte, setzte er sich auf den Fußboden und holte einen kleinen runden Gegenstand aus der Tasche. Jakob machte sich in seinem Rücken zu schaffen und sah, dass es sich bei dem Gegenstand um einen Spiegel handelte, der Ulstadius' Gesicht gewellt und zitternd zurückwarf. Das linke Auge des Spiegelbilds richtete sich auf Jakob.

»Hast du noch nie einen Spiegel gesehen?«, fragte Ulstadius.

»Doch, natürlich. In unserem Dorf gibt es auch einen. Bei den Falanders im Salon.«

»Ist das nicht ein wundersames Instrument? Es zeigt dein Bild, vertauscht aber links und rechts.«

Die im Spiegel sichtbare Mundhälfte verzog sich zu einem Lächeln. Jakob gab keine Antwort. Er hielt Ulstadius für einen eitlen und anmaßenden Menschen, dem er keine Aufmerksamkeit schenken wollte.

»Ein Spiegelbild ist auch insofern seltsam«, sagte Ulstadius, »als das im Glas wohnende Bild sich plötzlich in einen Fremden verwandelt.«

Jakob blieb stumm.

»Wenn man lange genug in den Spiegel schaut, beginnt man merkwürdige Dinge zu sehen«, fuhr Ulstadius fort. »Zuerst sind einem alle Züge vertraut, aber nach einer Weile wirkt das Gesicht fremd. Bin ich dieses Wesen, das der Spiegel zeigt? Ich?«

Er lachte freudlos.

»Und wenn ein Mensch seine sündige Fratze anstarrt, kann es geschehen, dass er gewissermaßen erwacht, aus dem Bann des Teufels gerissen wird. Die Seele *erkennt*, in welch klägliche irdische Hülle Satan sie geworfen hat, und *bereut*. Deshalb ist mir dieser Spiegel wie eine kleine Bibel, ich studiere ihn so regelmäßig wie das Wort.«

Jakob betrachtete das flackernde Auge im Spiegel. Einen Moment lang sah es aus wie sein eigenes.

Am nächsten Morgen erwachte Jakob aus wirren Albträumen und sah, dass der Landvermesser von seiner Liege verschwunden war.

Jakob stand auf und vergewisserte sich, dass die Truhe immer noch verschlossen war. Hob vorsichtshalber den Deckel und sah nach, ob noch alle Wertgegenstände vorhanden waren. Dann öffnete er die Haustür und rief nach Katharina, deren Bett schon leer war. Es kam keine Antwort. Erst jetzt wurde Jakob bewusst, wie still es im Haus war. Nur der Wind ließ die Fugen knarren. Jakob schloss die Tür.

Auf dem Tisch lag ein Buch, darauf ein kleiner Spiegel. Jakob betrachtete die beiden Gegenstände verwundert; er wusste, dass sie ihm zugedacht waren. Der Gedanke erfüllte ihn mit unerklärlichem Entsetzen. Er hatte das Gefühl, er müsse sich auf den Boden werfen und den Herrn bitten, ihn von dieser Last zu befreien.

Jakob lief aus dem Haus und rief erneut nach Katharina und den Kindern. Keine Antwort. Er fragte die Leute im Dorf, ob sie seine Familie gesehen hatten. Vergebens.

Ratlos kehrte Jakob ins Haus zurück und lauschte dem Rauschen in seinen Ohren, der seltsamen Ruhe seiner Gedanken. Er betrachtete seine Hand, krümmte die Finger zur Faust, streckte sie wieder aus. Zwischen den Fingern sah er den Tisch. Darauf die beiden Gegenstände.

Jakob nahm den Spiegel vom Buch.

Auf dem Buchdeckel stand: *Israel Ulstadius, Allein mit Gott.*

Jakob betrachtete die Buchstaben, bis er das Gefühl hatte, in ihren Linien, sanften Schwüngen und schroffen Kanten gefangen zu sein. Er zwang sich, in den Spiegel zu blicken.

Es geschah genau das, wovon Ulstadius gesprochen hatte. Jakob hatte den Eindruck, das missförmige Abbild eines Fremden zu sehen. Er hielt sich den Spiegel noch vor die Augen, als die Abenddämmerung einsetzte.

Als es dunkel wurde, legte er den Spiegel auf den Tisch und blickte sich um. Seine Frau und seine Kinder waren immer noch fort. Das Feuer war längst erloschen. Die Kälte hatte sich ins Haus geschlichen.

Jakob nahm Ulstadius' Buch und schlug die erste Seite auf.

Katharina, Malin und Beata wurden am nächsten Morgen gefunden. Sie lagen im Graben neben dem Weg, der ins Dorf führte. Ein Händler hatte dort angehalten, weil er einen Streifen schönen weißen Stoffes gesehen hatte. Die Gesichter und Lippen waren bläulich verfärbt. Über jeden Hals verlief ein Schnitt.

An Malins Hemdchen war eine Holztafel befestigt, auf der stand:

Weltliches Glück.

Nach diesem Geschehnis nahm Jakob den Geschmack der Speisen und des Bieres nicht mehr wahr. Er aß und trank nur, um am Leben zu bleiben. Mechanisch erledigte er seine Arbeiten. Abends las er in Ulstadius' Buch, betrachtete den Sonnenuntergang und das Licht auf den roten Wänden der Bootsschuppen. Das Krümmen und Strecken seiner Finger. Vorherbestimmt, jedes Umblättern der Buchseiten und jede Bewegung der Gelenke.

Jakob fand den Landvermesser Ulstadius zwei Jahre später im Norden. Er hatte auf dem Markt die Berichte der Kaufleute über einen neuen Glauben gehört, der dort aufgelodert war. Ein unter den Glasermeistern verbreiteter Glaube, bei dessen geheimen Riten große Spiegel getragen wurden, vor denen Außenstehende erschraken. Die Kaufleute und Bauern sagten, dass die Spiegel einen Teil der Welt *stahlen,* wenn sie dem Betrachter sein eigenes Bild zeigten. Sie brachten Leere dahin, wo die Landschaft sein sollte, die doch der natürliche Anblick war. Man erzählte von einem Fischer im Norden, der versehentlich zwischen zwei einander gegenüberstehende Spiegel geraten war, die endlose Reihe seines Abbilds betrachtet hatte und vom Fleck weg in den Himmel oder in die Hölle gerissen worden war, sodass nur seine Stiefel zurückblieben.

Ulstadius erkannte Jakob sofort. Er konnte seinen Triumph nicht verbergen, als Jakob ihn um seinen Segen bat und damit bewies, dass er die grausame Lehre verstanden hatte. Ulstadius lehrte Jakob, das Korn zu erkennen, und berichtete ihm, welche Kraft es besaß.

Schon als Jakob zum zweiten Mal mit Ulstadius allein war, zog er sein Messer und schlitzte ihm den Hals auf, schnell und mitten im Gespräch, sodass Ulstadius noch ein Wort und dann noch eins sagte, leise und röchelnd. Der Prophet hatte nicht damit gerechnet, dass ihn der Tod so ereilen würde. In einem kleinen Zimmer, verborgen vor den Blicken seiner bewundernden Jünger.

Als Ulstadius auf dem Boden lag, zeigte Jakob ihm den kleinen Spiegel. Er hielt ihn genau über sein Gesicht. In den Augen erwachte kein Funke. Keine Erkenntnis. Jakob steckte den Spiegel in die Tasche. Er setzte die Messerspitze über Ulstadius' Herz an.

Vorherbestimmt, sagte er und versenkte das Messer mit dem ganzen Gewicht seines Körpers.

Das Rauschen der Erinnerungsbilder zog sich zurück wie eine Welle, die die Uferfelsen freilegte und eine seltsame Stille zurückließ. Die Dunkelheit war plötzlich da, blank und einfach. Markus hob die Hand und sah ihre blasse bläuliche Form. Als er sie betrachtete, begriff er, wo er war. Und dass Menschen im Haus waren. Er kannte ihre Namen.

Markus setzte sich auf, schob die Beine über den Bettrand und ließ die Zehen langsam auf den Fußboden sinken. Eine nach der anderen legten sie sich auf das kühle Parkett. Die Berührung löste keine Erinnerungswoge aus. Er war immer noch hier. Er roch seinen Schweiß, den Stoffgeruch des Zimmers, den Atem der neben ihm schlafenden Frau.

Ina. Markus sagte sich den Namen in Gedanken vor, hoffte, er würde Erinnerungen wecken.

Die Frau war auch früher schon in sein Bett gekommen. Hatte ihn gestreichelt. Sich auf ihn gesetzt. Markus hatte nichts gespürt, außer einem müden Krampf, wenn er ejakulierte. Danach hatte die Frau jedes Mal geweint und gebetet. Markus hatte nie verstanden, worum sie bat. Manchmal kamen auch andere Menschen in das Zimmer, Menschen, an deren Namen er sich nicht erinnerte. Sie stellten zu schwierige Fragen. Baten um Anweisungen, die er ihnen nicht geben konnte.

Markus stand auf, streckte die Arme seitlich aus, bis er das Gleichgewicht fand, ging dann in den Flur. Er freute sich über jeden Schritt, den er in der Dunkelheit machen konnte, ohne dass die Erinnerungswellen über ihn hinwegrollten und ihn in ein Chaos stürzten, in dem sich die Zeiten vermengten und im Scheinwerferlicht das feuchte Auge eines Elchs glänzte.

Aus irgendeinem Grund führten ihn die Schritte ins Obergeschoss. Markus spürte die glatte Lackfläche der bei jedem Schritt leicht nachgebenden Holzstufen unter den Fußsohlen. Auf dem oberen Treppenabsatz ging er zu der Zimmertür und starrte die Buchstaben auf dem Schild an, einen nach dem anderen, unfähig, sie zu Worten zu verbinden. Durch die Buchstaben und das Holz hindurch konnte er in das Zimmer sehen. Sich den rechteckigen türkisfarbenen Teppich vorstellen, der zum Schreibtisch führte. Darüber war ein Fenster, durch das man die Landspitze, die Steinhaufen und beinahe auch das Gebetsgrab sah. Auf der linken Seite des Schreibtisches, in der zweiten Schublade von oben, befand sich eine schwarze Pappschachtel. Darin lag der Schädel. Daneben eine Blechdose. Darin krumme dunkle Körner, wie schwarz gewordene Wolfszähne. Markus' Kopf füllte sich mit einem Erinnerungsbild, jemand hatte den Schädel in Händen gehalten, die Körner gezählt, Namen aufgesagt. Wer war das?

Er schloss die Augen und versuchte sich zu konzentrieren, doch da überfielen sie ihn. Die Erinnerungen. Markus lehnte sich an die Tür und zwang sich, die Augen zu öffnen. Betrachtete die Buchstaben auf dem Schild. Ihre resoluten Formen waren ein Anker im Sturm der Erinnerungen. Sie halfen ihm, im Hier zu bleiben. Die Erinnerungen zogen sich zurück.

Er trat einen Schritt zurück. Noch einen. Wandte den Blick zur nächsten Tür.

Sie war zuerst nur ein dunkles hochkantiges Rechteck in der blassweißen Wand. Dann flammte irgendwo ein Licht auf. Es blendete ihn zunächst, zeigte dann aber alles hell und deutlich. Die ganze Welt war beleuchtet. Das Meer duftete. Die Luft schmeckte nach Salz. Der Geruch von Kokosschnaps. Abgase. Heißer dunkler Sand. Dann waren das Licht und der Geschmack und die Gerüche verschwunden. Die Dunkelheit war zurückgekehrt.

Markus ging auf das Rechteck zu, streckte die Hand aus, zuckte zusammen, als die Fingerspitzen nicht in der Dunkelheit versanken, sondern Holz berührten. Die Klinke senkte sich träge. Langsam öffnete sich die Tür.

Licht.

Das Mädchen stand da, die Zehen im kühlen Sand. Ihr Gesicht war schön, die Schatten legten sich genau richtig darauf. Hinter ihr stand ein Mann, der einen Arm über ihre Schulter streckte. Er hielt etwas in der geschlossenen Hand; das Mädchen betrachtete es wie ein leuchtendes Wunder. Der Mann sprach, aber Markus konnte seine Stimme nicht hören. Er trug ein weißes Polohemd und weiße Shorts, die die Hälfte seiner starken Oberschenkel bedeckten. Seine freie Hand lag auf der Schulter des Mädchens. Das Mädchen hatte ein rosa Trägerkleid an, dessen einer Träger von der Schulter auf den Arm gerutscht war. Sie hätte ihn nicht hochschieben können, selbst wenn sie es gewollt hätte, denn die Hand des Mannes lag auf ihrer Schulter. Aber das Mädchen bemerkte den verrutschten Träger gar nicht, denn sie war betrunken. Sie befanden sich in einer Welt, in der es niemanden störte, dass alle betrunken waren, auch die Kinder.

Auf dem Gesicht des Mädchens lag ein müdes halbherziges Lächeln. Ihre Augen schienen das Leuchten des Gegenstands widerzuspiegeln, den der Mann in der Hand hielt. Dieser Gegenstand hatte das Mädchen in seinen Bann gezogen, aber sie musste die aufdringliche Nähe des Mannes spüren. Vielleicht war sie zu dem Schluss gekommen, dass es keine Rolle spielte. Dass die Zudringlichkeit genauso aufregend war wie der Glanz des in der Hand verborgenen Gegenstands.

Markus wusste den Namen des Mädchens und des Mannes. Er hätte sie rufen können, sodass sie ihn anblickten, ihn im Rechteck der Tür sahen. Er wollte die Namen laut aussprechen, näher treten. Doch sobald er einen Schritt machte, verschwand der Sand unter seinen Füßen. Auch das Licht erlosch, es blieb nur die Dunkelheit, die im feuchten Auge des Elches wohnte.

—

Am Morgen wurde Jenni durch ein leises Klopfen geweckt. Sie hob den Kopf und sah Ina an der Tür stehen. Aus dem Erdgeschoss war Miros Stimme zu hören. Jenni setzte sich auf und betrachtete das leere Bett.

»Miro ist unten«, flüsterte Ina.

Aarons Atem ging regelmäßig, ohne Unterbrechungen.

»Er will mit mir zum Einkaufen. Ist das in Ordnung?«

Jenni murmelte demonstrativ vor sich hin und stand auf.

»Warte einen Moment«, sagte sie und rieb sich das Gesicht. »Ich komm runter.«

Ina schloss die Tür, und Jenni zog sich an.

»Wir machen einen Ausflug«, rief Miro fröhlich, als Jenni herunterkam.

Vorher hatte seine Stimme gedämpft geklungen, als hätte ihn jemand ermahnt, leise zu sprechen, um die anderen nicht zu wecken.

»Das sind ja ganz neue Pläne«, antwortete Jenni.

Ina hielt ihr eine Kaffeetasse hin. Jenni nahm sie nach kurzem Zögern.

»Komm doch mit«, sagte Ina. »Ich dachte nur, dass es Miro hier vielleicht ein bisschen langweilig ist.«

Während sie ihren Kaffee trank, betrachtete Jenni Miros ruheloses Wandern um den Esstisch. Der Junge patschte mit der flachen Hand auf die Tischplatte, ließ dabei aber die Stelle aus, wo Lisa gesessen hatte. Jenni warf einen Blick nach draußen und sah, dass Lisas Wagen verschwunden war. Ina folgte ihrem Blick.

»Sie ist mit Markus zum Arzt gefahren«, sagte sie. »Heute Abend sind sie wieder zurück. Hör mal.«

Jenni brummte in ihre Kaffeetasse.

»Sie hat gesagt, dass es ihr leid tut. Sehr leid.«

»Was?«

»Dass sie die Beherrschung verloren hat. Sie hat mich gebeten, es dir und Aaron zu sagen.«

Jenni sah Ina in die Augen, suchte nach einem Hinweis auf eine gutwillige Lüge.

»Red keinen Unsinn, Ina. Das hilft nichts.«

»Tu ich ja gar nicht. Sie hat es wirklich gesagt.«

Ina lächelte strahlend. War sie wirklich mit so wenig zufrieden? Genügte es ihr, dass die Menschen sich nicht hassten?

»Zieh dir was Warmes an, dann fahren wir los«, sagte Ina, während Jenni aus dem Fenster starrte, auf den leeren Fleck, wo Lisas Auto gestanden hatte.

Sie fuhren etwa fünf Kilometer auf dem Weg, auf dem sie zu Markus' Haus gekommen waren. Jenni war nicht sicher, ob sie an der Stelle vorbeikamen, wo Aaron Miro aus dem Wagen gezerrt hatte. Zum Glück wurde sie aus diesen Überlegungen gerissen, als Ina auf einen sich windenden Sandweg abbog, der stellenweise so schmal war, dass die Äste das Auto streiften. Bald erreichten sie eine kleine Lichtung, hinter der wieder das Meer zu sehen war. Jenni wunderte sich, denn sie hatte geglaubt, sie seien weit weg vom Ufer. Eine dunkle Wolkenmasse bedeckte die Hälfte des Himmels. Sie schien unbeweglich über ihnen zu hängen, aber der Wind war stärker geworden.

»Da sind wir«, sagte Ina und öffnete Jennis Sicherheitsgurt mit einem Klick. Sie selbst hatte sich nicht angeschnallt.

Jenni musterte die Umgebung. Am Bootssteg schaukelten zwei flache Boote mit Mittelmotoren. Am Ufer, nahe am Wasser, stand ein barackenartiges Gebäude, an dessen Tür ein Plakat für Sonderangebote warb. Das musste der Laden sein. Hinter dem Haus befanden sich Benzintanks und Zapfsäulen, nah genug am Steg, um die Boote auftanken zu können, und etwas weiter weg waren zwischen den Bäumen zwei Hausdächer zu sehen. Diese bescheidenen Anzeichen der Zivilisation hellten Jennis Stimmung auf.

Miro stieg aus und wollte ans Ufer laufen, doch Ina fasste ihn an der Hand, bevor Jenni etwas sagen konnte. Der Junge riss sich nicht los, sondern verlangsamte den Schritt und passte sich Inas Tempo an. Jenni stieg aus und sah ihnen beinahe eifersüchtig nach.

Der Laden war klein. Zwischen den Regalen war gerade genug Platz für eine Person. Miros Jacke brachte Kekstüten und Küchenpapierrollen zum Knistern, als er durch den Laden ging. Ina trug ihre Einkäufe – Waschpulver und Petroleum – zur Kasse und bat auf Schwedisch um Milch. Die starr lächelnde Verkäuferin holte zwei Packungen aus dem Hinterzimmer und nannte den Preis.

»Trinken wir Kaffee?«, fragte Ina, während sie die Einkäufe in einen Stoffbeutel packte.

Jenni nickte, fragte sich allerdings, ob sie den Kaffee in einem der schmalen Durchgänge zwischen den Regalen trinken sollten. Ina bestellte, und die Frau füllte zwei Pappbecher. Jenni nahm einen davon und lächelte die Verkäuferin höflich an.

»Vielleicht eine Limonade für Miro«, schlug Jenni Ina vor, um nicht selbst bestellen zu müssen.

»Richtig.«

Die Verkäuferin ging wieder ins Hinterzimmer. Jenni hörte, wie ein Kühlschrank geöffnet wurde und Flaschen klirrten. Sie betrachtete die gerahmten Fotos an der Wand hinter dem Ladentisch. Menschen in altertümlicher schwarzer Tracht, die lächelten und sich an den Händen hielten. Auf einem Bild stand eine große Schar, etwa fünfzig Menschen, mit offenen Mündern auf einem Uferfelsen. Jenni blinzelte; sie hätte Ina gern gefragt, was das Bild darstellte, dachte aber, das sei unhöflich, weil die Verkäuferin gleich zurückkommen musste. Dann fiel ihr Blick auf ein Foto, auf dem ein Mann in ehrwürdiger Haltung ein schwarz eingebundenes Buch hielt und sang oder sprach. Seine Gestalt war verschwommen, denn der Fotograf hatte den Fokus auf die lächelnde Frau am unteren Bildrand gerichtet, in der Jenni die Verkäuferin erkannte. Auf dem Bild hatte sie kürzere Haare, aber die Gesichtszüge waren unverkennbar. Doch dann zog der Mann mit dem Buch

Jennis Blick wieder auf sich. Es war, als sähe er sie an. Plötzlich erkannte sie ihn.

»Ina«, flüsterte sie.

»Was denn?«

»Da auf dem Foto, ist das Markus?«

Ina beugte sich über den Ladentisch und sah das Bild an, auf das Jenni zeigte.

»Nein«, murmelte sie. »Wieso sollte er das sein?«

»Ich finde, das ist Markus.«

Ina schaute genauer hin, schüttelte den Kopf und drehte sich zu Jenni um.

»Jenni, Liebes«, sagte sie, »das ist nicht Markus. Wir sind nie bei Veranstaltungen der Einheimischen gewesen.«

Jenni konnte den Blick nicht von der Gestalt lösen. Je länger sie hinstarrte, desto größer wurde ihre Unsicherheit. Kein Detail war deutlich zu erkennen, man konnte alles Mögliche in die Figur hineinlesen, wie bei einem Rorschach-Test. Aber die Haltung wirkte unsagbar vertraut. Plötzlich hörte Jenni sich sagen:

»Aber Markus kann dort gewesen sein.«

»Wie meinst du das?«, fragte Ina.

»Er hat doch über die Insel geforscht. Vor dem Unfall.«

Ebenso gut hätte sie sagen können: *Damals, als Markus noch richtig am Leben war. Damals, als ich mit ihm zusammen war.*

Die Frau brachte die Limonade und sagte irgendetwas zu Miro, der schnaubte und zur Tür ging.

»Quatsch, das ist nicht Markus«, erklärte Ina barsch und wandte sich ab. »Glaub mir!«

Jenni betrachtete Inas Rücken und spürte mit Schuldgefühlen gemischte Siegesfreude. Plötzlich kam ihr ein

Ereignis aus der Kindheit in den Sinn. Die Religionslehrerin hatte in der Schule von Lucia erzählt, und Ina war wochenlang ganz aus dem Häuschen gewesen, hatte ihre Mutter um ein weißes Kleid und eine Kerzenkrone gebeten und Jenni von der wirklichen italienischen Lucia erzählt, die wegen ihres Glaubens eingekerkert und gefoltert wurde. Doch Gewalttaten konnten der Heiligen nichts anhaben. Alle Wunden heilten. Als die Wärter ihr die Augen ausstachen, wuchsen neue nach.

Jenni hatte die ganze Geschichte und vor allem Inas Gehabe angewidert. Sie konnte nicht begreifen, weshalb ihre Schwester sich so für irgendeine Jesus-Frau begeisterte, die in einem Kerker gefoltert worden war.

Aber als für den festlichen Umzug in der Schule eine Lucia gesucht wurde, hatte der Musiklehrer Jenni gebeten, die Aufgabe zu übernehmen. Sie war überrascht gewesen, hatte aber sofort zugestimmt, ohne eine Sekunde zu zögern. Als die Prozession dann durch die Schulflure zog, war Jenni stolz an der Spitze gegangen und hatte über ihre Kerze hinweg die Mitschüler vor den Klassenzimmern gemustert. Sie hatte Inas Gesicht gesucht.

Draußen setzten sie sich auf eine kleine Terrasse, die Jenni zuvor übersehen hatte. Es war ein flaches, mit einem Zaun aus naturbelassenem Holz abgetrenntes Podest, auf dem drei Tische mit Aschenbechern standen. Miro trank von seiner Limonade, verzog das Gesicht und schaukelte mit den Beinen.

»Ich will ans Ufer«, sagte er, als seine Flasche zur Hälfte leer war.

Jenni erlaubte es ihm, denn von der Terrasse aus konnte sie das Ufer der kleinen Bucht überblicken.

Als Miro zu den Uferfelsen gelaufen war (und Jenni ihm zugerufen hatte, er dürfe nicht näher ans Wasser), begann Ina von der Insel zu erzählen. Jenni hörte zerstreut zu. Weltkulturerbe. Schärentraditionen. Blabla. Schließlich konnte sie nicht mehr an sich halten.

»Wie hast du Aaron dazu gebracht hierzubleiben?«

Aus den Augenwinkeln sah sie, dass Ina in der Haltung erstarrte, in der sie gerade erklärt hatte, weshalb die Inselbewohner dagegen waren, dass die Fähre durch eine Brücke ersetzt wurde. Ina war mitten im Satz verstummt.

Plötzlich sah Jenni ganz deutlich, wie es sich abgespielt haben könnte. Es war nicht unbedingt passiert. Aber es hätte passieren *können*. Jenni machte sich keine Illusionen über Aarons Treue. Sie kannte ihren Mann, auch wenn sie es sich selbst gegenüber ungern zugab. Aaron musste Grenzen verletzen, musste sich frei fühlen, zu tun, was er wollte. Deshalb hatte ja auch ihre Beziehung angefangen. Ein machthungriger, adrenalinabhängiger Mann, der ausgerechnet die Frau vögelte, die er nicht anrühren dürfte, und zwar ausgerechnet an einem Ort, wo es absolut verboten war. Zum Beispiel in dem Haus, in dem sein kranker Sohn, der Sprache nicht mehr mächtig, vor sich hin sabberte. Mitunter hatte Jenni sich dabei ertappt, dass sie dachte: *Zum Glück ist Miro kein Mädchen*. Das waren vorbeihuschende schwarze Momente.

Zwischen Ina und Aaron hat nichts passieren können, sagte Jennis Verstand. Sie hatten keine Gelegenheit dazu gehabt, waren nicht lange genug ungestört gewesen. Aber bei Aaron musste man auf alles gefasst sein. Und Ina war einsam. Wäre sie stark genug zu verzichten, wenn sie die Gelegenheit hätte, etwas zu bekommen, was Jenni gehörte?

»Markus hat ja keine Kinder«, begann Ina zögernd.

Jenni trank gelassen von ihrem Kaffee, sie zeigte keine Reaktion.

»Und er ist ziemlich wohlhabend. Wahrscheinlich wisst ihr gar nicht, wie reich er ist.«

Nun sah Jenni Ina an.

»Na und?«

Ina seufzte und lächelte irgendwie traurig.

»Markus hat ein Testament gemacht, in dem er alles mir hinterlässt. Vor einiger Zeit, als er noch längere helle Momente hatte.«

Jenni blickte Ina an und überlegte, worauf das Ganze wohl hinauslaufen sollte. Sie konnte die Zusammenhänge nicht erkennen. Das einzige klare Gefühl war eine Art unwillkürliche Wut darüber, dass sie leer ausgehen sollte. Es ging ihr nicht um Geld, aber sie wollte auch ein Stückchen von Markus.

»Was hat das mit Aaron zu tun?«, fragte sie.

Ina drehte ihren Pappbecher zwischen den Fingern.

»Ich habe ihm gesagt, wenn er bleibt, vernichte ich das Testament. Ich wollte es immer schon ins Bankschließfach bringen, aber ich bin nie dazu gekommen.«

Jenni schwieg lange, sie versuchte, Inas Gedankengang zu folgen.

»Und dann?«, fragte sie schließlich.

»Aaron und Lisa erben alles.«

Jenni verstand die Worte, weigerte sich aber immer noch zu begreifen.

»Wenn man keinen Nachwuchs und keine Geschwister hat, erben die Eltern. Mir macht das nichts aus. Es ist mir wichtiger, dass Markus nicht mit der Gewissheit von uns gehen muss, dass die Menschen, die er am liebsten hat, sich hassen.«

Jenni schloss die Augen.

»Und deshalb war Aaron bereit zu bleiben?«, fragte sie.

Sie brauchte die Augen nicht zu öffnen, um zu wissen, dass Ina nickte.

»Wie konntest du nur?«, flüsterte Jenni. »Wenn Markus wollte, dass du …«

Drückende Stille legte sich zwischen die beiden.

»Er braucht Geld«, erklärte Jenni schließlich, sich selbst, Ina, den Wellen.

Sie dachte an endlose Gespräche und Betteltelefonate, an lange Abendessen und Kalkulationen. Wie viel die Kampagne kosten würde und so weiter.

»Ina.«

»Ja?«

Jenni hielt die Augen immer noch geschlossen, sie hätte sonst nicht sprechen können.

»Ich hab Markus an dem Abend angerufen.«

Ina sagte nichts. Der Wind und die Wellen rauschten.

»Er wollte mir nicht glauben. Er hat nur gelacht, als ich ihm gesagt habe, dass Aaron und ich zusammenziehen. Ich weiß, wie weh es ihm getan haben muss, aber ich dachte irgendwie, dass er mich schon von sich gestoßen hatte. Ich wollte ihm nicht wehtun.«

Du lügst, sagte eine anklagende Stimme in Jennis Kopf.

»Er hat sich bestimmt sofort ins Auto gesetzt, um zu mir zu fahren. Ich werde den Gedanken nicht los, dass er den Unfall wegen Aaron und mir hatte. Dass er eine Hundertstelsekunde lang sterben wollte, weil Aaron und ich etwas so …«

Jenni schaute Ina an, deren Gesicht weder Wut noch Erschütterung verriet. In dem Moment begriff Jenni, wie viel Ina geopfert hatte. Sie begriff es wirklich.

»Woher nimmst du diese Güte?«, fragte Jenni.

Ina antwortete nicht. Jenni hatte auch keine Antwort erwartet.

»Du bist ein guter Mensch. Du hast immer einen Anker gehabt, deinen Jesus oder sonst was. Ich … ich hab nie so was gehabt. Ich dachte immer, hinter der nächsten Ecke erwartet mich etwas noch Besseres, die endgültige Freiheit oder so … ich weiß nicht. Manchmal hat er mich zerrissen, dieser Zwang weiterzurennen, als würde irgendwas Entsetzliches passieren, wenn ich stehen bleibe.«

Plötzlich erinnerte Jenni sich an die Katzen, die sie damals, vor langer Zeit, auf Santorini gesehen hatten. Das zerquetschte Junge auf der Straße und die Mutter, die sein Fell leckte. Der Anblick hatte ihr während der Urlaubsreise immer wieder vor Augen gestanden, trotz der lachenden Menschen rundherum, trotz der endlosen Marktgassen und des bis an den Horizont reichenden warmen Meeres. Jenni kniff die Augen fester zusammen und stieß unwillkürlich einen Klagelaut aus, beugte sich vor, als wäre in ihrem Magen ein schneidender Schmerz erwacht.

»Du hast jetzt auch einen Anker«, sagte Ina. »Miro.«

Jenni riss die Augen auf und sah sich nach Miro um. Er stand nur etwa zwanzig Meter von ihr entfernt am Ufer und warf Steine ins Meer. Jenni stellte sich vor, wie der Stein die Wasseroberfläche durchbrach und an den unbeweglichen Fischen vorbei auf den Grund sank. Ihre Schultern zuckten, obwohl sie nicht weinte. Ihre Arme hatten sich um den Bauch gelegt, wie um einen Schmerz zu lindern, der nicht existierte. Sie jammerte und krümmte sich, verlangte, Schmerz empfinden zu dürfen.

»Vielleicht spricht Gott durch Miro zu dir«, sagte Ina.

Jenni betrachtete den Jungen im Sonnenlicht, seine ungeduldigen energischen Bewegungen, und hoffte, dass sie ihn glücklich machten. Dass er genug Glück sammelte, bevor er erwachsen wurde. Jenni würde ihn nicht immer schützen können.

»Vielleicht«, antwortete sie. »Aber was ist das für ein Gott, der durch Menschen spricht? Was kann man mit so einem anfangen? Soll er sich doch zeigen und offen sagen, was er will. Und sich um seine Kinder kümmern.«

Niederschmetternde Traurigkeit überfiel sie, sobald sie diesem Gedanken, von dem sie nicht einmal recht wusste, was er bedeutete, Raum ließ.

»Doch, er spricht«, sagte Ina mit ausdruckslosem Gesicht. »Durch Miro.«

Jenni spürte, wie Ina den Arm um sie legte. Das fühlte sich so seltsam an, als hätte der Wind sich in eine Berührung verwandelt und ihre Schultern zusammengedrückt. Sie saßen lange so da, dann wischte sich Jenni das Gesicht ab, obwohl keine Tränen darauf waren.

»Du weißt, dass Aaron nicht Miros Vater ist«, stellte Jenni fest.

Aus den Augenwinkeln sah sie, dass Ina nickte.

Der Himmel hatte sich rasch verdunkelt. Jenni hatte nicht darauf geachtet, doch plötzlich fielen schwere Regentropfen auf den Tisch und in die Pappbecher. Natürlich wusste Ina es.

Als Jenni Markus erzählt hatte, dass sie schwanger war, hatte er einen Wutanfall bekommen. *Noch nicht,* hatte er am Telefon geschrien. *Du begreifst nicht, mit was ich hier beschäftigt bin.*

Das stimmte. Jenni hatte es tatsächlich nicht begriffen. Und sie verstand es immer noch nicht. Völlig unangemessen und unnötig, hatte sie damals gedacht. Und unverzeihlich.

»Eigentlich müsste also Miro Markus beerben«, sagte Jenni und betrachtete die Regentropfen, die in ihren Kaffee fielen.

»Ja.«

»Könnte man Markus' Vaterschaft noch nachweisen?«

Die Worte entschlüpften Jenni, bevor sie den Gedanken verinnerlicht hatte, bevor er sich zu einer reellen Möglichkeit formen konnte.

»Ich weiß es nicht«, antwortete Ina. »Aber so kompliziert brauchen wir es ja gar nicht zu machen. Wenn du willst, behalte ich Markus' Testament und nehme das Erbe an, aber nur formal. Ich gebe natürlich alles dir und Miro.«

Die Regentropfen fielen nun dichter.

»Aber Jenni …«

Ina legte eine Hand auf Jennis Arm.

»In dem Fall verlange ich, dass ihr in Markus' Nähe seid. Es tut mir leid. Sonst kann ich nicht zulassen, dass er in diesen Trubel hineingezogen wird.«

Jenni zog ihren Arm zurück. Es war eine instinktive Reaktion, als hätte sie etwas Schmutziges berührt.

»Liebe Ina«, sagte sie, »ich könnte nie hier wohnen.«

»Und Miro?«

»Der auch nicht. Er versteht ja nicht mal die Sprache.«

»Aber hier könnte er in einer sicheren Umgebung aufwachsen.«

»Du meinst wohl, in einer verstockten Umgebung, in der herumgespitzelt und getratscht wird.«

Ina lachte. Es war ein ansteckendes Lachen.

»Jedenfalls will ich Markus' Erbe nicht«, erklärte sie

dann. »Es gehört mir nicht. Es geht entweder an Lisa und Aaron, oder an dich und Miro.«

Der Regen wurde heftiger. Die Tropfen ließen das Wasser von der Plastikfläche der Tische aufspritzen.

»Wir machen uns besser auf den Weg«, sagte Jenni und rief nach Miro.

Ina nahm die Einkaufstasche. »Möchtest du in die Kirche gehen?«, fragte sie.

»Wie bitte?« Jenni tat, als hätte sie die Frage nicht verstanden.

»In die Kirche. Sie ist ganz in der Nähe.«

»Ina, mir hilft kein …«

»Ich will dich nicht bekehren«, sagte Ina lachend. »Wir können da drinnen den Regen abwarten. Es ist ein ganz besonderer Ort, eine Sehenswürdigkeit. Im Haus vermisst uns niemand.«

Jenni nickte resigniert.

Sie holten Miro, verstauten die Einkäufe im Wagen und gingen über einen schmalen Pfad zu dem kleinen Kirchhof. Er war von großen Steinblöcken umrahmt, auf denen Moos wuchs. Jenni betrachtete die weiße Holzkirche und ihre Umgebung. Der Ort wirkte merkwürdig intim. Die Kirche verbarg sich gewissermaßen zwischen den Bäumen.

»Ist sie nicht hübsch?«, fragte Ina.

Jenni nickte. Unter dem dunklen Himmel sahen die Bretterwände der bescheidenen Kirche beinahe grau aus, alt wie der Fels.

»Warum liegt sie so versteckt?«, fragte Jenni.

»Die Leute in dieser Gemeinde sagen, dass der Weg zu Gott immer geheim ist«, antwortete Ina. »Ist das nicht ein schöner Gedanke? Zur Kirche führt ein geheimer Pfad.«

»Aha.«

Der Regen wurde plötzlich stärker, verwandelte sich in ein gewaltiges Rauschen. Jenni lief gebückt zu der Steintreppe, wo Ina ihr die Kirchentür aufhielt. Miro stocherte auf dem Kirchhof mit einem Stöckchen in der Erde. Ihm hatte Regen nie etwas ausgemacht, selbst wenn er klatschnass wurde. Jenni rief ihn herein.

»In der Kirche spricht man leise«, ermahnte sie ihn vorsorglich, als sie eintraten.

In der Kirche gab es unzählige Deckenmalereien, einige von der Zeit verblichen, andere ganz neu. Jenni betrachtete die Bilder, bis ihr der Nacken wehtat, suchte zerstreut nach einer Geschichte in ihnen. Ein Feuer, ein Schiff, ein einäugiger Prediger.

Die Bilder waren in ihrer kindlichen Art faszinierend und sogar beruhigend. Heitere blasse Farben. Allerdings waren einige Motive seltsam. Ein Bild zeigte eine Menschenschar, die zu tanzen und zu jauchzen schien. Doch wenn man genauer hinsah, entdeckte man unter den Füßen der Menschen schwarze zuckende Muster, wie Flammen. Vielleicht brannte unter ihnen ein Feuer. Mit schwarzen Flammen. Plötzlich wirkten die Verrenkungen und die offenen Münder der Menschen nicht mehr fröhlich, sondern schauerlich.

»Was ist das für eine Glaubensgemeinde?«, fragte Jenni.

Der Regen fiel wie eine gleichmäßig rauschende Welle auf das Teerpappendach. Das Wasser lief an den Fenstern herunter und verwischte die Umgebung zu grünem Dunst.

»Auf dem Festland nennt man sie Mörtianer«, antwortete Ina. »Manchmal kommen Leute von der Uni her, um sie zu befragen.«

»Was steht unter dem Bild da?«

Jenni zeigte auf den Text unter dem Bild mit den hüpfenden Menschen. Schwer zu erkennende, dekorative Buchstaben, schwedischsprachige Wörter.

Ina seufzte und sah genauer hin.

»*Ein Feuer ohne Licht verbrennt die Füße derer ...*«

Sie trat einen Schritt näher heran.

»*... die sich nicht* ... wie heißt das noch ... *gestählt... gestählt haben mit der Dunkelheit ..., welche der Herr im Korn verbarg.*«

»Im Korn?«

»Ja. Und das Feuer ist tatsächlich *eld utan ljus.* Ohne Licht.«

»Aber in was für einem Korn?«

»Ich weiß nicht.«

»Mutti, schau mal!«, rief Miro, der vor einem großen, an die Seitenwand gelehnten Spiegel stand. »Ich hab Kugelaugen.«

Jenni ging zu ihm und betrachtete sein Spiegelbild. Der Spiegel hatte zwei lange Beine und war an die Wand gelehnt. Das Glas war uneben. In der Spiegelung schien sich alles zu wellen, wie unter Wasser. Miro schwankte langsam hin und her, sodass sein Gesicht in die Länge gezogen wurde und bei jeder Unebenheit eine neue Form bekam. Seine Augen vergrößerten sich zu runden klaffenden Löchern und wurden dann wieder normal. Auch Jenni begann zu schwanken. Sie suchte nach Blasen im Spiegel, damit ihre Augen möglichst groß wurden.

»Nicht«, sagte Miro und zupfte sie am Ärmel.

»Nanu? Ich darf nicht?«

»Nein.«

Ina kam zu ihnen. Miro hatte das Gesicht an Jennis gelegt. Ihr Spiegelbild wirkte wie ein im Regen aufgeweichtes Geschwisterporträt.

»Warum sind denn hier diese fürchterlichen Spiegel?«, fragte Jenni leise.

»Auf der Insel sind immer schon Spiegel hergestellt worden«, erklärte Ina. »Mit einer alten Technik. Es ist mühsam und das Ergebnis ist nicht so gleichmäßig wie bei modernen Spiegeln, aber es ist eben eine Tradition. Hier gab es schon im 18. Jahrhundert Spiegelmacher, als im Rest des Landes alles aus Schweden und Frankreich importiert wurde. Noch in den Dreißigerjahren haben die Inselbewohner ihre Spiegel auf dem Festland verkauft. Heute machen sie nur noch für die Einheimischen Spiegel. Als Dekoration und so. Wir haben auch zwei im Haus, im Flur und im Bad in der oberen Etage.«

Jenni erinnerte sich an die unebenen Spiegel mit dem Holzrand. Bei sich zu Hause würde sie nie so etwas aufhängen.

»Ein Spiegel ist schon ein merkwürdiges Ding, wenn man es sich genauer überlegt«, fuhr Ina fort. »Früher glaubte man, dass der Teufel sich im Spiegel zeigt, wenn man lange genug hineinsieht.«

Jenni hüstelte und deutete mit dem Kopf auf Miro.

»Ja«, sagte Ina schnell. »Das ist natürlich nur ein Märchen. Im Spiegel ist nichts anderes als das eigene Bild.«

Eine Weile betrachteten sie schweigend ihr Spiegelbild.

»Wir sehen aus wie Trolle«, meinte Miro.

»Stimmt!« Jenni lachte auf.

»Kommt«, sagte Ina. »Ich zeig euch das Altarbild. Das heißt, eigentlich ist es auch ein Wandbild.«

Miro folgte ihr, während Jenni noch einen Moment lang vor dem Spiegel stehen blieb und dann zwischen den Bänken hindurch auf die andere Seite der Kirche ging. Sie näherte sich der Tür, sehnte sich danach, der stickigen, leicht modrig riechenden Luft zu entkommen. Doch es regnete immer heftiger. Jenni blieb vor der Tür stehen und betrachtete das Bild, das darüberhing, hoch oben, fast unter der Decke.

Es zeigte einen unbeholfen gemalten, schwarz gekleideten Mann, der auf einem Felsen stand und einem neben ihm knienden Mann etwas reichte. Über dem Kopf des Stehenden streckten Engel ihre Arme aus, als wollten sie ihn in den Himmel hinaufziehen. Jenni trat näher heran.

Auf der ausgestreckten Hand des Mannes schien ein Auge zu liegen. Eine runde weiße Kugel, deren Iris vollkommen schwarz gemalt war. Der Mann hatte die freie Hand über sein rechtes Auge gelegt. Die neben dem Felsen kniende Gestalt nahm das merkwürdige Geschenk mit beiden Händen entgegen.

Jenni senkte den Blick auf das nächste Bild, dessen Farben besser erhalten waren, als wäre es später gemalt worden. Darauf stand der Mann, der auf dem obersten Bild das Auge in Empfang genommen hatte, und reichte es an einen dritten Mann weiter. Das Motiv wiederholte sich in absteigender Kette bis fast an den Türrahmen. Das Gesicht des Mannes, der auf dem letzten Bild das Auge entgegennahm, war undeutlich, als hätte jemand mit einem in Terpentin getränkten Tuch darübergewischt. Jenni ließ ihren Blick über die Kette wandern, kehrte immer wieder zum Anfang, zu der einäugigen Gestalt zurück. Das erste Bild wirkte alt, während alle anderen aussahen, als wären sie erst kürzlich gemalt worden. Das Wasser, das an den Kirchenfenstern hinablief, spiegelte sich jedoch auf allen Bildern und ließ die ganze Kette seltsam lebendig wirken.

Jenni betrachtete die Gemälde noch eine Weile, seufzte dann resigniert, denn sie blieben rätselhaft. Sie rieb sich den Nacken und drehte sich um.

Ina war neben Miro in die Hocke gegangen und erklärte ihm etwas. Miro deutete auf das Altarbild und stellte eifrig Fragen, die Jenni jedoch nicht hörte. Die Kirchenwände schienen die Worte zu verschlucken und nur den Tonfall an ihre Ohren dringen zu lassen. Als hörte man Musik vom anderen Ufer. Jenni dachte an Aaron und Miro, betrachtete Inas geduldige, freundliche Gesten, während Ina Einzelheiten erklärte, den Jungen nahe bei sich hielt, ab und zu lachte, die Stimme erhob und dann wieder flüsterte wie eine Märchenerzählerin. Unglaublich, wie konzentriert Miro zuhörte und immer dahin schaute, wohin Inas Finger zeigte. Jenni wagte sich nicht zu rühren, um diesen seltenen Augenblick nicht zu zerstören.

Plötzlich wurde ihr klar, dass sie das Altarbild schon lange betrachtet hatte, bevor sie merkte, dass irgendetwas darauf ihr Herz schneller schlagen ließ. Die Gedanken an Aaron und Miro verflüchtigten sich, ihre ganze Aufmerksamkeit galt dem Gemälde.

»Ina«, sagte sie.

Wieso war ihr das Bild nicht sofort aufgefallen, als sie hereingekommen waren? Vielleicht lag es daran, dass die Umrisse und Farben irgendwie verstohlen und unschuldig wirkten. Sie täuschten das Auge. Ina hatte offenbar nichts gehört, denn sie unterbrach ihre Erzählung nicht.

Jenni trat näher heran und wiederholte den Namen ihrer Schwester. Ina drehte den Kopf und sah sie fragend an.

»Was passiert auf dem Bild?«

Ina schaute wieder auf das Gemälde.

»In Wirklichkeit?«, fragte sie. »Das weiß ich nicht. Ich habe Miro bloß die Geschichte erzählt, die mir eingefallen ist, als ich es zum ersten Mal sah.«

Auf dem Bild standen Menschen am Ufer und schienen auf das Meer hinauszurufen. Jede Gestalt hatte den Oberkörper nach vorn gebeugt, und alle Münder standen offen. Das Wasser war rot, und unter der Oberfläche sah man einen riesigen Fischschwarm.

»Diese Fische haben Miro und ich gestern gesehen.«

Auf den anderen Gemälden in der Kirche waren Menschen und Tiere stark vereinfacht dargestellt, in einem fast kindlichen Stil. Auf diesem Bild dagegen waren die Fische so exakt gemalt, dass Jenni sie sofort erkannt hatte. Ina wirkte verwirrt.

»Genau diese?«, fragte sie.

»Ja. Nicht wahr, Miro?«

Der Junge nickte.

»Sie haben mit offenen Augen geschlafen«, erklärte er.

»Fische haben die Augen immer offen, Schätzchen«, sagte Ina und richtete den Blick wieder auf das Gemälde. »Die heißen auf Schwedisch *Rödögonstubb*. Rotaugengrundel oder so ähnlich. Es ist eine Reliktspezies.«

»Was bedeutet das?«

»Eine uralte Gattung. Und sehr selten. Sie haben sich hier sehr lange gehalten, weil die Inselbewohner sich weigerten, sie zu fischen. Angeblich hat man sie nur irgendwo in Kanada vorgefunden, Anfang des vorigen Jahrhunderts. Und hier.«

»Hier steht etwas von der Hölle«, sagte Jenni.

»Ja. Deshalb war es hier Tradition, diese Gattung nicht zu fischen. Die Leute glauben, dass die Fische von einem schlimmen Ort kommen. Irgendwann in den Sechzigerjahren hat man die Schwärme angeblich sogar von einem Flugzeug aus gesehen. Offenbar leuchten sie während der Laichzeit.«

Jenni lachte verwundert auf.

»Das habe ich auch gesehen«, sagte sie. »Ein rotes Glühen.«

»Ach, hör auf. Die sind wirklich selten. Die Wissenschaftler in Helsinki glauben nicht mal, dass es die Art hier überhaupt noch gibt.«

»Doch, im Ernst. Ich habe es in der Nacht vom Fenster aus gesehen.«

»Vielleicht war das etwas anderes. Im Meer spiegelt sich alles Mögliche.«

Jenni konnte sich nicht dazu aufraffen zu protestieren, doch sie wusste, dass der Schein von den Fischen herrühren musste. Die Erkenntnis war erleichternd und zugleich bedrückend. Ihr persönliches Wunder hatte sich in ein Gemälde an der Altarwand einer Kirche verwandelt. Sie hätte gern gesagt: *Menschen habe ich auch gesehen.* Aber das schien ihr irgendwie unangemessen. So viele Wunder für einen einzigen Menschen.

»Der Regen hat offenbar aufgehört«, sagte Ina. Jenni blieb vor dem Bild stehen, bis Miro sie an der Hand fasste.

»Gehen wir jetzt?«

»Ja, wir gehen«, antwortete Jenni und zog ihn an sich.

Als Ina die Tür öffnete, fiel blendendes Sonnenlicht herein. Seine Helligkeit weckte eine vage Erinnerung in Jenni, die sie nicht recht zu fassen bekam. Licht, Wind, der Geruch des Meeres. Sie gingen schweigend zum Wagen. Da fiel es ihr plötzlich ein.

Fische fressen totes Haut.

Sie begann hysterisch zu lachen. Der Anfall kam völlig

überraschend, das Lachen quoll aus ihrem Mund, als sei es in den Muskeln aufgestaut gewesen und habe endlich den Weg ins Freie gefunden.

Ina blickte über die Schulter und lächelte verunsichert.

»Was hast du?«

Jenni winkte ab.

»Nichts.«

Ein ekelhafter ranziger Geschmack stieg ihr in den Mund.

»Mutti ist betrunken«, sagte Miro in dem Ton, in dem er Dinge kommentierte, die ihm ein wenig Angst machten.

»Aber nein.« Jenni fasste den Jungen an der Schulter und schüttelte ihn liebevoll. »Mutti ist fröhlich«, log sie und wandte das Gesicht ab, damit Miro die Tränen nicht sah, die der Ekel ihr in die Augen trieb. Da fiel ihr etwas auf. An der Kirche war kein Friedhof. Das hatte natürlich nichts zu bedeuten. Eine zufällige Beobachtung. Doch sie verwandelte den Ekel in etwas Kälteres, Tieferes. Plötzlich wollte Jenni nur noch weg von der Insel, sofort, egal wohin.

»Alles in Ordnung?«, fragte Ina. Sie hatte Jenni den Arm um die Schulter gelegt.

»Wo ist der Friedhof?«

Ina runzelte die Stirn.

»Der müsste hier irgendwo in der Nähe sein«, antwortete sie. »Wieso?«

»Wird Markus hier beerdigt?«, fragte Jenni ohne Rücksicht darauf, dass Miro zuhörte.

Ina schwieg eine Weile.

»Daran möchte ich noch nicht denken«, sagte sie dann.

»Ach, tut mir leid«, entschuldigte sich Jenni verlegen und rieb sich die Augen. »Ich weiß nicht, was heute mit mir los ist. Ich bin total durcheinander.«

»Macht nichts. Komm.«

Als sie den Wagen erreichten, stellten sie fest, dass Inas Einkaufstasche auf der Rückbank umgekippt war. Die Einkäufe lagen verstreut auf der Rückbank und auf dem Boden. Ina sammelte die Brötchen auf, die aus der Papiertüte gerollt waren, und murmelte etwas, das wie ein Fluch klang. Jenni erinnerte sich nicht, wann sie ihre Schwester zuletzt fluchen gehört hatte. Vielleicht als Kind, damals hatte Ina oft geflucht, bevor sie in Tränen ausbrach.

»Die kann man noch essen«, sagte Ina atemlos. »Nicht wahr?«

Jenni setzte sich auf den Beifahrersitz, um die peinliche Frage nicht beantworten zu müssen. Ina hatte eines der Brötchen vom Boden aufgehoben.

»Mutti?«, kam Miros Stimme von der Rückbank, als sie losfuhren.

»Ja?«

»Du drehst doch nicht mehr durch?«

Jenni wandte den Kopf, doch da Miro hinter ihr saß, konnte sie ihn nicht ansehen.

»Mutti dreht nicht durch«, antwortete sie. »Keine Sorge.«

Sie betrachtete ihr Spiegelbild im Seitenfenster. Es verschmolz mit dem Wald und dem hinter den Bäumen schimmernden Meer, in dem sich am Ende alles in Schleiern auflöste.

Als sie beim Haus vorfuhren, entdeckte Jenni Aaron am Fenster im Obergeschoss. Er schien sie nicht zu sehen. Jenni winkte ihm beim Aussteigen zu, doch er reagierte nicht.

Sie hielt Miro die Tür auf und blickte nach oben. In dem Moment wusste sie, dass sie diesen Mann verlassen würde. Vielleicht nicht in den nächsten Wochen, nicht in einem Monat. Aber es würde bald geschehen. Der Gedanke löste ein berauschendes Freiheitsgefühl aus.

Als sie ins Haus kamen, bat Ina Miro, ihr beim Auspacken zu helfen. Jenni beschloss, nach oben zu gehen, denn Aarons Starre beunruhigte sie. Sie wollte nicht mit ihm reden, sondern lediglich feststellen, was los war. Auf dem Treppenabsatz drang eine Stimme an ihr Ohr.

Lisas Stimme.

Jenni verlangsamte ihre Schritte, um besser zu hören, aber es wurde nicht mehr gesprochen. Sie trat näher. Durch den Türspalt war ein Streifen des Zimmers zu sehen. Aarons Silhouette vor dem Fenster. Er stand mit verschränkten Armen da und blickte nach draußen. Es sah aus, als wollte er sich in dem Grau sonnen. Dann streckte sich hinter ihm eine Hand aus. Sie legte sich langsam an seine Seite. Nicht auf die Schulter, tröstend, sondern an die Seite. Wie eine Aufforderung, sich umzudrehen.

Und Aaron drehte sich um. Er sah hilflos aus. Tränen liefen ihm über die Wangen.

Jenni wich von der Tür zurück. Der Bauch tat ihr so weh, dass sie die Augen schließen musste. Ihr Schmerz war zurückgekehrt. Sie tastete mit der Hand nach dem Treppengeländer und ging mit geschlossenen Augen hinunter, beinahe hoffend, dass sie eine Stufe verfehlen und hinunterfallen würde, dass besorgte Gesichter sich über ihren übel zugerichteten Körper beugen würden.

»Kommt Aaron?«, fragte Ina unten.

»Gleich«, sagte Jenni und hob die Hand zum Zeichen, dass sie keine weiteren Fragen hören wollte.

»Okay.«

Jenni wartete, bis sich ihr Atem beruhigt hatte, und ging

dann ins Bad im Erdgeschoss. Sie betrachtete ihr Bild in dem unebenen Spiegel und dachte über das Wunder von Aarons Tränen nach. Ein Wunder, das sie selbst nie hatte herbeiführen können.

An diesem Abend saßen zum ersten Mal alle an einem Tisch. Jenni betrachtete die Runde und dachte, dass eine Art Ausgewogenheit entstanden war. Lisa, Aaron, Ina und Markus saßen auf ihren Stühlen und aßen ohne das Gefühl, dass die Teller zerbrechen, die Fenster zerspringen und Vögel hereinfliegen würden. Sie hatten ihren Weg gefunden, ihren Lebensplan. Für Lisa und Aaron gab es eine gemeinsame Zukunft, auf die eine oder andere Weise. Das war Jenni klar geworden, als sie die Tränen in Aarons Augen gesehen hatte. Ina und Markus gehörten auf diese Insel. Ihre Tragödien verflochten sich miteinander in diesem Haus und unter den im Wind rauschenden Föhren.

Nur Jenni und Miro standen außerhalb. Als wären sie Fremde, die man aus reiner Gastlichkeit ins Haus gebeten hatte. Sie könnten aufstehen und gehen, ohne dass irgendetwas unterbrochen würde.

Jenni brauchte nicht zu entscheiden, ob sie mit Miro auf der Insel bleiben sollte, wie Ina vorgeschlagen hatte. Es war einfach nicht möglich. Diese Gewissheit inmitten der chaotischen Wahlfreiheit war erleichternd. Als hätte Inas Gott sich endlich eingemischt und seinen Kindern den rechten Weg gewiesen. Jenni saß zwischen Aaron und Miro und spürte, wie die Distanz zu ihrem Mann wuchs, ohne dass sie irgendetwas zu denken brauchte. Sie aßen gemeinsam, im Licht derselben Kerzen, waren aber schon so weit voneinander entfernt, dass es nichts mehr zu sagen gab.

Und auf einmal sprach Markus. Seine Stimme klang fremd. So fremd, dass alle verstummten. Messer und Gabeln verharrten auf halbem Wege.

»Ich bin immer noch der Prophet«, sagte Markus.

Lange anhaltendes Schweigen folgte. Dann entschlüpfte Ina ein kurzes Lachen.

»Entschuldigung«, sagte sie verlegen, sah die anderen an und berührte Markus am Arm. »Entschuldigung, Liebling.«

Wieder wurde es still. Dann legte Ina ihr Besteck hin und stützte die flachen Hände auf den Tisch. Ihre Schultern bebten. Sie begann erneut zu lachen, diesmal befreiter. Auf Aarons Gesicht erschien ein leises Lächeln, während er den Fisch zerteilte. Schließlich lachte Miro laut los.

Jenni wusste nicht, ob sie selbst lächelte oder nicht. Sie betrachtete Markus' Gesicht, das im Licht der Kerzen blassgolden leuchtete. Vielleicht war das Funkeln seiner Augen nur ein Widerschein der Flammen, aber sein Mund lächelte breit. Nur Lisas Gesicht blieb ernst, ihr Blick richtete sich in die Ferne.

Als Jenni sich die Zähne geputzt und Miro ins Bett gebracht hatte, ging sie ins Erdgeschoss, um Ina zu suchen. Sie wollte sich bedanken, sich entschuldigen, etwas sagen, um das Schuldgefühl loszuwerden. Ein Schuldgefühl, das sich aus allem speiste, was sie je über Ina gedacht hatte. Niemand war zu sehen, aber im Bad rauschte die Dusche. Dennoch ging Jenni zu Inas Zimmertür und klopfte leise. Keine Antwort. Sie wollte erneut klopfen, hielt aber inne, als sie im Zimmer am Ende des Flurs jemanden leise sprechen hörte.

Eine murmelnde Stimme. Markus' Stimme.

Jenni hielt den Atem an und lauschte. Ja. Es war Markus.

Sie ging in die Mitte des Flurs und betrachtete die angelehnte Tür.

Markus' Gemurmel brach ab. Lisa sprach flüsternd, schien etwas zu fragen.

Jenni warf einen Blick auf die Badezimmertür und schlich sich näher an Markus' Zimmer heran. Sie trat vorsichtig auf, fürchtete, das Parkett würde knarren. Durch den Türspalt sah sie ein Stück von Markus, der auf dem Bett lag, die Hände auf der Brust gefaltet, über ihnen Lisas nervös flatternde Hand.

»... es ist mir egal, was aus Aaron und dem armen Mädchen wird, aber was wollt ihr mit dem ...«

Die Stimme wurde leiser, ging im Rauschen der Dusche unter. Jenni schlich sich noch näher an die Tür heran.

»... Markus, ich weiß, dass du mich hörst. Ich habe die Papiere und die Fotos im Arbeitszimmer gesehen. Es ist krank, Markus. Krank. Das alles beruht nur auf einer Lüge. Ich weiß doch am allerbesten, dass ...«

Die Dusche wurde abgestellt. Lisas Worte waren plötzlich deutlich zu hören, so deutlich, dass Jenni sie nicht verstand. Sie wurden übertönt vom Rasseln ihres Atems, vom Pochen ihres Herzens und vom Knarren des Bodens unter ihren Füßen, und Jenni war sicher, dass all das auch an Lisas Ohren drang. Sie trat zurück, schlich so schnell wie möglich weg von Markus' Zimmertür. Da kam Ina, in ein Handtuch gewickelt, aus dem Bad. Bei Jennis Anblick zuckte sie zusammen.

»Nanu«, sagte sie. »Ich dachte, du schläfst schon.«

»Ich wollte nur ...«, begann Jenni, verstummte aber mitten im Satz, als die Tür zu Markus' Zimmer aufgestoßen wurde.

Lisa stand auf der Schwelle. Ihr Blick war direkt auf Jenni gerichtet. Ein intensiver, mörderischer Blick.

»Alles in Ordnung?«, fragte Ina.

Lisa nickte.

»Ja.«

Ihr Blick blieb noch eine Weile auf Jenni ruhen, wanderte dann zu Ina. Lisa sah aus, als wollte sie etwas sagen, doch irgendetwas schien sie zu hindern. *Sprich,* dachte Jenni. *All das kommt nur daher, dass niemand spricht.*

»Schläft Markus?«, fragte Ina, die Lisas starrer Blick sichtlich nervös machte.

Stille. In der Luft schwebten heißer Wasserdampf und der Geruch von Duschseife.

»Noch nicht«, sagte Lisa schließlich und senkte den Blick, als hätte sie gemerkt, dass sie sich unpassend benahm. Sie ging in Markus' Zimmer zurück und zog die Tür hinter sich zu.

Ina wischte sich das Wasser aus dem Gesicht.

»Was wolltest du gerade sagen?«, fragte sie. Jenni sah ihr an, dass Lisas Starren sie immer noch beunruhigte. Etwas Bedeutsames war gerade geschehen, und sie wussten es beide.

»Nichts. Reden wir morgen weiter.«

»Im Ernst«, sagte Ina. »Frag ruhig.«

Jenni schüttelte den Kopf und legte die Finger an ihre Schläfe.

»Ein langer Tag«, erklärte sie und ging nach oben.

Auf dem ganzen Weg dachte sie an Lisas Starren.

In der Nacht erwachte Jenni zweimal aus wirren Albträumen. Beim zweiten Mal wälzte sie sich wild auf der Matratze herum, fest davon überzeugt, dass jemand ein

Schweinsauge in ihr Bett gelegt hatte. Sie spürte es kalt und schleimig an den Zehen und Waden, als ob es sich von selbst bewegte.

Sie saß eine Weile auf dem Bettrand und versuchte, ihren Atem unter Kontrolle zu bringen, kämpfte gegen die Übelkeit an, die wie ein Stein auf ihrem Zwerchfall lag. Lisas Worte füllten ihren Kopf, wirbelten wild herum.

… aus Aaron und dem armen Mädchen wird …

Die Beinmuskeln zuckten und verkrampften sich schmerzhaft. Jenni beugte sich vor und massierte sie stöhnend, bis der Brechreiz sie zwang, sich wieder hinzulegen.

… wollt ihr mit dem …

Das Zimmer schien sich zu drehen wie damals, als sie sich zum ersten Mal betrunken hatte.

… krank …

Jenni wälzte sich, bis sie eine Position fand, in der die Übelkeit halbwegs erträglich war. Dann trug die Erschöpfung sie zurück in den Schlaf.

—

Aaron schüttelte den Menschen, die das ganze Haus füllten, die Hand. Auch Lisa war dort, höflich, lächelnd und entzückend wie früher. Aaron wusste, dass draußen im Wagen Markus wartete, den er an irgendeinen wichtigen Ort mitnehmen sollte. Danach wäre alles geklärt und sie brauchten sich nicht mehr zu begegnen. Welche Erleichterung.

Die Leute drückten ihm die Hand und wünschten ihm Glück, versicherten ihm, dass er bei der Wahl erfolgreich sein werde und ihn nichts mehr aufhalten könne, der Himmel sei die Grenze. Noch halb im Schlaf begriff Aaron, dass er Markus nie ermutigt hatte. Das würde er erledigen, sobald sie unterwegs waren. Während der Motor gleichmäßig surrte, würden sie beide sehen, dass der Weg bereitet war. Man musste nur Gas geben und fahren.

Aaron wandte sich von den Leuten ab und ging zur Haustür. Er drückte die Klinke hinunter, doch die Tür öffnete sich nicht. Seine Hand, die an der Klinke rüttelte, fühlte sich fremd an, als gehöre sie einem anderen.

You sick, sick man, flüsterte eine Stimme an seinem Ohr. Ein fremder Akzent, vielleicht griechisch. Aaron lachte auf und drehte sich um. Die Diele war leer, aber aus dem Spiegel blickte ihn jemand an, der nicht Aaron war. Sie betrachteten sich in wachsendem Entsetzen, Aaron und das Spiegelbild. Im Spiegel war nur ein Türspalt zu sehen, durch den blendend helles Licht fiel. Und in dem Türspalt ein einzelnes Auge. Es starrte ihn direkt an, obwohl es sich ganz und gar am falschen Platz befand.

Als Aaron im dunklen Zimmer erwachte, merkte er, dass er seine rechte Hand festhielt. Sie zuckte und verkrampfte sich, als wollte sie sich losreißen.

Aaron setzte sich erschrocken auf. Sein Arm schimmerte bleich im Zwielicht. Jenni und Miro schliefen, sie atmeten in unterschiedlichem Takt. Aaron stand auf und umklammerte seine Armmuskeln, versuchte sie zu lockern. Er ging im Zimmer hin und her und stöhnte hilflos. Die Muskeln spannten sich eigensinnig, wurden unter seinen Fingern steinhart.

Das geht vorbei, redete Aaron sich gut zu. Keine Angst.

Doch es ging nicht vorbei. Die Krämpfe zogen über den Ellbogen hinauf bis in die Schultermuskeln.

Aaron stürzte aus dem Zimmer. Sein Gesichtsfeld wimmelte von roten Punkten, als er auf die Tür am Ende des dunklen Flurs zustolperte. Die Krämpfe wurden heftiger.

Das Licht im Bad ging zuckend an. Bei jedem Aufflackern sah Aaron seine Hand. Die gekrümmten Finger, wie eine blasse Spinne. Und die schwarzen Flecken auf dem Handrücken und am Armgelenk. Er hielt sie für eine optische Täuschung, doch als das Licht schließlich gleichmäßig brannte, waren sie immer noch da.

Bei dem Anblick vergaß Aaron die Schmerzwellen. Er starrte auf die blauschwarzen Flecken, die sich bei jedem Krampf zu verändern schienen. Zu vergrößern. Blutergüsse, versicherte er sich selbst. Wahrscheinlich hatte er im Schlaf die krampfende Hand zu fest gepackt.

Der Gedanke tröstete ihn nicht, schützte ihn nicht vor der wachsenden Panik. Der Schultermuskel zuckte, als nähme irgendeine Kraft seinen ganzen Arm in ihren Besitz.

Aaron stürmte aus dem Bad und ging in das Schlafzimmer zurück, ohne zu wissen, was er tun sollte.

Jenni wecken? Nein, sie würde ihm nicht helfen können, sie war noch so jung. Für die Hilflosigkeit eines alten Mannes hätte sie nur Verachtung übrig. Er stellte sich vor, dass Lisa dort im Bett läge, und wusste, dass sie ihn beruhigen könnte, sie wüsste, was zu tun war. So schnell, wie seine unkontrollierbare Hand es zuließ, zog Aaron die Hose an. Er versuchte gar nicht erst, das Hemd zuzuknöpfen, sondern zog einfach die Jacke darüber. Jenni bewegte sich unruhig und redete im Schlaf. Aaron umklammerte seine Hand und verließ das Zimmer. Auf das Geländer gestützt ging er die Treppe hinunter und versuchte verwirrt, sich zu erinnern, wo Lisas Zimmer war.

Lisa würde ihm helfen können. Lisa war der einzige Mensch, der Aaron auch dann verstand, wenn er von Zweifeln gepackt wurde. Sie sah seine Schwäche und hatte keine Angst, ihr entgegenzutreten. Aaron stolperte zur Zimmertür und öffnete sie, ohne anzuklopfen. Er rief Lisas Namen und trat ans Bett, griff nach der Decke. Darunter war Leere. Aaron tastete über das kühle Laken und das Kissen.

Weg.

Er jammerte unwillkürlich auf. Alles stand vor dem Zusammenbruch, es gab keine Sicherheit. Aaron dachte an den Stadtrat, an die Wahl und den Ministerposten. Er war ein Erfolgsmensch, ein Zukunftsfaktor, kein Gefangener seiner eigenen Ängste in muffiger Dunkelheit. Man musste die Dinge im richtigen Verhältnis sehen, das hier hatte nichts zu bedeuten. Ein neuerlicher Krampf blockierte seine Gedanken. Sein Rückgrat zuckte so heftig nach hinten, dass er beinahe das Gleichgewicht verloren hätte. Er stolperte zurück, bis er mit dem Kopf an die Wand stieß.

Ein Zukunftsfaktor Aaron für die Zukunft der Partei bist du …

Endlich fand er die Haustür, stieß sie auf und trat hinaus in die kalte Nacht.

Die Wagen vor dem Haus waren schwarze Klumpen, auf denen das Mondlicht schimmerte. Aaron nahm den Schlüssel aus der Tasche und öffnete mit einem Knopfdruck die Tür. Die Scheinwerfer flammten auf und tauchten die Umgebung einen Augenblick lang in Helligkeit. Aaron tastete nach dem Griff und schob sich in den Wagen, steckte mit der Linken den Zündschlüssel ins Schloss und drehte ihn. Nur ein Knacken war zu hören, sonst nichts. Aaron wiederholte die Bewegung fünfmal, dann begann er Flüche und Verwünschungen gegen Markus, Lisa und Jenni auszustoßen. Dumme, unfähige Wesen, die jammernd und klagend am Wegrand zurückblieben, wenn Kämpfen und Weitergehen das einzig Vernünftige waren. Aaron legte die Stirn auf das Lenkrad und schlug sich mit der Faust auf den Oberarm.

Allmählich beruhigte sich sein Atem. *Einen kühlen Kopf bewahren,* dachte Aaron. Er hob den Schlüssel und versuchte es noch einmal. Das Zündschloss fand sich sofort. Der Motor sprang an. Das Geräusch wirkte beruhigend.

Aaron hob den Kopf und betrachtete die Leuchtanzeigen am Armaturenbrett. Uhrzeit. Außentemperatur. Navigator. Benzinstand. Alles in Ordnung.

Er holte das Handy aus der Brusttasche seiner Jacke und wählte Katajas Nummer. Das Klingelzeichen ertönte, immer wieder, doch er gab nicht auf, bis sich eine verschlafene Stimme meldete.

»Aaron hier«, sagte er. »Treffen wir uns morgen um drei?«

Am anderen Ende blieb es eine Weile still.

»Weißt du, wie spät es ist?«, fragte Kataja dann.

»Ja, tut mir leid. Es war … allerhand los.«

»Aaron, nimm es mir nicht übel, aber zuerst sagst du ab, und dann rufst du mitten in der Nacht an und erklärst, dass es doch bei dem Termin bleibt. Ist alles in Ordnung?«

»Aber ja, nur ein bisschen Hektik.«

Das seltsame rasselnde Geräusch war schon eine ganze Weile zu hören gewesen, bevor Aaron es bewusst wahrnahm. Es kam nicht aus dem Handy. Aaron versuchte sich auf Katajas Stimme zu konzentrieren.

»Na gut, wenn du es nun doch einrichten kannst, treffen wir uns morgen«, sagte die Stimme, die gar nicht mehr verschlafen klang. Kataja war ein Mann der Praxis. »Ich bitte Nyholm um das neue Budget und …«

Doch das Rasseln fesselte Aarons Aufmerksamkeit. Einen Moment lang war er sicher, dass es am Motor lag, obwohl der eigentlich kein derartiges Geräusch machen sollte. Regelmäßig gewartet und gepflegt. Am oberen Rand seines Blickfelds, unmittelbar hinter der Windschutzscheibe, war etwas. Was konnte das sein? Aarons Verstand suchte nach logischen Erklärungen. Es gab keine. Der Schultermuskel zuckte wieder.

»Hör mal, ich muss Schluss machen«, sagte Aaron. Seine Stimme war dünn und gepresst.

Kataja schwieg sekundenlang.

»Wie bitte?«, fragte er dann.

»Ich muss Schluss machen«, wiederholte Aaron.

Natürlich war ihm klar, dass Kataja nach diesem Gespräch noch lange eine nachdenkliche Miene machen würde. Er würde abwägen, ob Aaron dem Stress wirklich gewachsen war, ob er zum Spitzenkandidaten taugte.

»Aber wir sehen uns dann morgen.«

»Ääh … okay.«

Aaron unterbrach die Verbindung und starrte vor sich hin. Seine Schulter zuckte so stark, dass der Stoff der Jacke raschelte. Ein unregelmäßiges Geräusch, wie eine Kontaktstörung an einem Elektrogerät.

In der Dunkelheit jenseits der Windschutzscheibe bewegte sich etwas Großes, etwas ungeheuer Großes. Es wogte in der Luft. Langsam, hypnotisch. Auf und ab. Die Oberfläche der kugelförmigen Netzaugen glänzte im Mondlicht. Die Bewegung der Flügel war ein schnelles Flimmern, wie schwimmendes Quecksilber, wie im Dunkeln strömendes Wasser.

Aaron drückte sich an die Rücklehne, schaute in die ausdruckslosen dummen Augen und begann klagend zu rufen. Es war ein gleichmäßiger hoher Ton, der noch anhielt, als alle Luft aus seiner Lunge entwichen war.

Jakob stieg aus dem Grab. Er zog seinen schmerzenden mageren Körper über den Rand, klammerte sich an Steinblöcke und Grasbüschel, zwang sich auf die Beine. Seine Glieder gehorchten ihm nicht wie früher. Die linke Hand war gefühllos, doch Jakob sah ihr Zucken am Rand seines Blickfeldes. Die Füße trugen ihn mit kurzen Trippelschritten voran. Der Apotheker Langelin lehnte immer noch in halb sitzender Stellung am Felsen, das Kinn auf der Brust. Um ihn herum flogen Vögel auf, als Jakob sich zu ihm umdrehte. Er sah das Gesicht des Apothekers nicht. Nur die im Wind wehenden Haare. Die Vögel ließen sich in der Nähe nieder. Sie drehten den Kopf, breiteten die Flügel aus, kreischten. Jakob blickte auf.

Der Himmel war wie in Flammen.

Der Himmel stand endlich in Flammen.

Die Wolken wälzten sich blutrot über ihn.

Jakob fiel auf die Knie und betrachtete die Erscheinung durch einen Tränennebel. *Niemand hat dergleichen je gesehen, dies haben Menschenaugen nie gesehen, niemals, es geschieht nur einmal.*

Das Schauspiel war zu Ende. Der Prospekt flatterte und zerriss im Wind. Die Schauspieler vergaßen ihre Dialoge und blickten sich verstohlen um. Das Lächeln der Possenreißer erlosch, als der unnatürliche Schein alles umgab und der Himmel sich öffnen wollte. Das Schauspiel des Leids, das über Generationen hinweg angedauert hatte.

Die Wolken bildeten ungeheuerliche, den ganzen Himmel bedeckende Wirbel, in deren Mitte helle Lichter leuchteten. Die Bäume und das Gras und die Wellen und die Haare des Apothekers schwangen hin und her, als der Wagen der sündigen Welt aus der Bahn geworfen wurde.

Jakobs Körper war schwach, doch sein Herz brachte die Kraft auf, noch einmal zu schlagen. Ein schwerer Druck legte sich auf die Ohren und die Schläfen. Der Atem stockte. Jakob Mört umklammerte den Stoffbeutel und betrachtete das Ende der Geschichte, die letzte Sekunde der Welt wie ein Kind, das gerade zum ersten Mal die Augen aufgeschlagen hat.

Markus und Jenni hatten Bacardi getrunken, aus der Flasche in der Strandtasche, auf die sie aufpassen sollten, während Jennis und Inas Mutter mit den anderen Erwachsenen in der Bar saß. Ina hatte nur einen kleinen Schluck probiert und dabei so angewidert das Gesicht verzogen, dass Markus befürchtet hatte, sie würde sich gleich übergeben.

Als die Erwachsenen zurückkehrten, hörten Jenni und Markus sich kichernd ihre Geschichten an. Nur Markus' Vater schien ihre ausgelassene Stimmung zu bemerken. Er saß auf seiner Strandliege, schnaufte schwer und blickte sich ab und zu ruckartig um, als wäre er aus dem Schlaf geschreckt.

Nach einer Weile reagierte Jenni nicht mehr auf Markus' Blicke und Lachsalven.

»Schläfst du?«, fragte Markus.

»Mir ist schlecht«, antwortete Jenni. »Ich geh schwimmen.«

Sie stand auf und machte einen schwankenden Schritt, holte ihren Badeanzug aus der Tasche. Markus lag in seinem Liegestuhl und war zu keiner Bewegung fähig. Er wäre gern mit Jenni gegangen, aber der Himmel war so blau, dass er einfach keine Kraft hatte.

Markus war kurz davor einzuschlafen, als ein Schatten die Sonne verdeckte. Er schlug die Augen auf und sah die schaukelnde Gestalt seines Vaters. Als sie nach links schwankte, wurde die untergehende Sonne wieder sichtbar. Markus wäre gern liegen geblieben und hätte den wundervollen raschen Sonnenuntergang betrachtet. Doch sein Vater ging weg. Die knirschenden Schritte der Strandschuhe. In Richtung der Umkleidekabinen.

Markus stützte sich auf die Ellbogen und beobachtete die kleiner werdende Figur seines Vaters. Die Reihe der Umkleidekabinen am Rand des Badestrandes. Er betrachtete die anderen Erwachsenen. Seine Mutter sagte mit schwerer Zunge etwas zu Jennis und Inas Eltern. *Ganz toll, wisst ihr, einfach phantastisch.*

Markus stand auf und folgte seinem Vater.

Irgendwie hatte er zwar gemerkt, dass sein Vater Jenni anders ansah, seit sie beide in die Mittelstufe versetzt worden waren, aber er hatte nicht begriffen, wieso die Versetzung irgendetwas verändern sollte. Er stapfte durch den heißen Sand und sah, dass sein Vater sich verstohlen umblickte, dann an die Tür einer Umkleidekabine klopfte. Zur nächsten ging. Und zur nächsten.

Markus erkannte Jennis Arm sofort.

Sie hielt die Tür auf. Dann trat der Vater ein. Die Tür fiel zu, und Markus war allein. Er hatte sich noch nie so einsam gefühlt. Der Sand brannte unter seinen Füßen. Erst jetzt merkte Markus, dass er seine Strandschuhe nicht angezogen hatte. Der schwarze Sand verbrannte ihm die Fußsohlen, doch seine Schritte wurden nicht langsamer. Die Tür näherte sich. Der Atem rauschte in seinen Ohren.

Markus legte das Ohr an die Tür.

Willst du sie zurück?

Die lallende Stimme seines Vaters.

Was denn?

Markus schob sich an den Türspalt. Blickte hinein.

Dreh dich um.

Markus sah das Rosa von Jennis Kleid zuerst nur vorbeihuschen. Es kehrte zurück, als er die richtige Stelle zwischen Wand und Tür fand.

Mach die Augen zu.

Markus spähte.

Wie schön Jenni war, mit geschlossenen Augen, in ihrem rosa Kleid. Eine Meerjungfrau. Sein Vater drehte die Puppe in den Händen, trat einen Schritt zurück. Streckte dann den Arm über Jennis Schulter vor ihr Gesicht.

Bitte. Aber einen Teil behalte ich.

Jenni kam aus der Umkleidekabine, ein Lächeln im Gesicht, vor sich hin starrend. Sie sah Markus nicht, denn er hatte sich ein Stück entfernt. Jenni ging mit staksigen, trägen Schritten und betrachtete immer wieder den Gegenstand in ihrer Hand wie die Erinnerung an einen Traum, von dem man nicht wusste, ob es ein Albtraum war oder etwas anderes.

»Wie hast du die zurückgekriegt?«

Markus sprach Jenni erst an, als sie ganz nah war.

Sie erschrak. Das war daran zu erkennen, dass ihre Augen plötzlich klar blickten. Ihr betrunkenes Lächeln wurde unsicher.

»Was spielt das für eine Rolle?«, fragte sie. »Sie gehört doch mir.«

Darauf hatte Markus keine Antwort. Er ließ Jenni einfach vorbeigehen.

Er starrte so lange auf die Tür der Umkleidekabine, bis sein Vater in der Badehose herauskam, Hemd und Shorts über den Arm gelegt, sich sorglos umblickte und mit trägen Schritten am Ufer entlangging. Ohne einen Gedanken daran zu verschwenden, wie wichtig die Dinge waren, die seine Hände zerbrachen.

Damals hatte Markus begriffen, dass sein Vater eine leere Schale war, die nur von dem Wunsch angetrieben wurde, alles für sich zu bekommen. In Vaters Innerem war niemand. Vielleicht war das bei allen Menschen so. Vielleicht war auch im Innern der Katzen niemand. Niemand, nirgends. Außer Markus und Jenni.

Er blickte seinem Vater nach. Rührte sich nicht, obwohl unter seinen Fußsohlen ein schwarzes Feuer brannte.

—

Stille.

Jenni lauschte und wartete. Es widerstrebte ihr, im Zimmer nach Miro zu suchen. Irgendetwas stimmte hier nicht. In ihrer Verwirrung hoffte sie darauf, dass plötzlich das Licht anginge und sie von fröhlich lachenden Partygästen umringt wäre. Sobald ihr dieser Gedanke durch den Kopf ging, begann ihr Blickfeld zu flattern. Als hätte Blitzlicht die Dunkelheit durchschnitten. Sie sah unbekannte Gesichter, feiernde Menschen mit grotesken Masken. Jenni legte die Hände vor die Augen.

Was zur Hölle ist das?, fragte sie sich und blieb, wo sie war, kniend am Bett des Jungen. Ihr Herz klopfte wild, und das Trommelfell drohte zu platzen. Sie presste die Handflächen auf die Augen und wartete.

Dann sprach eine Stimme dicht an ihrem Ohr.

Warum ist er hierhergezogen?

Miros Stimme.

Jenni wandte den Kopf, sah aber niemanden.

»Ins Bett«, befahl sie, doch in ihrer Stimme lag keinerlei Autorität. Ihre Ohren waren wie verstopft, ihre Worte nur ein Murmeln in einem leeren kleinen Raum.

Als sie nichts weiter sah oder hörte, wandte Jenni den Blick auf Aarons Bett. Oder auf die Stelle in der Dunkelheit, wo es stehen musste.

»Sag Miro, er soll sich wieder hinlegen«, murmelte sie. Die Dunkelheit verschluckte ihre Worte, es blieb still.

Plötzlich verkrampfte sich Jennis Magen. Der Schmerz kam so unerwartet und war so heftig, dass sie aufstöhnte und sich vornüberbeugte. Trotz ihres Stöhnens hörte sie Miros leichte Schritte, die aus dem Zimmer führten. Das vertraute Klatschen nackter Füße auf dem Parkett. Jenni hatte es oft gehört, immer dann, wenn Miro schlafen gehen sollte. Ein Geräusch, das sie auf die Palme brachte und ihr zugleich lieb war. Jenni stützte sich auf den Bettrand und erhob sich mühsam. Sie rief erneut nach Miro, diesmal lauter, in der Hoffnung, dass irgendwer im Haus wach würde.

Nichts. Kein Patschen nackter Füße. Keine Schritte aufgewachter Erwachsener.

Unter Wasser wachen die Erwachsenen nicht auf, unter Wasser schwankt man nur in unendlicher Einsamkeit.

Jenni verließ das Zimmer. Sie hatte das Gefühl, ihr Kopf wäre geschwollen, und setzte mechanisch einen Schritt vor den anderen, ungewiss, ob ihr die Beine gehorchen würden.

Im Dunkeln sah es aus, als fehlte das Treppengeländer, doch die tastende Hand fand das glatte Holz. Die großen Fenster im Erdgeschoss zeichneten sich als dunkelgraue Vierecke ab. Es war nicht die geringste Bewegung zu sehen.

Wieder rief Jenni nach Miro. In ihren Ohren dröhnte es, als sie den Fuß auf die erste Stufe setzte. Sie hörte Miros Stimme.

»Ich bin hier.«

Die Stimme kam aus ihrem Zimmer. Miro hatte sich also doch dort versteckt. Jenni machte zu schnell Halt. Ihr Fuß rutschte ab, und sie schürfte sich am Rand der Stufe den Knöchel auf. Doch sie kümmerte sich nicht darum, sondern rappelte sich auf und kehrte zur Zimmertür zurück.

»Wo?«

Jenni stand auf der Schwelle, überschritt sie aber nicht. Sie sah ein kurzes Aufleuchten und blinzelte, bis es sich wiederholte.

»Was machst du mitten in der Nacht …«

Miro lachte lauthals. Nun sah Jenni die Umrisse seines strubbeligen Kopfes vor dem schwachen roten Schein am Fenster. Sie ging mit ausgestreckten Armen in das Zimmer, tappte auf das rötliche Zwielicht zu. Im Dunkeln schienen die Gesichtszüge des Jungen zu leben, seine Augen flackerten immer wieder auf, groß und rund.

»Mutti, schau mal. Ein Bein fehlt.«

Jenni sah, dass Miro die Hand ausstreckte, konnte aber nicht erkennen, was er darin hielt. Nicht in dieser Dunkelheit. Sie hatte Angst und schämte sich, weil sie nicht wagte, näher heranzugehen.

»Warum ist er hierhergezogen?«

Jenni runzelte die Stirn. Ihr verwirrter Verstand suchte nach einer Erklärung für Miros seltsames Verhalten.

»Wer?«

»Vati und Vati …«

»Miro, du redest Unsinn. Ich verstehe kein Wort.«

»… und Vati.«

Miros Stimme klang rau, wie an den schlimmen Tagen, wenn er zu viel schrie. Dann spürte Jenni jedes Mal, wie nah die Grenze rückte, an der sie die Kontrolle über sich zu verlieren drohte.

»Was ist mit dir los, Miro?«

Jenni spürte, dass sie den Namen des Jungen aussprechen musste, wie um sicherzustellen, dass er wirklich ihr Kind war.

»Vati und Vati und Vati.«

Unwillkürlich lachte Jenni auf. Es war ein grausiges Geräusch, als hätte sie im Schlaf gelacht.

»Was sagst du da?«

»Der hässliche Mann und Vati und Vati.«

Jenni merkte, dass ihr der Atem stockte. Es war eine seltsam unbeteiligte Beobachtung, beinahe so, als ob sie miterlebte, wie eine große Maschine zum Stillstand kam.

»Miro! Mit wem hast du gesprochen?«

»Oho!« Miro lachte auf.

»Wer hat das gesagt, Miro?«

Der Junge kam näher.

»Oho, oho.«

Sein Atem roch schlecht, als hätte er sich übergeben. Jenni zwang sich, stehen zu bleiben, wehrte sich gegen das Gefühl, vor ihrem eigenen Kind davonlaufen, sich vor seinem Lachen fürchten zu müssen.

Miro schlüpfte an ihr vorbei. Der schnelle Rhythmus seiner Schritte klang wie immer, aber irgendetwas war falsch, so grundfalsch, dass Jenni ihre ganze Willenskraft einsetzen musste, um nicht zu schreien. Sie zwang sich, Miro zu folgen. Auf der Treppe rutschte sie aus und fiel auf den Rücken. Sie heulte auf, kämpfte sich aber hoch. Ihre

Beine waren von den Knien abwärts merkwürdig gefühllos. Als sie weiterging, musste Jenni sie im Auge behalten, um nicht ins Leere zu treten. Am unteren Ende der Treppe suchte sie nach dem Lichtschalter.

Das Wohnzimmer war leer. Die Reglosigkeit schien Jenni wie ein Hohn, denn sie begriff nicht, was hinter dieser Erstarrung geschah.

Irgendwo wehte kalte Luft herein. Jenni ging zur Haustür, ließ den Wind mit ihren Haaren und dem Saum ihres Nachthemds spielen. Sie rief nach Miro, zuerst halb flüsternd, als wäre es wichtig, niemanden zu wecken. Dann lauter. Ohne hinzusehen, schlüpfte sie in die erstbesten Schuhe.

Miros Gestalt bewegte sich am Waldrand und verschwand in der Dunkelheit. In keiner anderen Situation wäre Jenni hinausgegangen. Sie wollte nicht im Nachthemd in diese Schwärze stapfen, nicht die widerwärtige Berührung der Baumrinde spüren. Aber Miro würde sie immer folgen, ganz gleich, wohin.

IV

DAS GEBETSGRAB

Welche Enttäuschung, die Bewegung der Luft in der Lunge zu spüren. Welche Enttäuschung, die gierige Berührung eines Menschen zu fühlen. Welch unendliche Enttäuschung, die Augen aufzuschlagen und ein Menschengesicht zu sehen.

Jakob spürte die Hände, die ihn ans Feuer trugen, das Trinkgefäß an seinen Lippen, das Essen zwischen seinen Zähnen, wenn sein Kinn gegen seinen Willen mahlte wie ein teuflisches Butterfass, das seit Anbeginn der Welt gekirnt hatte.

Sie waren Fischer, wie er bald erfuhr. Die Männer hatten ihre alten Fischgründe aufgegeben, hatten sich von der Not getrieben aufgemacht, um bei den fernen Inseln reichere Beute zu suchen, obwohl der Herbst bereits weit vorangeschritten war und der Winter vor der Tür stand. Einfache Männer, die niemals würden verstehen können, was Jakob gesehen hatte. Sie nährten ihn, hielten ihn warm. Jakob wollte sie hassen, doch die Sattheit und die Wärme des Feuers verführten ihn dazu, auf den biederen Gesichtern der Männer Güte zu sehen.

Sie begruben den Apotheker und häuften auf jedes Grab weitere Steine. Zum Schluss sprach einer der Männer ein holpriges Gebet, dessen Worte in Jakobs Ohren fremd klangen. Die Männer erklärten ihm, dass Tote, die in ungeweihter Erde begraben wurden, zu Wiedergängern zu werden pflegten, wenn man sie nicht schwer genug zudeckte. Jakob akzeptierte die Maßnahme, obwohl er sie für überflüssig hielt. Bald würde auch das Meer seine Toten hergeben und alle würden gerichtet werden.

Das für Jakob bestimmte Grab ließen die Männer offen. Sein klaffendes Maul begrüßte ihn an jedem Morgen.

Im Traum sah Jakob bisweilen den flammenden Himmel, doch jedes Mal erwachte er von seinen eigenen Worten. Vor ihm war nur der aschgraue Teppich des Himmels. Dahinter der durchscheinende Kranz der Sonne.

Einmal schreckte Jakob aus dem Schlaf und erblickte einen Fischer, der unter einem Baum hockend sein Geschäft verrichtete. Das Gesicht des Mannes war qualvoll verzerrt und in seinen Augen standen Tränen. Das ist alles, was dir geboten wird, versuchte Jakob zu sagen, doch er war noch zu schwach. Ein anderes Mal sah er, wie einer der Männer unter demselben Baum sein Glied rieb. Der gleiche Gesichtsausdruck. Das war alles. Oh Himmel, oh Erde.

Als Jakob so weit zu Kräften gekommen war, dass er wieder sprechen konnte, versuchte er, von all dem zu erzählen, was er gesehen hatte. Davon, wie alles enden würde. Doch einer der Fischer sagte nur: Davon weiß ich nichts. Ich werfe meine Netze aus und bete darum, dass Fische hineingehen. Ich mache Salzfässer. Das ist mein Leben.

Dennoch hatten sie ihn gerettet, diese simplen sündigen Wesen. Vielleicht gehörten auch die Fischer mit ihren schlaffen Gesichtern zum großen Plan des Schöpfers.

Die Fischer beschlossen, länger auf der Insel zu bleiben als vorgesehen, denn ihre Beute war reicher als je zuvor. Sie fingen so viele Fische, dass sie einen Teil den Vögeln überlassen mussten, weil sie nicht schnell genug neue Fässer zimmern konnten. Die Männer sagten, mit dieser Beute könnten sie ihre Familien ernähren und obendrein reich werden. Zwei von ihnen wurden ausgesandt, volle Fässer auf der nächsten bewohnten Insel zu verkaufen. Es kam zum Streit darüber, wer am besten geeignet sei, den Handel abzuschließen, ohne zu verraten, wo sich ihr wundersamer Fischgrund befand. Als man sich geeinigt hatte, wurde eines der drei Boote mit Fässern beladen und losgeschickt.

Jakob beobachtete das Treiben der Männer belustigt. Wenn sie nur wüssten, wie sehr er, der Apotheker und die Mannschaft des gekenterten Schiffes gehungert hatten. Wie allein die Fische, Vögel und anderen essbaren Lebewesen sie gelassen hatten.

Eines Tages zappelte eine große Menge fremdartiger, schuppenloser Fische im Netz, die keiner der Männer je zuvor gesehen hatte. Verwundert betrachteten sie die auf den Felsen zappelnden Tiere, nahmen sie in die Hand und musterten die leuchtend roten Augen auf dem Rücken.

»Iss nichts, was du nicht benennen kannst«, erklärte einer der Männer. Sein Vater hatte einmal einen unbekannten gehörnten Fisch verspeist und seine Sehkraft erst nach acht Tagen zurückgewonnen. Andere hielten dagegen, der Herr habe alle im Meer schwimmenden Wesen dem Menschen zur Nahrung bestimmt.

Jakob weigerte sich zu essen, denn er war sich durchaus nicht sicher, wer die Lebewesen ins Meer gesetzt hatte, Gott oder Satan. Er sprach jedoch nicht über seine Zweifel, sondern ließ die Männer so handeln, wie es ihrer Natur entsprach.

Am nächsten Morgen übergaben sich alle, die von den Fischen gegessen hatten, so heftig, dass sie jegliche Kraft verloren und ihre Hütte nur verließen, um ihren Magen zu entleeren.

Während die Männer darnieder lagen, goss Jakob jedes Fass aus, in dem die unbekannten Fische gepökelt worden waren. Das Salz hatte die Kiemen und Flossen blassgrau gefärbt, doch in den Augen schimmerte noch ein schwaches Rot.

Jakob ertrug den Anblick nicht.

Als hätten aus der Hölle heraufgebrachte Scheite im Salz geglüht.

Jenni lief weiter, obwohl sie Miro nicht mehr vor sich sah oder hörte. Der Mond schien hinter einem Wolkenschleier, und in seinem Licht nahm der Wald undeutliche, gespenstische Formen an, die es unmöglich machten, Entfernungen zu schätzen. Ein Zweig schlug ihr ins Gesicht, ihre Schuhspitze blieb an einer Wurzel hängen, sodass sie mit ausgestreckten Armen in die Dunkelheit stürzte. Sie setzte sich auf und rieb sich die Beine, bis das Gefühl zurückkehrte, kämpfte sich dann wieder hoch.

Sie rannte vorwärts und blieb dank eines seltsamen, von der Angst geweckten Instinkts auf dem Pfad, über den sie schon einmal mit Miro gegangen war. Bei jedem Schritt schienen ihre Beine nachzugeben und in den Boden zu sinken, und die Formen der Äste und Felsen gruben sich wie Schattenbilder in ihre Augen, dehnten sich und zersprangen.

Dann veränderte sich die Dunkelheit allmählich. Sie zog sich zurück, wurde zu blassem Zwielicht, das die rauen Baumstämme enthüllte, und die moosbewachsenen Felsen sahen aus wie die Schultern und Knie gefallener Riesen. Jenni blieb stehen und betrachtete das Zwielicht, das bedrohlicher wirkte als die völlige Schwärze.

Ein roter Schein.

Jenni hörte das Meer. Blickte in die Richtung, aus der das Geräusch der Wellen kam.

Zwischen Bäumen und Felsen sah sie ein unruhiges rötliches Flimmern.

Jenni rief nach Miro und beschleunigte ihre Schritte. Sie wich vom Pfad ab und lief direkt auf das Licht zu, erreichte den Waldrand und blieb an der Stelle stehen, wo der nackte Uferfels begann.

Die Wellen schlugen gegen die Steine. Der rote Schein erhellte nahezu die ganze Bucht. Das Licht sprang von einer Seite zur anderen, zog sich mitunter weit vom Ufer zurück, als wolle es aufs offene Meer hinausziehen, kehrte aber immer wieder zurück. Sekundenlang vergaß Jenni ihre Angst und Miro.

Wieso bewegen die sich so schnell, nichts bewegt sich so …

Sie ging näher ans Ufer. Als sie unmittelbar an die Wassergrenze kam, nahe an der Stelle, wo die letzte Welle den Stein genässt hatte, hielt die schimmernde Bewegung inne.

Jenni stand auf dem Felsen und betrachtete den erstarrten Schein. Die Brandung schuf die Illusion, dass die Lichtquelle unter dem Wasser sich bewegte. Doch Jenni wusste, dass die Fische reglos verharrten. Dass sie sie bemerkt hatten. Sie trat einen Schritt zurück. Auf dem feuchten Stein rutschte ihr Schuh ab. Jenni fiel rücklings auf den Felsen. Aus ihrer Lunge entwich die Luft, ihre Zähne gruben sich in die Zunge. Sie glitt auf das Wasser zu, obwohl sie versuchte, sich festzuhalten. Als sie in der Gischt watete, sah sie, dass der Schein sich wieder bewegte. Sie schrie auf und kroch an Land, die nassen Schuhe rutschten auf den Steinen, der glatte Fels bot keinen Halt. Jenni schob sich hinauf, drehte sich zweimal um sich selbst, bis sie so weit vom Wasser entfernt war, dass sie wagte aufzustehen. Sie sah sich nicht um, sondern lief auf den Waldrand zu, bis sie merkte, dass sie vor der kleinen Kapelle stand. Jenni starrte schwer atmend auf das Gebäude, weigerte sich, noch einmal auf das glühende Meer zu blicken. Sie hatte die Übelkeit nicht einmal bemerkt, bis sie sich plötzlich wild erbrach. Es war, als ob sich alle Muskeln gleichzeitig verkrampften und den Körper zwängen, sich vorzubeugen. Jenni ging in die Hocke, stützte sich mit der Hand auf die Erde und setzte sich hin. Ihr Atem klang wie der eines im Schädel gefangenen Tiers.

Der Schmerz. Jenni wurde plötzlich bewusst, dass sie ihn schon länger an den Fingern gespürt hatte, doch im Adrenalinsturm war er nur ein belangloses Hintergrundrauschen gewesen. Sie hob die Hände vors Gesicht. Im roten Zwielicht sahen sie fremd aus. Sie fühlten sich fremd an.

Der kleine Finger und der Ringfinger der linken Hand waren seltsam verkrümmt, als wären sie im Begriff, sich in Klauen oder Zähne zu verwandeln. Jenni versuchte sie zu strecken, doch dadurch wurde der Schmerz nur noch stärker. Ihr linker Arm war vom Ellbogen bis zur Hand hart, der Muskel aufs Äußerste gespannt.

Was ist das?, fragte Jenni sich. *Was für eine Strafe ist das?*

Sie sah sich um und rief erneut nach Miro. Wie zur Antwort veränderte die Brandung ihren Rhythmus.

Jenni betrachtete die Kapelle. Das Gebetsgrab.

Sie stand auf und wischte sich das Kinn ab.

Die Tür zur Kapelle stand auf. Jenni wusste nicht, ob sie gerade noch geschlossen gewesen war. Das spielte keine Rolle, denn jetzt war sie offen. Sie hing ein wenig schief in den Angeln. Die Stummheit des Gebäudes neben dem brausenden Wald und dem rauschenden Meer wirkte gewollt, absichtlich. In der Dunkelheit flackerte ein schwaches Licht auf. Für einen flüchtigen Moment war eine menschliche Gestalt zu sehen.

Jenni zwang sich näher heran. Sie berührte die schartige Tür, stieß sie ganz auf und steckte den Kopf in die nach einem Erdkeller riechende Dunkelheit.

»Miro?«

Das Licht wurde eine Spur heller, einige Sekunden lang, und Jenni sah die Gestalt einer Frau, deren Haare sich bewegten wie in strömendem Wasser. Am liebsten wäre Jenni davongelaufen, aber die Frau konnte nicht zufällig in der Kapelle sein. Sie schrie:

»Wohin habt ihr mein Kind gebracht?«

Als keine Antwort kam, trat Jenni über die Schwelle und rannte auf die Frau zu. Die Dunkelheit legte sich um sie wie eine Flüssigkeit. Sie füllte die Augen und ließ den Atem anders klingen, schwerer. Jennis Finger berührten etwas Kaltes, Glattes. Da, wo die Frauengestalt gewesen war, spürte sie nur Glas.

Ein Spiegel.

Jenni drehte sich um und sah, wie sich die Tür schloss. Einen Augenblick lang klammerte sie sich an die Hoffnung, dass der Wind die Tür zuschlagen ließ, obwohl sie sah, dass die Bewegung zu schnell, zu entschlossen war.

Ein dumpfes Poltern. Noch einmal und noch einmal.

Jenni wollte gegen die Tür anrennen, doch sie erriet, dass der Versuch sinnlos wäre. Sie schob sich an der Wand entlang, tastete die kalte Glasfläche ab, die sich an der nächsten Wand fortsetzte, nur durch einen dünnen Holzrahmen in der Ecke unterbrochen. Jenni blickte in den Spiegel, wünschte sich verzweifelt, ihr Gesicht zu sehen.

Als sie die Tür erreichte, rief sie zuerst nach Miro, dann nur noch um Hilfe, doch niemand antwortete.

Sie zog sich in die Mitte des Raums zurück und lauschte.

Um sie herum bewegte sich etwas. Das wirkliche oder eingebildete Rascheln zog Kreise und brach sofort ab, wenn sie sich ihm zuwandte. Bald gewöhnten sich ihre Augen so weit an die Dunkelheit, dass sie ihre gekrümmte Gestalt im Spiegel erkennen konnte. Ein schwarzer Klumpen inmitten des etwas blasseren Dunkels. Dahinter standen andere.

Oder es war stockdunkel und sie bildete sich das alles nur ein.

Ensam med Gud, flüsterte sie.

—

Markus schwamm im warmen Wasser, obwohl er wusste, dass sich unter ihm ein weißes Laken, eine dicke Matratze, ein metallenes Bettgestell und der Fußboden befanden. Über sich sah er sein vibrierendes Spiegelbild, obwohl dort nur die Zimmerdecke war.

Menschen kamen ins Zimmer. Bekannte und zugleich nicht identifizierbare Gesichter, Menschen, die begeistert redeten. Sie berichteten von Plänen, bei denen er offenbar eine Rolle spielte. Markus konnte ihnen nicht helfen, konnte keinen Part in irgendeinem Stück übernehmen. Er lag im warmen Wasser, spürte die Strömung.

Markus schloss die Augen. Das Wasser veränderte sich. Es wogte stärker. Der Salzgeschmack war modriger und so intensiv, dass der Atem jedes Mal stockte, wenn das Wasser in den Mund oder die Nase drang.

Nachdem er seinen Vater und Jenni in der Umkleidekabine gesehen hatte, war Markus ins Meer gelaufen und hatte beschlossen, sich von den Wellen davontragen zu lassen.

Er wollte keine Erde mehr unter den Füßen spüren, denn auf der Erde war alles falsch. Wohin er auch blickte, sah er nur Dinge, die so falsch waren, dass er am liebsten alles in Stücke gerissen hätte, wenn er nur die Kraft dazu gehabt hätte. Wenn er kein magerer, vom Hautausschlag gezeichneter Junge gewesen wäre, der es nicht einmal schaffte, das Tretboot am Ufer zu wenden, ohne seinen Vater um Hilfe zu bitten. Ohne dass der Schatten seines Vaters seine Haut berührte und ihn in einen kalten, betäubten Zustand versetzte, in dem alles gleichgültig war. Warum fiel der Schatten seines Vaters immer nach vorn? Warum folgte er ihm nicht, wie bei allen anderen Menschen? Jennis Schatten war immer hinter ihr. Dahin konnte er die Augen wenden, wenn ihr Anblick den Drang weckte, an ihrem Hals und ihren Wangen zu schnuppern.

Bevor er sich ins Meer warf, hatte Markus mit dem griechischen Strandwächter gesprochen, der immer mit ihren Eltern plauderte. Markus war ohne Badeschuhe über den glühend heißen Sand gelaufen und hatte den Mann angesprochen. Der war stehen geblieben und hatte gegrüßt, obwohl er sich wahrscheinlich nicht an Markus erinnerte. Seine Aufmerksamkeit hatte immer ganz allein den Erwachsenen gegolten, nur einmal hatte er Ina gelobt, als sie ein perfektes Rad schlug, wobei allerdings Sand auf Markus' und Jennis Badetücher fiel.

»My father«, sagte Markus zu dem Strandwächter.

»Yes«, erwiderte der Mann, obwohl er Markus vielleicht immer noch nicht erkannt hatte.

»He fucks me.«

Das Lächeln des Mannes wurde nur unmerklich dünner.

Er legte den Kopf schräg, als bäte er Markus, seine Worte zu wiederholen. Und das tat er.

»My father fucks me. Every day. Do you understand?«

Der Mann sah sich um und rieb sich die Nase.

»Do you believe me?«

»Okay«, antwortete der Mann. »Have a nice day.«

Er ging mit schnellen Schritten davon, als wäre nichts geschehen. Vergewisserte sich, dass für alle Strandliegen und Sonnenschirme Gebühr bezahlt worden war. Dass nirgendwo etwas Falsches getan wurde. Markus ertrug es nicht, dass er fortging. Der Mann war immer so nett gewesen, hatte sich Mutters erbärmliches Englisch angehört, obwohl alle wussten, wie schrecklich es klang.

»I lied«, sagte Markus leise und ging ins Wasser. »He hates me.«

Er wiederholte den Satz langsam, überlegte, ob er grammatikalisch richtig war, wie nach der Klassenarbeit in Englisch, wenn er in Gedanken seine Antworten durchging und sich zu erinnern versuchte, ob er irgendeine Frage falsch beantwortet hatte.

»Jenni hates me«, sagte er noch, dann zwang ihn das Salzwasser, den Mund zu schließen. Er drehte sich auf den Rücken und betrachtete den wolkenlosen Himmel.

Die Zeit verschwand. Keine Form mehr, keine Schatten. Der Friede des Himmels und der Meeresströmungen. Markus hatte das Gefühl, dass er gar kein Mensch war, sondern Laichkraut, Hahnenfuß, ein Schiffswrack. Im klaren unendlichen Wasser.

Obwohl das Leben später Tausende von Gesichtern, Stimmen, Träumen und Enttäuschungen gebracht hatte, war im Hintergrund immer die Erinnerung an diesen Moment geblieben, wie ein nicht abbrechender Ton unterhalb der Hörgrenze. Das Versprechen, dass es einen Ort außerhalb der Zeit gab. Einen Ort, wohin der leere Blick seines Vaters nicht reichte und wo keine Katzenmütter ihre zermalmten Jungen ableckten.

Kein aufkeimender Betrug in Jennis Lächeln. Nur Laichkraut. Ein Schiffswrack auf dem Grund.

—

Jenni glaubte, in der Mitte der Kapelle zu stehen, von jedem Spiegel gleich weit entfernt. Ganz sicher war sie sich dessen jedoch nicht. Auch das Zeitgefühl war ihr abhandengekommen. Sie rief ab und zu um Hilfe, doch ihr Ruf löste jedes Mal ein leises Rauschen aus, als hätte die Dunkelheit auf ihre Worte reagiert, sich bewegt und Witterung aufgenommen. Bald wagte Jenni keinen Laut mehr von sich zu geben. Sie atmete flach und ging in die Hocke, setzte sich hin und tastete den Boden ab.

In der rauen Holzfläche war eine Öffnung. Jenni führte den Finger an ihrem Rand entlang und begriff, dass sie nur durch Zufall davor bewahrt worden war hineinzufallen, als sie in die Kapelle gerannt war. Sie wagte nicht, die Hand in das Loch zu stecken, obwohl sie gern gewusst hätte, wie tief es war. Vorsichtig beugte sie sich über die Öffnung. Die Bewegung des Wassers war deutlich zu hören. Als sie direkt nach unten sah, füllte sich ihr Gesichtsfeld mit roten Lichtstreifen. Sie tauchten blitzschnell auf und blieben auf der Netzhaut zurück, als Jenni den Blick abwandte. Vielleicht waren die Streifen eine optische Täuschung, aber dass die Wellen irgendwie unter die Kapelle gelangten, stand mit Sicherheit fest. Ihr hohles Platschen unterbrach die Stille in regelmäßigen Abständen. Jenni stand auf und trat einige Schritte zurück, mit höchster Konzentration, um nicht zu vergessen, wo sich die Öffnung befand.

Etwas streifte sie an der Schulter.

Jenni schrie auf und wollte schon nach vorn rennen, doch das Wissen um die Gefahr, in das Loch zu stürzen, nagelte ihre Beine fest. Sie legte die verkrampfte Hand an die Brust und redete sich ein, dass außer ihr niemand in der Kapelle war. Durch den Türspalt fiel Licht. Zuerst hielt Jenni auch das für eine Halluzination, aber dafür war der Streifen viel zu deutlich und unbeweglich. Ein schmaler, langer Lichtstreifen.

War schon Morgen? Woher wusste man in völliger Dunkelheit, wie viel Zeit verstrichen war? Woher wusste man, ob man wach war oder träumte? Auch der Geruch hatte sich verändert. Statt nach feuchtem Moder roch es nun nach kaltem Sand.

Wieder spürte Jenni eine Berührung an der Schulter. Diesmal kein flüchtiges Streifen, sondern einen festen entschlossenen Druck.

Sie hielt den Atem an und behielt das Licht an der Tür im Blick. In der zunehmenden Helligkeit sah sie, wie sich vor ihr etwas ausstreckte. Zuerst glaubte sie, es wäre ihre eigene Hand, doch die konnte es nicht sein. Eine große blasse Handfläche. Darauf lag eine winzige Puppe. Wie ein hilfloses Mädchen in der Hand Gottes. Die Augen der Puppe waren im Zwielicht nicht zu erkennen. Ihr Rock war hochgeschoben, der geschlechtslose Unterleib schamlos entblößt.

Jenni betrachtete die Puppe, denn sie wusste, dass sie gleich verschwinden würde. Dass sie nicht hier sein konnte.

Von links streckte sich eine zweite Hand vor. Eine Fingerspitze legte sich unter die Ferse der Puppe und schob das Bein langsam und vorsichtig hoch. Dann das zweite. Jenni betrachtete die Puppe, versuchte sich ihren leeren Blick vorzustellen, da, wo jetzt nur zwei dunkle Höhlen waren. Zwei Finger packten das linke Bein der Puppe und drehten daran, bis das Hüftgelenk heraussprang.

»Idiot«, flüsterte Jenni und ließ zu, dass sich die Hand des Mannes auf ihre Brust legte.

Vor ihr erwachte ein helles Licht und fiel auf die Augen der Puppe, die sie ansahen, blau, glänzend, merkwürdig. Jenni blickte auf und sah die blendend helle Form der Tür vor sich. Mitten darin stand jemand.

»Aaron?«, fragte Jenni.

Die Gestalt trat ein. Streckte den Arm aus.

Jenni blinzelte und wich zurück. Aus den Augenwinkeln sah sie sich in den Spiegeln, eine rückwärts gehende Gestalt, die sich fürchtete und hoffte, in den Armen des Mannes mit der Puppe Zuflucht zu finden, aber an kaltes unebenes Glas stieß.

Der Zwischenfall mit den rotäugigen Fischen wandte das Schicksal der Männer nicht zum Schlechten.

Der Regen füllte ihre Trinkwasservorräte auf, und es gelang ihnen sogar, eine verwundete Robbe zu erbeuten. Die Gesichter der Männer waren vor Freude gerötet, als das erschlagene Tier zwischen ihnen auf dem felsigen Boden lag. Die Fischer jauchzten und priesen Jakob. Er sei ein heiliger Mann, der ihnen mehr gegeben habe, als sie je zu hoffen wagten.

Einer der Fischer versuchte zur Nachbarinsel zu waten. Die anderen riefen ihm nach, er solle das Boot nehmen. Das stachelte den Mann erst recht an zu beweisen, dass man den Weg zu Fuß zurücklegen konnte. Das Wasser reichte ihm bereits bis an die Schultern, und die höchsten Wellen rollten über seinen Kopf hinweg.

Als er gut die Hälfte der Strecke geschafft hatte, schwankte der Mann. Ein dumpfes Dröhnen war zu hören, als seien unter Wasser Felsbrocken von ihrem Platz gerollt. Der Mann begann zu schreien und zu strampeln, das Wasser um ihn herum schäumte. Die anderen Fischer betrachteten den Kampf ihres Gefährten zunächst belustigt, erkannten jedoch bald, dass sein Fuß eingeklemmt sein musste. Sie warfen Netze und Werkzeug hin und wateten zu ihm.

Die Köpfe verschwanden im Wasser, kamen dann wieder zum Vorschein. Jakob hörte nicht, was sie sagten, begriff aber, dass das Bein des Mannes unter einem großen Stein eingeklemmt war. Offenbar war er auf einen losen Felsbrocken getreten, der auf seinen Fuß gerollt und dort liegen geblieben war. Einer der Helfer watete ans Ufer und suchte nach einem Stück Holz, das sich als Hebel eignete. Damit kehrte er zu den anderen zurück. Die Männer setzten sich allesamt auf den Hebel, doch der Versuch scheiterte. Das Gewicht von vier kräftigen Männern reichte nicht aus, den Stein zu verrücken.

»Wir müssen es abtrennen«, rief einer. »Der Seegang wird immer höher. Wir müssen ihm das Bein abtrennen.«

»Nein«, heulte der Mann auf. »Ich will nicht als Einbeiniger zum Jüngsten Gericht. Wenn ihr es versucht, ertränke ich mich.«

Es folgte ein heftiger Streit. Der Bruder des Opfers verfluchte den Wind, die Wellen und die Dummheit, die seinen Bruder dazu getrieben hatte, zur Insel zu waten, statt eins der beiden Boote zu nehmen.

»Wir müssen warten, bis sich der Sturm gelegt hat«, meinte einer der Fischer. »Gott steh ihm bei.«

Die Männer kehrten ans Ufer zurück. Keuchend und zitternd und triefnass beobachteten sie den Kampf ihres Gefährten. Jeder von ihnen wusste, dass der hohe Seegang tagelang, wenn nicht gar mehrere Wochen anhalten konnte.

Jakob verfolgte den tapferen Kampf des Mannes voller Verwunderung und überlegte, was der Herr ihm mit diesem Anblick sagen wollte.

In der Nacht schwollen die Rufe des Mannes überraschend zu gellendem Heulen an. Jakob wurde von einer rastlosen Bewegung geweckt und kroch aus der Hütte.

Das Meer flammte feuerrot. Jakob richtete sich auf und betrachtete das Wunder mit angehaltenem Atem. Die Männer hatten sich am Ufer versammelt. Sie riefen den Namen ihres Gefährten, obwohl sie ihn nicht sahen. Vom Schein des Meeres abgesehen, war die Nacht lichtlos. Die Klage des Mannes hielt an, so herzzerreißend, dass einige der Fischer in die Hütte zurückkehrten und beteten.

Jakob war entsetzt, aber seine Glieder waren wie erstarrt. Kein einziger Muskel wollte sich bewegen.

Herr, warum zeigst du mir dies?

Seine Beine blieben so fest auf der Erde, als wären aus den Fußsohlen Wurzeln gewachsen und hätten sich in die Felsspalten gekrallt.

Warum zwingst du mich zuzuschauen?

Die rote Glut wogte hin und her. Jakob dachte an das dumpfe Geräusch, das den Unfall des im Meer gefangenen Mannes begleitet hatte. Vielleicht hatte sich auf dem Meeresboden ein Riss gebildet. Vielleicht strömten vor ihren Augen das ewige Feuer der Hölle und alle darin lebenden Wesen ins Wasser.

Jakob nässte sich ein. Der Urin, der ihm am Bein hinablief, war kalt wie schmelzendes Eis. Sein ganzer Körper begann zu zittern. Die Gewissheit der Errettung war plötzlich fort, aus Jakobs Brustkorb gestohlen, wo nur eine leere, frostige Höhle zurückblieb, die bis in die Fingerspitzen Kälte ausstrahlte.

Die roten Wellen. Das Höllenfeuer. Das wollte der Herr ihm zeigen. Seine Farbe war tief und unendlich, wie die offene Halsschlagader des Israel Ulstadius, wie der gespaltene Schädel des Apothekers Arvid Langelin.

Ihr seid nicht unschuldig.

Die Augen der im Salz dahinsiechenden Fische.

Vielleicht ist in dem glühenden Ofen auch für Euch ein Platz bereitet.

Jakobs linker Fuß machte einen Schritt nach vorn. Es war eine unwillentliche Bewegung, von einer höheren Macht gelenkt. Der rechte Fuß folgte. Die Fischer wandten sich zu Jakob um, machten ihm Platz, als er auf das Ufer zuging, gegen seinen Willen und in der Überzeugung, dass dies sein letzter Gang war, dass sein Name doch nicht im Buch des Lebens verzeichnet stand, dass doch nicht jede seiner Bewegungen vom Herrn gesegnet war.

Tage, Wochen, Ewigkeit.

Am Ufer machten Jakobs Schritte Halt. Die Schnur seines linken Schuhs war bereits im Wasser, wirbelte in der Gischt. Jakob sah zunächst nur rot. Dann sah er die Augen.

Ihre Menge war unfassbar. Sie schwammen im roten Schein, unbeweglich und starrend, als warteten sie auf den richtigen Moment.

Jakob weinte und betete, der Herr möge ihn nicht den im Meer schwimmenden Dämonen ausliefern, sondern ihm erlauben, sich zu züchtigen und Sühne zu tun. Er gelobte, für immer auf dieser Insel zu bleiben und jeden Stein und jeden Baum zum Lobe des Herrn zu heiligen und sich unablässig mit dem Korn des Hasses zu peinigen und keinen Sündigen ungestraft zu lassen, all das schwor er zu tun, wenn der Herr nur den glühenden Dämon des Wassers daran hinderte, ihn zu verschlingen.

Da ermattete die Kraft.

Jakobs Körper zuckte, als hätte eine unsichtbare Hand ihn losgelassen, und er fiel nach hinten. Sein Rücken schlug gegen einen Felsen, die Luft entwich aus seiner Lunge.

Am Morgen ging Jakob ans Ufer. Er setzte sich, nahm den Spiegel und betrachtete sein zitterndes Bild, das vor Entsetzen starre Auge und die von getrocknetem Speichel gesprenkelten Lippen. Er nahm ein Korn aus dem Beutel und steckte es in den Mund. Dann ein zweites. Ein drittes. Die Fischer beobachteten sein Tun mit furchtsamer Neugier.

»Nun stelle mich auf die Probe, Herr«, sagte Jakob und zerbiss die Körner.

Als er endlich aus der Schlucht des Hungers und der Halluzinationen auf den Uferfelsen zurückkehrte, fiel bereits die Dämmerung. Die Fischer umringten ihn.

Einer von ihnen trat näher und fiel vor Jakob auf die Knie.

»Heiliger«, sagte er und streckte die Hand aus.

Auf seiner Handfläche lag Jakobs Spiegel. In ihm spiegelten sich der dunkler werdende Himmel und die leere Augenhöhle des Propheten.

Jenni konnte das Gesicht der Frau nicht sehen, doch die Gestalt kam ihr bekannt vor. Dieser Eindruck half ihr, sich zu konzentrieren, er hielt die Flut der seltsamen Erinnerungsbilder irgendwo am Rand des Bewusstseins zurück, wo sie Jenni nicht mit sich reißen konnte.

»Alles in Ordnung«, sagte die Frau. Sie zwang Jenni, sich auf einen Felsen zu setzen, und gab ihr ihren eigenen Mantel. »Jetzt hast du es geschafft.«

Der Akzent verriet Jenni, wer die Fremde war: Die Frau mit dem Mundgeruch. Jenni fasste nach ihren Handgelenken und klammerte sich an ihnen fest, um ihr Zittern zu unterdrücken.

Doch das Zittern wollte nicht aufhören, sein Kern saß zu tief in ihr.

»Der Junge, erinnerst du dich an den Jungen?«

Die Frau antwortete nicht.

»Hast du den Jungen gesehen? Meinen Sohn?«

»Keine Sorge. Gehen wir ins Warme«, sagte die Frau.

»Ich muss mein Kind finden.«

»Der Junge ist in Sicherheit. Gehen wir ins Warme.«

Die Frau zog Jenni hoch und sprach von ihrem Haus, das ganz in der Nähe sei. Dort gebe es ein Telefon und einen Kamin und Tee. Nichts davon interessierte Jenni. Sie erinnerte sich an das dunkle Gästezimmer in Markus' Haus, an das Gefühl, ganz allein dort zu sein, an Miros fliehende Gestalt. So etwas konnte nicht passieren, es musste ein Traum oder eine Halluzination gewesen sein, vielleicht drehte sie durch, egal, wenn nur Miro dort war.

Jenni riss sich los und lief schwankend davon. Die Frau rief ihr etwas nach, aber das war ohne Bedeutung, denn die Beine fanden bald den richtigen Rhythmus und trugen sie in rasendem Tempo zum Waldrand und zu dem Pfad, auf dem sie mit Miro ans Ufer gegangen war. Die Anstrengung überdeckte das Zittern, die Lunge schmerzte, die Gedanken wurden mit jedem Schritt klarer. Sicher waren ihre Nerven durch den Besuch auf der Insel angegriffen, die Furcht und das Schuldgefühl hatten dazu geführt, dass sie sich von Trugbildern narren ließ. Miro war im Haus und wunderte sich, wo seine Mutter steckte. So musste es sein.

Das Haus war bereits zwischen den Bäumen zu sehen. Jenni beschleunigte ihre Schritte und schämte sich schon im Voraus für ihr albernes nächtliches Umherirren.

Vor dem Haus stand kein einziger Wagen. *Sie sind losgefahren, um mich zu suchen,* dachte Jenni und lachte freudlos, wie man es tut, wenn einem klar wird, dass man überreagiert oder Unsinn geredet hat in normalen alltäglichen Situationen.

Sie ging zur Haustür und drückte die Klinke herunter. In der Diele rief sie, alles sei in Ordnung, ging in das Esszimmer und in die Gästezimmer im Erdgeschoss und stöhnte jedes Mal, wenn sie wieder einen Raum leer vorfand.

Sie lief die Treppe hinauf und ging in ihr Zimmer, sah, dass alle Koffer und Sachen an ihrem Platz waren, nur Miro fand sie nicht, obwohl sie die Decke hochhob und sich auf den Boden kniete, um unter die Betten zu schauen. Niemand, nirgendwo. Jenni stand auf, kramte ihr Handy aus der Handtasche und wählte Aarons Nummer.

Als sie gerade auf die Anruftaste drücken wollte, hörte sie ein tiefes Brummen, das das ganze Haus zu erschüttern schien. Sie ließ das Handy sinken und horchte.

Ein Auto.

Jenni warf das Handy aufs Bett und rannte nach unten. Vom Küchenfenster aus sah sie drei Wagen. Der erste war Inas, der zweite Lisas. Den dritten erkannte sie nicht. Die Wagen hielten vor dem Haus, und aus dem ersten stieg ein Fremder, der einen blauen Thermoanzug und eine alberne Schirmmütze trug. Er hielt eine große Taschenlampe in der Hand. Hinten stieg Ina aus.

»Hier«, sagte Jenni, als hätte man sie durch die Scheibe hören können.

Ina beugte sich wieder in den Wagen. Miro hatte immer Schwierigkeiten mit dem Sicherheitsgurt, er konnte ihn nicht allein öffnen. Jenni lief zur Haustür und stieß sie auf. Als sie beim Wagen war, hatte Ina Miro bereits herausgeholfen. Der Junge sah sich verwirrt um, suchte sicher nach seiner Mutter. Ina bemerkte Jenni und zeigte auf sie, sagte etwas Beruhigendes. Miro drehte sich zu Jenni um und lächelte.

»Alles in Ordnung«, sagte Ina, als Jenni ihren Sohn in die Arme schloss.

»Wo wart ihr denn bloß?«, rief Jenni wütend, ohne zu wissen, wen sie fragte, wem sie Vorwürfe machte. Aus dem dritten Wagen stiegen zwei weitere Männer. »Jetzt ist alles in Ordnung«, wiederholte sie. »Wir dachten schon, du hättest die Insel verlassen.« Jenni drückte Miro an sich und erzählte ihm, welche Sorgen sie sich gemacht hatte und wie leid es ihr tat, obgleich sie nicht recht wusste, wofür sie sich entschuldigte. Sie betrachtete die Leute, die aus den Autos gestiegen waren, und begriff nicht, was geschehen war. Fünf Männer und eine Frau, vielleicht Inselbewohner. Und Lisa.

»Was ist passiert?«, fragte Jenni.

»Lisa«, sagte Ina. »Sie hat versucht, die Insel zu verlassen.«

Jenni sah ihre Schwester an, ahnte etwas, das zu furchtbar war, um wahr zu sein.

»Sie hat versucht, Miro mitzunehmen.«

Jenni blickte zu Lisa hinüber, die irgendwie klapprig wirkte, als wäre sie gerade aufgewacht oder betrunken. Dennoch wich sie Jennis Blick nicht aus. Hinter ihr standen zwei Männer mit ausdruckslosem Gesicht, wie Aufseher.

»Der Fährmann hat Miro erkannt und sich an eure Ankunft erinnert. Deshalb hat er sich geweigert, die beiden aufs Festland zu bringen.«

»Sie hat versucht, Miro mitzunehmen«, sagte Jenni tonlos.

Sie erinnerte sich an Aarons und Lisas Flüstern im Obergeschoss. Daran, wie Aaron Lisas Berührung zuließ.

»Wo ist Aaron?«, fragte sie.

Ina schüttelte den Kopf.

»Ich weiß nicht. Sein Auto ist weg. Jenni, wenn ich das geahnt hätte, hätte ich Lisa nie …«

Jenni entließ Miro aus ihrer Umarmung und legte die Hände um seinen Kopf.

»Jetzt ist alles wieder gut, Mutti ist hier.«

Miro nickte lächelnd. Was hatte Lisa ihm vorgeschwindelt? Sie musste ihm eine Lügengeschichte aufgetischt haben, sonst wäre er niemals ohne seine Mutter weggefahren. Vielleicht hatte Aaron mit Lisa unter einer Decke gesteckt.

»Ina«, sagte Jenni. »Bringst du Miro ins Haus? Ich komme gleich nach.«

»Natürlich.«

»Geh mit Tante Ina. Mutti kommt bald nach, okay?«

Miro nickte.

Als Ina mit dem Jungen ins Haus ging, wandte Jenni ihren Blick wieder Lisa zu.

»Was wolltest du mit meinem Kind, du Miststück?«, fragte sie leise.

Sie trat zwei Schritte vor und nahm dem Mann im Thermoanzug die Taschenlampe aus der Hand, so schnell, dass er sie nicht daran hindern konnte. Dann eilte sie auf Lisa zu. Lisa wich nicht zurück, doch von ihrer früheren Sturheit war nichts mehr übrig. Ihr Blick flackerte, als Jenni die Taschenlampe hob. Vielleicht vor Angst, vielleicht auch nur vor Verwunderung darüber, dass das arme kleine Mädchen derart auftrumpfte. Die Männer, die hinter Lisa standen, mischten sich nicht ein. So wütend Jenni auch war, die Gleichgültigkeit der Männer verwunderte und ängstigte sie.

Ein seltsamer schmatzender Laut war zu hören, als die Taschenlampe Lisas Lippen traf. Sie brüllte, als wäre sie aus einem Traum erwacht, und legte schützend die Arme um den Kopf. Jenni schlug erneut zu. Es war ein ungezielter kraftloser Schlag, doch sie wunderte sich immer noch, dass niemand ihr in den Arm fiel. Die Leute standen unbeweglich und lautlos da wie die Baumstämme hinter ihnen.

»Du hast Miro geschlagen«, murmelte Jenni und schlug zu, bis sich irgendetwas von der Taschenlampe löste.

Sie warf die Lampe hin und musterte Lisa, die in die Hocke gegangen war und hin und her schwankte. Als sie sich mit einer Hand auf der Erde abstützte, tropfte Blut auf ihre hellgrüne Hose. Der Anblick bereitete Jenni einen derartigen Triumph, dass sie sich abwenden musste. Sie ging mit langen Schritten zum Haus, stolperte auf halbem Weg und warf einen Blick auf die Fenster. Hoffentlich hatte Miro nichts von dem Vorfall gesehen. Seine Mutter drehte nicht durch, niemals. Seine Mutter war so sicher wie der Erdboden.

Als Jenni die Haustür öffnete, blitzte im Türfenster ein Spiegelbild auf.

Lisa, die auf der Erde hockte. Ein Mann, der mit der Taschenlampe ausholte.

Übelkeit überflutete Jenni. Sie zog die Tür zu und verriegelte sie, vergewisserte sich mehrmals, dass sie fest verschlossen war, dass sie Lisa ausgesperrt hatte und die Insel und die Männer, die ihr nicht in den Arm gefallen waren.

Als Allererstes brachte Jenni Miro zu Bett. Mit flatternden Händen streichelte sie seinen Kopf, bemühte sich, das Zittern zu unterdrücken. Am Daumengelenk entdeckte sie einen dunklen Fleck, vielleicht von der Taschenlampe oder von der Tür in der Kapelle. Ihr Atem ging flach und verkrampft, als wäre ihre Lunge geschrumpft.

»Mutti«, sagte Miro schläfrig, die Augen halb geschlossen.

»Ja?«

»Ich bin nicht ausgerissen.«

Jenni stupste ihn ans Kinn.

»Ich weiß, Miro. Es war nicht deine Schuld.«

»Ich wäre nicht bei der alten Hexe mitgefahren, aber

ihr wart weg, Vati und du. Und sie hat gesagt, sie bringt mich zu euch.«

Jennis Hand hielt inne. *Ihr wart weg.*

»Ich hab nicht gewusst, dass ich nicht mitfahren durfte«, sagte Miro.

»Es war nicht deine Schuld«, wiederholte Jenni und küsste Miro auf die Stirn. »Schlaf jetzt.«

Ihre Erinnerungen an die Nacht waren verworren, ein Gemenge aus physischen Empfindungen und Bildern. Ein leises Zucken der Finger, prickelnde Haut, der Drang, sich immer wieder umzublicken. Jenni dachte an Miro, der im dunklen, leeren Zimmer erwachte. Bei dieser Vorstellung fühlte sie sich schuldig, doch das Schuldgefühl war nur ein schwacher, ferner Hauch. Es gab weitaus schwerwiegendere und bedrohlichere Fragen. Mit wem hatte Jenni gesprochen? Wem war sie in den Wald, ans Ufer, in die Kapelle gefolgt? Sie beobachtete ihre zitternde Hand, die mechanisch über Miros Haare strich. Ganz gleich, was geschehen war, es war ein Glück, dass Miro es nicht gesehen hatte. Dass er es verschlafen hatte.

Miro sagte noch etwas. Die Augen waren ihm schon zugefallen, die Lippen bewegten sich kaum. Jenni beugte sich über ihn.

»Was sagst du, Miro?«, fragte sie flüsternd.

»Warum warst du so?«

Jenni versuchte sich einzureden, dass Miros Worte sich nicht auf die Ereignisse der letzten Nacht bezogen.

»Was meinst du?«, fragte sie.

»In der Nacht … Warum warst du …«

Damit schlief Miro ein. Jenni hörte seinen gleichmäßigen Atem, wartete auf weitere Worte. Am liebsten hätte sie Miro wachgerüttelt, ihn gedrängt zu erzählen, was er gesehen hatte. Doch das wäre zu hart gewesen. Der Junge hatte genug durchgemacht, und Jenni als seine Mutter musste einsichtig sein und mit ihren Fragen warten, so wichtig sie auch waren. Sie musste die Ungewissheit ertragen.

Jenni schlug die Hände vor das Gesicht. Lange saß sie still da und versuchte, gegen die Erinnerungsbilder anzukämpfen, für die es jetzt noch keine Erklärung gab. Sie musste den Morgen abwarten.

Sie stand auf, schloss leise die Tür hinter sich und ging ins Erdgeschoss.

Ina, die im Wohnzimmer saß, stand besorgt auf, doch bevor sie etwas sagen konnte, bat Jenni sie, ein Auge darauf zu haben, dass Miro ruhig schlief und dass niemand ins Haus kam.

Unter der Dusche konnte Jenni die Augen nicht schließen, obwohl die Seife brannte. Die merkwürdigen Bilder rollten vor ihr ab, sobald die Shampooflaschen und die türkisfarbenen Kacheln aus ihrem Blickfeld verschwanden. Das in den Abfluss laufende Wasser erinnerte sie an die Geräusche in der Kapelle. Sie musste sich konzentrieren, musste herauszufinden versuchen, was sich abgespielt hatte, was im Gange war.

Jenni nahm den nächstbesten Bademantel vom Haken, zog ihn an und ging in die Küche.

Ina hatte Tee gekocht. Jenni versuchte sich in den alltäglichen Geruch zu versenken, in die flauschige Weichheit des Bademantels auf ihrer Haut, in das gedämpfte Summen der Klimaanlage, obwohl ihr selbst der Fußboden wie dünnes Eis vorkam.

»Ich bin unter Drogen gesetzt worden«, sagte Jenni zu ihrer Teetasse und schaute aus dem großen Wohnzimmerfenster aufs Meer.

»Von wem? Von Lisa?«

Inas Stimme klang gepresst, ängstlich. Jenni nickte.

»Oder von Aaron. Ich war in der Nacht völlig durchgedreht und bin draußen herumgeirrt. Die haben versucht, Miro zu entführen.«

Ina seufzte verzagt.

»Das kann doch nicht sein. Ich verstehe nicht, was in Lisa gefahren ist, aber die beiden haben sich doch wohl nicht eingebildet, sie könnten …«

»Ich habe sie gesehen, da oben. Sie haben getuschelt und sich umarmt.«

Das Spiegelbild im Türfenster schoss Jenni durch den Kopf. Lisa, auf der Erde hockend, die erhobene Hand des Mannes. Das Gesetz der Schären.

»Aaron ist so«, fuhr sie fort. »Er wäre imstande, so etwas zu tun und dabei zu glauben, die Welt würde vor ihm zurückweichen wie das verdammte Rote Meer.«

»Hast du ihn angerufen?«

»Nein.«

Ina legte ihre Finger auf Jennis Hand. Auch sie zitterten. Wie konnte die eine Schwester die andere beruhigen, wenn beide so verängstigt waren?

»Was ist in der Nacht passiert?«, fragte Ina.

Jenni schüttelte den Kopf. Sie konnte es nicht erzählen, das war unmöglich, physisch unmöglich. Ihre Muskeln verspannten sich, sobald sie auch nur daran dachte. Sie schaute aus dem Fenster, sah das dunkle Meer und ihr Spiegelbild. Zwei verirrte kleine Mädchen und das Meer.

»Ich glaube, ich sollte die Polizei anrufen«, sagte Jenni. »Und zum Arzt gehen. Ich fühle mich gar nicht wohl.«

»Gehen wir erst mal schlafen«, schlug Ina vor. »Morgen bringe ich euch aufs Festland.«

Jenni nickte. Sie wusste, dass sie müde war, obwohl sie nichts spürte. Es war einfach zu viel passiert.

»Und Markus?«, fragte sie plötzlich.

»Was ist mit ihm?«

»Alles in Ordnung?«

»Natürlich«, sagte Ina und blickte instinktiv in die Richtung, in der sich Markus' Zimmer befand. »Wieso?«

Jenni runzelte die Stirn und bemühte sich, klar zu denken.

»Warum hat Lisa Miro mitgenommen?«, fragte sie. »Warum nicht Markus? Ihren eigenen Sohn?«

Es blieb lange still.

»Ich weiß es nicht«, sagte Ina schließlich. »Die Lisa von vorhin … die war mir völlig fremd.«

Jenni dachte an Lisas Gesicht unmittelbar vor dem Schlag. Sie versuchte, Lisas Miene zu deuten, doch die Müdigkeit ließ ihre Gedanken im Kreis laufen.

»Gehen wir schlafen«, sagte Ina und stand auf.

Auf der Treppe merkte Jenni, dass ihre Beine sie kaum noch trugen. Sie legte sich zu Miro ins Bett, obwohl es eng wurde. Auch der Junge war so müde, dass sein Atem nicht einmal stockte, als sie seinen Kopf an die Brust zog und sofort einschlief.

Jenni spazierte am Ufer entlang. Der Sand war grob und dunkel, aber sie trug Badeschuhe. Ina ging neben ihr und erklärte ihr die Sache mit den Fischen. Sie seien so alt, dass sie vergessen hätten, worauf sie lauerten. Deshalb hätten sie sich in schwimmende Steine verwandelt.

Und wenn sie aufwachen?, fragte Jenni und blickte aufs Meer.

Ina lachte laut, als wollte sie jemandem signalisieren,

dass alles in Ordnung war. Ihre Lippen machten ein seltsames, schmatzendes Geräusch. Sie hatte den Lippenstift so nachlässig aufgetragen, dass ihr Mund schief aussah.

Die wachen nicht auf. Es gibt Messgeräte, die sofort Alarm schlagen, wenn sie sich bewegen. Und zwar überall, einfach überall.

Jenni hörte zu, ohne auszusprechen, was sie dachte: Die Messgeräte helfen uns nicht. Wenn die Fische erwachen, können wir die Insel nicht verlassen.

Da rief jemand nach ihr. Sie wandte den Blick vom Meer ab und musterte den Strand.

Es war schwer, etwas zu sehen, denn der Wind wirbelte allerhand Abfall auf. Alte Zeitungen, zerfetzte Plastiktüten, gebrauchte Kondome, Sand. Der Müll wirbelte durch die Luft, flog auf und senkte sich wie ein Vogelschwarm.

Schreckliche Verschwendung, sagte Jenni und beschattete die Augen, doch auch das half nicht. Die heitere Landschaft war von sinnlosem Abfall getrübt. Jenni war sicher, dass irgendwo jemand stand und ihr zuwinkte. Jemand hatte sie gerufen.

Jenni blieb stehen. Sofort veränderte sich die Bewegung der durch die Luft wirbelnden Fetzen. Jenni begriff, dass es sich in Wahrheit um Schatten handelte. Dass sie die ganze Zeit in die falsche Richtung geschaut hatte. Wieso war ihr das nicht früher aufgefallen? Die Sonne schien hinter ihnen und warf die Schatten der aus dem Wasser aufsteigenden Wesen auf den Strand. Der Schwarm war riesig, er musste aus Tausenden von Lebewesen bestehen. Die Schatten bewegten sich symmetrisch, wanderten über den Sand davon, machten dann kehrt und näherten sich ihr beängstigend schnell. Jenni tastete nach Ina, doch die war verschwunden.

Sie suchte nach einem bekannten Gesicht, nach irgendwem, und sah Markus, der weit weg an den Verkaufsbuden stand und die Arme schwenkte. Er sah erschrocken aus. Er bewegte die Lippen, aber Jenni hörte nicht, was er sagte, denn ein Rauschen erfüllte die Luft, wurde immer lauter, als ob eine große Welle anrollte. Markus zeigte hinter sich, auf einen jungen Mann, der zwischen den bunten Verkaufsständen herumirrte. Der junge Mann war mager und blass, er schwankte, als wäre er betrunken, klammerte sich an die Menschen, die ihm begegneten. Sie stießen ihn zurück. Niemand wollte mit ihm zu tun haben.

Im Traum wusste Jenni, dass er der erwachsene Miro war. Die Erkenntnis löste heftigen Schmerz aus und stürzte sie in Panik.

Dann wurde sie von einem formlosen, alles verschlingenden Regen eingehüllt.

Als Jenni erwachte, waren alle ihre Muskeln angespannt, ihr Rücken war gekrümmt, der Mund offen wie bei einem Schrei, doch es war nur ein Wimmern zu hören. Sie fiel aus dem Bett, konnte den Sturz aber im letzten Moment mit der linken Hand und dem Fuß abfangen. Ein stechender Schmerz fuhr durch ihre Hüfte, als sie auf dem Fußboden aufkam.

Jenni setzte sich auf und sah sich verängstigt um. Alles war an seinem Platz. Miro, die Nachttischlampe, der Koffer, der Spiegel. Jenni sah die Dinge im Halbdunkel, betrachtete jeden Gegenstand einzeln, während sie ihre verkrampften Muskeln massierte. Vertraute Sachen, versuchte sie zu denken, wie würden sie wohl bei Tageslicht aussehen, im normalen, sicheren Licht.

Doch es war noch etwas im Zimmer.

Entgeistert sah Jenni den Gegenstand auf dem kleinen Schreibtisch an. Hatte ihn jemand dorthin gelegt, während sie schlief? Nein, der Schädel musste die ganze Zeit dort gelegen haben. In ihrer Verwirrung hatte sie ihn nicht bemerkt, als sie nach Miro suchte, und auch später nicht, als sie den Jungen ins Bett brachte.

Der Schädel stand schräg auf dem Tisch. Er schien nach draußen zu blicken, als hätte man einen Gelähmten im Rollstuhl ans Fenster gebracht, damit er die Aussicht genießen kann.

Durch einen Blick über die Schulter vergewisserte Jenni sich, dass Miro schlief, und stand auf. Sie stöhnte, als die Bein- und Rückenmuskeln sich nicht strecken wollten, wartete in gebückter Stellung, bis sie nachgaben, und ging dann zum Schreibtisch.

Jenni streckte die Hand aus und befühlte den Schädel. Ihre Fingerspitzen strichen über die in der Dunkelheit schimmernde Oberfläche, zeichneten die kleinen Risse nach. Jenni erkannte glasklar, dass der Schädel nicht aus Plastik war. Sie empfand weder Ekel noch Erschütterung. Es war nur eine kühle, klare Erkenntnis. Eigentlich hatte sie es von Anfang an begriffen: Markus hätte sich nie mit Plastikspielzeug abgegeben.

Unter dem Schädel blitzte etwas hervor, eine helle Farbe, vielleicht Gelb.

Jenni schob den Schädel zur Seite. Er rutschte und legte sich ein wenig schräg, kippte dann um. Rasch zog Jenni die Hand zurück.

Auf dem Tisch lag ein gelber, handschriftlich beschriebener Notizzettel. Es war zu dunkel, um die Worte lesen zu können. Der Zettel war an einen größeren, flachen Gegenstand geheftet. Vorsichtig berührte Jenni ihn. Kleine Krümel knirschten unter ihren Fingern, die über raue Pappe fuhren. Jenni fasste die dünne Mappe am Rand, hielt sie schräg, wischte die Oberfläche mit einer raschen Bewegung ab und schlug die Mappe auf.

Darin lag ein einziges Blatt Papier. Eine langweilig ordentliche Liste, altmodisch auf der Schreibmaschine geschrieben.

Jenni drehte das Papier hin und her und versuchte zu verstehen, was es ihr sagen sollte. Dann schlug sie die Mappe wieder zu und sah sich den gelben Zettel näher an, drehte ihn zum Fenster hin, bis sie die Worte entziffern konnte.

Dummes Mädchen, stand darauf. *Die wollen dein Kind.*

Die Handschrift war akkurat. Sie stammte von jemandem, in dessen Generation Männer und Frauen noch unterschiedlich schrieben.

Verschwinde, so schnell du kannst.

Seht euch an, sagte Jakob zu den Männern, die sich am Feuer wärmten. Seht euer elendes Leben an, eure Plackerei und eure windgegerbten Gesichter, eure sinnlose Eile. Könnt ihr euch ansehen?

Die Männer verstanden nicht, was er meinte. Jakob setzte sich hin und vergrub das Gesicht in den Händen. Er gab sich ganz seiner Verzweiflung hin. Irgendwann schlief er ein.

Als er erwachte, saßen die Männer immer noch am Feuer. Sie waren enger zusammengerückt. Einer von ihnen hielt einen Gegenstand in der Hand, der die Glut des Feuers auf die dummen Gesichter der Männer warf. Tränen liefen ihnen über die Wangen, glänzten wie silberne Ströme.

Damals kam zum ersten Mal die Rede darauf, dass die Fischer ihre Familien holen und sich auf der Insel niederlassen sollten. Allmählich hörten die Männer auch genauer zu, wenn Jakob sprach. In ihren dummen Augen glomm ab und zu ein Funke des Verstehens auf. Einmal sah Jakob, wie ein Mann, der gerade ein Fass zimmerte, in seiner Arbeit innehielt und nachdenklich vor sich hin starrte.

Nachts glühte das Meer bisweilen vom höllischen Feuer. Wenn einer der Fischer erwachte und es sah, weckte er alle anderen. Gemeinsam schleuderten sie dem Meer ihre

Flüche entgegen, liefen tollkühn ans Ufer und kehrten zurück. Sie erinnerten Jakob an eine Meute verschreckter Hunde, wie gebannt von dem, was ihnen Angst einjagte.

Als Jakob sich endlich wieder ganz gesund fühlte, wanderte er über die Insel. Einmal, bei schwachem Seegang, watete er zu der zweiten Insel hinüber. Die Männer riefen ihm nach, warnten ihn vor der Strömung, doch Jakob schenkte ihnen keine Beachtung.

In der Mitte der Insel fand er goldgelbe Ähren. Er wollte seinen Augen nicht trauen. Das Getreide wuchs nur auf einer kleinen, von Geröll umgebenen Fläche, doch es war dennoch ein Wunder.

Jakob stellte sich zwischen die Halme, nahm eine der Ähren in die Hand und untersuchte sie. Zwischen den hellen Körnern verbargen sich andere. Pechschwarze.

Verwundert starrte Jakob auf das Getreidefeld. Er hatte nie zuvor so viele Körner an einer Stelle gesehen. Jede Ähre war schwarz gesprenkelt.

Ein Wunder Gottes. Jakob sammelte die Körner ein, wie Israel Ulstadius es seinen Jüngern geraten hatte. Als der Stoffbeutel gefüllt war, versteckte er einen Teil im Mund. Im Gegensatz zu Ulstadius hatte er den Irrsinn des Korns selbst erprobt. Er hatte sich im Zorn des Herrn getauft und dadurch Kraft gewonnen.

Ulstadius hatte in seinem Buch von zwei Pfaden geschrieben, die zur Erlösung führten. Der erste war der Pfad der Barmherzigkeit und der Liebe, den der Heiland auf Erden gegangen war. In jüngster Zeit, da der Teufel immer mehr Macht über die Seelen gewann, war dieser Pfad schmaler geworden, fast unpassierbar. Der zweite Pfad war der Weg der Weltverachtung, des heiligen Irrsinns und der extremen Taten. Und dennoch hatte Ulstadius, obwohl er über diese Pfade predigte, nicht gewagt, selbst von dem Korn zu kosten, sondern es als Werkzeug zur Bestrafung der Sünder betrachtet.

Das war der Unterschied zwischen dem alten und dem neuen Propheten. Jakob hatte den Dämon des Wassers gesehen. Er hatte vom Zorn des Herrn gekostet, bevor er auf die Völker herabregnete. Wenn der letzte Tag anbrach, würde Jakob rein und bereit sein.

»Höret: Dieser Ort ist uns zugewiesen und heilig. Dies ist die steinerne Arche unserer Rettung, die von Jahr zu Jahr wächst, wenn sich die Wasser des einstigen Zorns des Herrn zurückziehen und neuen Boden bloßlegen. Nichts anderes brauchen wir. Dieses Land trägt all jene, welche auserwählt sind, die Versuchungen und Plagen der letzten Tage zu ertragen und durch sie hindurch zu den Freuden des Himmels und zur Erlösung zu gelangen. Holet also eure Familien und alles, was ihr zum Leben braucht, bringt alles her.«

Die Fischer nickten wie Lämmer. Einige schluckten, manche ließen den Blick über die Gesichter ihrer Gefährten streifen. Doch sie verstanden und glaubten jedes Wort.

»Und bringt eine fromme Frau für mich mit«, sagte Jakob.

Gegen seinen Willen sah er Katharinas Blick vor sich, erinnerte sich an die Wärme ihres Körpers auf seiner Haut. Doch all das war ausgelöscht.

»Meine Geschlechtslinie muss sich fortsetzen, bis der Tag der letzten Ernte anbricht.«

Und sie glaubten jedes Wort, betrachteten ihn als ihren Propheten. Als Propheten, dessen eines Auge die sündige Welt sah. Das andere war bereits im Himmel.

Jenni wollte im Zimmer kein Licht machen, damit Miro nicht aufwachte. Deshalb nahm sie die Mappe und ging ins Bad. Die Lampe ging langsam an. Bei jedem Flackern wurden die Buchstaben und Zahlen deutlicher sichtbar, und schließlich erkannte Jenni eine auf der Schreibmaschine getippte Liste mit handschriftlichen Anmerkungen am Rand. Über der Liste stand:

SO LÄSST DER HERR SEINEN ZORN AUFFLAMMEN ÜBER SEINEM VOLK UND IHR STOLZ UND IHRE LÜSTERNHEIT VERGEHEN WIE TROCKENES GRAS IN EINER SCHWARZEN FLAMME.

Darunter waren monatsweise Namen aufgeführt.

Januar:
Gustav Brådd
Carita Brådd
Kinder dispensiert (unter sieben Jahre)

Jenni hielt die Liste näher an die Augen, als verbärge sich zwischen den Linien der Buchstaben ein entscheidender Hinweis.

Juni:
Stefan Beijar
Maria Beijar …

Jenni begriff nicht, warum man ihr diese Liste zugespielt hatte. Was hatte sie mit Miro zu tun? Ihr Blick fiel auf den Monat am unteren Rand der Seite und auf die Namen, die mit einer sauberen Linie eingekreist waren.

August:
Lisa Suvanto
Aaron Kangas
Jenni Kangas

»Was soll das?«, fragte Jenni und begriff, dass sie aus irgendeinem Grund die Vorstellung hatte, hinter ihr sei jemand, der ihr Antwort geben konnte. Neben den Namen stand in Handschrift: *Am zweiten und dritten Tag mit Brot und Fisch, überdeckt mit Farinsocker und Salt …*

»Was zum Teufel …« Jenni lachte auf wie jemand, der merkt, dass ihm ein genialer Streich gespielt wird, aber noch nicht erkennt, was dahintersteckt.

Der Sünde teilhaftig, von allen zu sühnen …

Eine fremde Handschrift. Und doch vertraut. Die Worte sprangen von einer Sprache zur anderen, als wären sie auf Schwedisch diktiert worden. An der unteren Ecke des Bogens befand sich eine seltsame Zeichnung, die sicher nicht für fremde Augen bestimmt war. Etwas, was man halb unbewusst hinkritzelte, wenn man am Telefon war und längst verstanden hatte, was der Anrufer wollte, aber aus Höflichkeit weiter zuhörte. Das Bild zeigte ein Mädchen mit Engelsflügeln und einer Kerzenkrone.

Jenni merkte, dass sie sich vor und zurück wiegte. Sie drehte sich um und wollte jemanden anschreien, der hinter ihr stand, doch da war niemand.

Lisa, Aaron, Jenni. Alle außer Miro und …

Wer fehlt auf dem Bild? Der Bi-Ba-Butzemann! Sehr gut, Miro!

Jenni drehte sich um und betrachtete ihr Spiegelbild. In ihren müden Augen lag Verblüffung, vielleicht auch so etwas wie eine Erkenntnis, zu vage, um sie bewusst zu fassen.

Hau ab, bevor es zu spät ist.

Jenni wiederholte die Worte dreimal. Sie zwang sich zu einem Lächeln. Die Haltung der Gesichtsmuskeln beeinflusste die Stimmung. Keine Angst, kein Grund zur Panik. Dennoch kam es Jenni vor, als hätte sie sich in eine Fremde verwandelt.

Sie legte den Bogen wieder in die Mappe, löschte das Licht im Bad und ging langsam zum Treppenabsatz. Das Haus summte leise. *Leg dich wieder hin,* schien es zu sagen. Mach dir nicht zu viel Gedanken.

Jenni schlich an die Tür zum Gästezimmer und spähte hinein. Sie wartete, bis ihre Augen sich an die Dunkelheit gewöhnt hatten und sie sehen konnte, dass Miro im Bett lag und ruhig schlief. Er atmete tief und gleichmäßig. Jenni ging die Treppe hinunter und klopfte an Inas Zimmertür. Zuerst leise, dann fester. Als nichts geschah, öffnete sie die Tür.

Inas Bett war leer.

Jenni sah es lange an, blickte dann über die Schulter in den Flur, in beide Richtungen, und lauschte. Keine Schritte, nichts. Sie ging ins Wohnzimmer und setzte sich hin.

»Ina?«, flüsterte sie und erschrak vor ihrer eigenen Stimme. Sie klang, als wäre sie wieder ein Kind und riefe nach ihrer Schwester. Als wäre dieses fremde dunkle Haus ihr Zuhause. Vater und Mutter wären ausgegangen. Sie würden spät nach Hause kommen, im Taxi, und sich lallend streiten. Jenni würde Ina trösten, die bei jeder Kleinigkeit weinte. Ihr Wispern würde Ina in den Schlaf wiegen.

Jenni stand auf und ging die Treppe hoch. An der Tür zu Markus' Arbeitszimmer blieb sie stehen.

Ich habe die Papiere und die Fotos im Arbeitszimmer gesehen …

Lisas Worte kamen ihr in den Sinn, das aufgeregte Flüstern, das sie belauscht hatte.

Das ist krank, Markus …

Jenni legte eine Hand auf die Klinke. Als sie sie wieder hob, öffnete sich die Tür wie von selbst. Sie blieb eine Weile auf der Schwelle zu dem dunklen Raum stehen und überlegte. Der Totenkopf war hier gewesen. Irgendwer hatte ihn und die Mappe in das Gästezimmer gebracht, aus einem ganz bestimmten Grund. Jenni suchte nach dem Lichtschalter, doch irgendetwas warnte sie davor, Licht zu machen. Sie musste vorsichtig sein, denn eigentlich hätte sie das Zimmer nicht betreten dürfen.

Jenni ging hinein und begann zu suchen. Sie zog Schubladen heraus, ließ sie auf den Boden fallen. Papiere flogen auf den Teppich, landeten raschelnd auf den Dielen. Jenni durchwühlte sie blindlings. Zeitungsausschnitte über die Insel, Notizen in Markus' Handschrift. Souvenirs von früheren Reisen. Ein Messer mit Holzgriff in einer Scheide, eine kleine Marienstatue, Tand.

Fotos.

Jenni nahm den Stapel in die Hand und blätterte ihn durch.

Die Gesichter unbekannter Menschen blitzten auf, verschwanden unter dem Stapel, tauchten wieder auf.

Sie trat näher ans Fenster, durch das Mondlicht fiel.

Die Bilder waren Jahrzehnte alt, ihre Farben verblichen. Jenni musste an die Fotoalben aus ihrer Kindheit denken, die ihr Vater vielleicht immer noch aufbewahrte und gelegentlich betrachtete, betrunken und voller Selbstmitleid. Auf einem Bild lächelte eine Frau in seltsamer, altertümlicher Kleidung in die Kamera. Hinter ihr war ein Steinhaufen zu sehen, am Bildrand, abgeschnitten, ein zweiter. Jenni betrachtete das nächste Foto.

Es war so verwackelt und aus großer Entfernung aufgenommen, dass sie die Augen zusammenkneifen musste, um zu erkennen, was es zeigte. Am Meeresufer hatten sich Menschen versammelt, die etwas über den Kopf hielten. Jenni glaubte, Banderolen zu erkennen, wie man sie bei Demonstrationen trug. Aber wogegen hätten die Leute am Ufer protestieren sollen, etwa gegen das Meer? Im Meer stand eine nackte Gestalt, vielleicht eine Frau, die Arme um sich geschlungen. Bis zur Hüfte im Wasser. Ihre Haltung deutete darauf hin, dass sie entsetzt war. Vielleicht weinte sie. Das Foto strahlte etwas so Grausames aus, dass Jenni es nicht länger ansehen wollte. Diese öffentliche Demütigung, die Leute mit weit aufgerissenem Mund, als ob sie sängen.

Jenni betrachtete das letzte Foto.

Darauf war dieselbe junge Frau wie auf dem ersten Bild. Neben ihr stand ein schwarzhaariger Mann mit kantigem Gesicht und finsterem eindringlichem Blick. Die beiden standen im Mittelgang einer Kirche. Das Altarbild im Hintergrund war nur undeutlich zu sehen, doch Jenni erkannte es.

Die Frau betrachtete das Wickelkind in ihren Armen und lächelte traurig.

Jenni starrte auf das Foto, wartete darauf, dass es sein Rätsel preisgab.

Die Frau konnte höchstens zwanzig sein, vielleicht noch jünger. Von dem Gesicht des Kindes war nur ein schmaler Streifen zu sehen. Auf dem Gesicht der Frau lag ein verwirrtes Lächeln. An der unteren rechten Ecke des Fotos war eine dunkle Erhebung zu sehen, vielleicht die Schulter von irgendwem. Auf den ersten Blick hätte man die Frau für eine glückliche Mutter halten können, die nur ein wenig unsicher war, vielleicht verblüfft von der Aufmerksamkeit, die ihre spontane, instinktive Liebe fand. Doch das Lächeln stand im Widerspruch zu ihrem Blick.

Hau ab, bevor es zu spät ist.

Jenni drehte das Foto um.

Auf der Rückseite stand etwas. Sie erkannte Markus' Handschrift sofort.

*Meine verräterische Mutter Lisa Maaria Kangas, geb. Suvanto * 1953.*

*Mein wahrer Vater Jonas Mört * 1949 † 1984 aus der Geschlechtslinie des Propheten und auserwählt.*

Jenni las den Text wieder und wieder, verstand ihn aber nicht.

Lisa. Und der wahre Vater. In Lisas Armen Markus.

Sie drehte das Bild wieder um und musterte das Gesicht der jungen Frau. Konnte das wirklich Lisa sein? Es gelang Jenni nicht, die Gesichtszüge mit der Frau in Verbindung zu bringen, die am Tag ihrer Ankunft auf der Insel aus dem Auto gestiegen war.

Verräterische Mutter. Wahrer Vater.

Erneut betrachtete sie das Foto.

Lisa, Markus auf dem Arm. Doch der Mann neben ihr war nicht der junge Aaron.

Der hässliche Mann und Vati und Vati.

Jenni ließ das letzte Bild fallen, schlich vorsichtig zur Tür, ging ins Gästezimmer. So sanft wie möglich weckte sie Miro.

»Ich will nicht«, protestierte der Junge, doch Jenni fasste ihn unter den Achseln, zog ihn hoch und sagte, er solle sich anziehen.

Sie warf einen Blick aus dem Fenster und sah Inas Wagen. Lisa war wohl mit ihrem eigenen weggefahren oder abtransportiert worden. Jenni zog Miro das Hemd über, summte dabei vor sich hin. Sie zuckte zusammen, als der Stoff sie elektrisierte. Sekundenlang erkannte sie den Kopf, der aus dem Halsausschnitt hervorkam, nicht wieder. Ihr Gehirn mühte sich ab, als müsste es ein Bilderrätsel lösen. Dann war Miro wieder da.

»Warte hier«, flüsterte Jenni. »Mutti geht kurz nach unten.«

Der Schlüssel hing an dem kleinen Schlüsselbrett. Jenni erinnerte sich daran, wie sie mit Ina und Miro vom Einkaufen zurückgekommen war, an das helle Tageslicht und an Inas routinierte Bewegung, als sie den Schlüssel aufhängte. Sie holte Miro nach unten und zog ihm in der Diele Mantel und Schuhe an.

Als sie ihm die Schuhe zugebunden hatte, stand sie auf und blickte ans Ende des Flurs.

Ihre Haut prickelte. Ihre Lunge füllte sich mit kalter Luft.

Im Flur stand eine Frauengestalt, gebeugt, lächelnd, unbeweglich wie die Fische am Ufer.

»Mutti«, sagte Miro besorgt. »Das ist nur ein Spiegel.«

Jenni begriff, dass er recht hatte, doch sie bekam erst wieder Luft, als sie sich an der Wand abstützte und sah, dass die Frau im Spiegel dasselbe tat.

Vor dem Haus drückte Jenni auf den Knopf am Autoschlüssel. Die Scheinwerfer flammten kurz auf. Sie öffnete die Tür und hob Miro auf den Beifahrersitz, ging dann um den Wagen herum, um selbst einzusteigen. Als sie gerade die Hand auf den Türgriff legte, hörte sie eine Stimme.

»Wohin wollt ihr?«

Jenni drehte sich um. Ina stand am Waldrand, in einem roten Anorak und Stiefeln, als wäre es das Natürlichste auf der Welt, mitten in der Nacht durch den Wald zu wandern. Jenni zog die Tür auf.

»Ich bringe euch morgen zum Festland«, sagte Ina und lachte ungläubig auf. »Um diese Zeit ist die Fähre gar nicht in Betrieb.«

Jenni stieg ein, verriegelte die Türen und drehte den Schlüssel im Zündschloss. Die Scheinwerfer beleuchteten die Hauswand und ein Stück Wald rechts von ihr. Zwischen den Bäumen waren undeutliche Formen zu sehen, vielleicht Felsen, vielleicht reglos lauernde Menschen. Jenni erschrak, als Inas aufgeregte Stimme plötzlich unmittelbar an ihrem Ohr erklang.

»Mach keinen Unsinn, Jenni.«

Die eine Hand zog am Türgriff, die andere schlug gegen das Seitenfenster. Der Mund war zu einem ungläubigen Lächeln verzogen.

»Warum lässt du sie nicht rein?«, fragte Miro mit verschlafener Stimme.

Jenni sah ihren Sohn an und wollte ihm eine Erklärung geben, doch sie konnte es nicht. Woher zum Teufel sollte sie wissen, warum sie dies oder das tat? Sie ließ den Motor an. Das Heck stieß polternd gegen irgendetwas, doch sie kümmerte sich nicht darum. Die Scheinwerfer richteten sich auf die Ausfahrt. Jenni gab Gas.

Im Rückspiegel betrachtete sie Inas Gestalt, die zitterte wie bei einem leichten Erdbeben und sie an den Tag ihrer Ankunft auf der Insel erinnerte. Jenni verringerte die Geschwindigkeit. Sie kannte die Mimik ihrer Schwester und sah, dass Ina ehrlich erschrocken war. Ihre Unentschlossenheit verfluchend, nahm sie den Fuß vom Gas und hielt an.

Inas Bild war im Spiegel zu sehen, im roten Schein der Bremslichter. Jenni starrte darauf, bis sie eine Bewegung auf der Straße wahrnahm. Am linken Rand des Lichtkegels kam etwas direkt auf sie zu. Jenni nahm eine Gestalt wahr, deren Kopf schneeweiß, eckig und im Vergleich zum Körper unverhältnismäßig groß war. Gleich darauf verschwand die Erscheinung in der Dunkelheit. Jenni blickte wieder in den Spiegel und sah, dass Ina sich vorbeugte und etwas rief. Sie wollte gerade wieder Gas geben, als die Gestalt in den Lichtkreis zurückkehrte. Sie war nun ganz nah, stand unmittelbar vor dem Wagen. Ein kräftiger Mann. Vor dem Gesicht eine seltsame höckrige Maske, auf die Mund und Augen gemalt waren. Der Anblick lähmte Jenni sekundenlang. Der eine Fuß wollte sich nicht von der Kupplung heben, der andere nicht auf das Gaspedal senken. Der Mann ging um den Wagen herum und hob die Arme. Jenni hatte gerade noch Zeit, zu erkennen, dass er etwas Schwingendes, Schweres in der Hand hielt. Dann zersplitterte die Windschutzscheibe.

Miro schrie. Jenni trat das Gaspedal durch. *Das kann nicht wahr sein,* dachte sie, *die können nicht so verrückt sein, nicht so verrückt.* Sie sah den Weg nur durch das rissige Glas und ein kleines Loch in der Scheibe. Links rutschten die Reifen in den Straßengraben, doch Jenni schaffte es, den Wagen wieder auf die Straße zu lenken. Sie schaltete das Fernlicht ein und blickte in den Rückspiegel. Zwei Gestalten kamen vom Grundstück auf die Straße. Die eine hielt etwas in der Hand, vielleicht einen Hammer. Doch sie nahmen die Verfolgung nicht auf, hatten offenbar begriffen, dass der Wagen schon zu weit weg war.

»Du hast dir doch nicht wehgetan?«, fragte Jenni und tastete im Halbdunkel nach Miros Gesicht. »Oder?«

Miro schüttelte den Kopf.

»Gut«, sagte Jenni und blickte in den Rückspiegel. »Jetzt fahren wir zur Fähre und dann nach Hause.«

Sie suchte in sämtlichen Taschen ihrer Jacke, fand ihr Handy jedoch nicht. Es war wohl auf dem Tisch im Gästezimmer zurückgeblieben. Jenni fluchte lautlos und beschleunigte wieder. Der Schlag gegen die Windschutzscheibe hallte als ständiges Zittern in ihren Gliedern nach. Ihr Atem ging flach und schnell. Jenni beugte sich vor, um bessere Sicht zu haben.

Da sah sie den Elch.

Zumindest glaubte sie ihn zu sehen. Ein schwarzer Schatten, der unmittelbar vor ihnen über die Straße strich. Jenni riss das Lenkrad nach rechts und dachte an Markus' Unfall, war plötzlich überzeugt, dass Miros Aufschrei am Tag ihrer Ankunft ein Omen gewesen war, das ihnen prophezeit hatte, wie sie sterben würden. Dann sackte der Bug des Wagens nach unten, und Jenni konnte nur noch den Arm zwischen Miros Kopf und das Armaturenbrett schieben. Die Scheinwerfer erloschen, als der Wagen aufkrachte. Jennis Kopf prallte vom Airbag ab und schlug gegen das Seitenfenster.

Von weit her hörte sie Miros Stimme.

Oho.

Sie wollte die Hand heben, um den Jungen zu berühren, doch ihre Muskeln gehorchten ihr nicht.

Mutti, was machen wir jetzt?

Jenni versuchte zu antworten, doch die Dunkelheit war stärker. Die Finsternis war eine Welle, die sie von Miro fortriss und sie versenkte.

V

ERWECKUNGEN

Jenni war eine Puppe.

Sie lag im kalten Schlamm und blickte nach oben. Das Licht schwankte in weiter Ferne, auf der Wasserfläche, wo die Sonne deutlich umgrenzt und rund war. Von hier aus betrachtet, verschwamm sie zu einem schönen lebendigen Flimmern, dessen Wärme nicht in das kühle Zwielicht vordrang, in dem Jenni ruhte.

Verdammte beschissene Kacke, ich schlag …

Miros Stimme kam von weit her. Jenni wollte ihm sagen, er dürfe nicht fluchen, doch sie hatte keine Kraft. Sie betrachtete nur das Licht, das nun stärker wurde. Kopf, Rücken und Gliedmaße lösten sich aus dem Schlamm. Eine unsichtbare Kraft hob sie in die Helligkeit.

Miro, Liebling …

Inas Stimme. Sie trieb Jenni dazu an, immer schneller zum Licht aufzusteigen. Der Schmerz an ihren Schläfen, in Armen und Beinen wurde heftiger. Jenni sog Wasser in die Lunge, atmete schwer und würgend. Ihr Blick wurde klarer. Eine brennende Kerze. Nicht die Sonne, sondern eine Flamme, die unruhig brannte. Langsam erschien um sie herum ein Zimmer. Ein Tisch, ein Fenster, das Meer. In der Fensterscheibe spiegelte sich eine Bewegung.

»Ganz ruhig, Miro … Alles ist in Ordnung …«

Wieder Inas Stimme. Miro schluchzte, schrie aber nicht

mehr. Jenni schmatzte mit den Lippen und sah sich um. Sie stellte fest, dass sie in einem Polstersessel saß. Ihre Hände hingen von den Armlehnen herab. Die Beine waren lang ausgestreckt und gespreizt. Es musste obszön aussehen. Jenni zwang sich, die Knie zu schließen. Ihr Nacken schmerzte heftig, als sie den Kopf drehte. Ihr Blickfeld war irgendwie eingeschränkt. Auf dem linken Auge lag etwas. Jenni hob die Hand und berührte die geschwollene, gefühllose Augenbraue und das Lid. Sie hatte Blut an den Fingern, das in die Gelenkfalten und auf die Handfläche lief. Jenni wandte den Blick von ihren Fingern zu den Menschen, die im Zimmer standen.

»Jenni«, sagte Ina leise. »Wie geht's?«

Eine Teetasse erschien vor Jennis Gesicht. Sie schüttelte langsam den Kopf, doch Ina gab nicht nach, bis sie trank. Der bittere Geschmack ließ sie sofort bereuen, auch nur einen Schluck zu sich genommen zu haben.

Ina ging weg, kehrte aber bald zurück. Jenni hatte nicht die Kraft, ihr ins Gesicht zu blicken.

»Wo ist Miro?«, fragte sie.

Offenbar hatte Ina ihre Worte nicht verstanden, denn sie beugte sich ganz dicht an Jennis Mund.

»Miro …«

»Es geht ihm gut. Nur ein kleiner blauer Fleck.«

»Wo ist er?«

Ina richtete sich auf und wandte sich ab.

»Sag mal was zu Mutti«, bat sie Miro.

Er sagte nichts, aber Jenni erkannte sein Schluchzen. Sie streckte die linke Hand nach ihm aus.

»Alles ist gut«, sagte sie, obwohl sie bezweifelte, dass ihre Stimme zu hören war. Sie hätte nicht von dem Tee trinken sollen. Er machte sie nur noch benommener.

Ina kniete vor ihr, fasste sie an der Hand.

»Jenni«, seufzte sie. »Wir müssen etwas besprechen.«

Tatsächlich, versuchte Jenni zu sagen, doch ihre Zunge und ihre Lippen waren wie Knetgummi, wie die dunkelgrüne Masse, aus der Ina und sie als Kinder Schlösser und Prinzessinnen geformt hatten. Das Schlimmste war, dass ihre Gedanken wild durcheinanderliefen und sie so viel zu sagen hatte, aber die Hände und die Füße und der Mund Knetgummi waren.

»Ich konnte es dir nicht sofort erzählen. Du weißt nicht alles über Markus. Der Grund, weshalb er auf diese Insel kam, ist …«

Dass er zusammengebrochen ist, als herauskam, welchen Blödsinn er in seinem Buch geschrieben hat. Meine liebe Ina, ich war dabei.

»… der, dass Markus einer wichtigen Familie angehört. Sein richtiger Vater stammt von dieser Insel.«

Ach, der schwarzäugige Mann auf dem Foto? Ina, ich weiß Bescheid, geh mir nicht auf die Nerven, sag mir einfach, wann Miro und ich wegfahren können.

»Ich habe das alles in Markus' Papieren gelesen, als ich herkam, um ihn zu pflegen«, fuhr Ina fort. »Da gibt es Fotos und alles Mögliche. Als Markus einen Monat alt war, hat Lisa mit ihm die Insel verlassen. Sie war ein böser, egoistischer Mensch. Du begreifst nicht, wie schwer sie gesündigt hat, indem sie Markus seine wahre Herkunft verschwieg. Wie viel Kummer sie diesen Menschen bereitet hat.«

Diesen Menschen? Nun erinnerte sich Jenni, dass sie mehrere Personen im Zimmer gesehen hatte. Sie blickte auf. Miro saß auf einem Stuhl zwischen zwei Männern. Als sie seinen verängstigten Blick sah, versuchte

Jenni wieder zu sprechen, hörte aber nur ein Pfeifen in ihrer Kehle. Die Gesichter der Männer neben Miro waren irgendwie merkwürdig. Jenni versuchte genauer hinzuschauen, doch ihr Blickfeld verschwamm. Die Gesichter erinnerten an die Figuren in den Zeichentrickfilmen, die Miro morgens manchmal sehen durfte, obwohl er danach immer stundenlang unruhig war. Vielleicht waren es Masken aus Pappmaché. Etwas Ähnliches hatte sie gesehen, bevor die Windschutzscheibe zerschlagen wurde. Ganz sicher war sie sich allerdings nicht, denn ihr Gehirn funktionierte nicht einwandfrei.

»Als Markus dann den Unfall hatte, haben die wahren Gläubigen ihren Propheten wieder verloren. Markus hatte die Sprache verloren, er konnte nicht predigen.«

Markus wäre ein guter Prediger, er hat schon als Junge diese Geschichten von Strandwächtern erfunden, die eine Meerjungfrau …

»Aber dann hat er schließlich erzählt, dass er einen Sohn hat.«

Aber das geht dich nichts an, Ina, denn der Sohn ist meiner. Du kannst für diese Krummnasen die Maria Magdalena sein, aber mein Kind gehört …

»Miro würde es hier so gut haben. Das weißt du selbst. Niemand würde ihn hänseln oder abweisen. Er könnte Privatunterricht bekommen. Er würde immer versorgt sein, auch dann, wenn du zu alt bist, dich um ihn zu kümmern. Denk doch mal nach.«

Jenni dachte nach.

Die Anstrengung war zu groß, deshalb schloss sie die Augen und ließ das Licht, Inas Stimme und alles los. Sank langsam nach unten, bis sie im Schlamm lag, wo sie an nichts zu denken brauchte.

Als Jenni das nächste Mal erwachte, hörte sie Miros Geträller.

Sie öffnete vorsichtig die Augen und drehte den Kopf. Das Licht brannte.

»Schau mal, Mutti.«

Es fiel Jenni schwer, doch sie sah ihn an.

»Ich bin wie Vati«, sagte der Junge und spielte mit seiner schwarzen Krawatte. Sie war viel zu lang, man hätte sie neu binden müssen. »Ich darf predigen.«

Jenni streckte die Hand aus und streichelte Miros Schulter, obwohl die Bewegung eine Schmerzwelle auslöste, die sich über den Arm in die Wirbelsäule und den Hinterkopf ausbreitete.

Toll, wollte sie sagen, doch sie konnte es nicht.

Jemand stand an der Tür. Ständige Bewachung.

Jenni versuchte Miros Jacke zu fassen, aber ihre Finger waren kraftlos.

»Ich erzähl dir später, wie es war«, sagte Miro und ging.

Die Tür schloss sich. Jenni sank wieder auf den Grund.

Jemand stützte Jennis Kopf und flößte ihr eine bittere Flüssigkeit ein. Sie hustete, drehte den Kopf abwehrend hin und her und streckte die Zunge heraus. Inas sanfte Stimme behauptete, alles geschehe nur zu ihrem Besten. Schließlich kapitulierte Jenni und schluckte das Getränk. Ihr Kopf wurde auf das Kissen gelegt.

Ina ging und zog die Tür hinter sich zu. Aber es war noch jemand im Zimmer. Jenni blickte sich um.

Aaron saß auf einem Stuhl und tippte auf seinem Handy. Als hätte er nicht gemerkt, dass Jenni wach war. Seine Stirn war gefurcht, der Blick auf das Display geheftet.

Jenni hustete noch einmal. Ein unwillkürliches, erbärmlich schlappes Hüsteln.

Aaron blickte auf und steckte das Handy in die Brusttasche. Eine vertraute Bewegung, hundertmal, tausendmal gesehen. Diesmal war sie jedoch langsamer, vorsichtiger. Aaron beugte sich vor und faltete die Hände. Sie zitterten. Ein winziges Zittern, aber Jenni sah es.

»Wie geht es dir?«

Jenni piepste kläglich. Hoffentlich machte das Geräusch Aaron klar, dass es ihr nicht besonders gut ging.

»Es wird sich schon alles regeln«, sagte Aaron. »Diese Leute sind nicht böse. Sie sind nur …«

Er nickte und suchte nach den richtigen Worten.

»Sie wissen, was sie wollen. Auf solche Leute sollte man hören. Es hat keinen Sinn, ihnen mit Arroganz zu begegnen.«

Jenni nahm all ihre Kraft zusammen, um die Hand zu heben, und hoffte, Aaron würde sie ergreifen.

Bring Miro von hier weg.

Sie versuchte zu sprechen, aber offenbar bewegten sich nicht einmal ihre Lippen, denn Aaron saß nur schweigend da. Dann stand er auf. An der Tür blieb er stehen.

»Ich kann nicht«, erklärte er.

Jenni hatte also doch gesprochen. Vielleicht hatte Aaron ihr die Worte von den Lippen abgelesen. Oder er wusste ohnehin, was sie sagen wollte.

»Du weißt, dass ich mir im Moment keinen Skandal leisten kann«, fuhr Aaron fort. Er stand reglos da, blickte über die Schulter, als wartete er auf Jennis Antwort. Wie praktisch. Wer schweigt, stimmt zu und so weiter. Wenn Aaron die Tür hinter sich schloss, würde nichts, was in diesem Zimmer gesagt worden war, ihn verfolgen.

»Es wird sich alles regeln«, wiederholte Aaron.

Die Tür fiel zu, und Jenni war allein. Sie dachte an Aaron und das Erbe und die Libellen und an die ziellose Bewegung, in der sich alles auf dieser Welt befand. Auch über Lisas Botschaft dachte sie nach und über die merkwürdige Tatsache, dass Lisa es tatsächlich beinahe geschafft hatte, Miro von hier fortzubringen. Auf das Festland, in die Stadt, dahin, wo es Sozialarbeiter gab und Polizisten und Menschen, die in großen Sälen an Monitoren saßen und Notrufe annahmen.

Bevor Jenni wieder einschlafen konnte, kam Miro herein.

»Heute war es ganz toll«, sagte er.

Jenni lächelte, denn Miro hatte seine Hand in ihre gelegt. Sie konnte sich nicht erinnern, wann sie ihr Kind zuletzt berührt hatte.

»Ich durfte in der Kirche am Altar stehen und sagen, wer nackt ins Meer gehen muss und wer dort …«

Jenni bewegte die Hand, damit Miro verstand, wie sehr sie sich für ihn freute.

»Die sind ins Meer gegangen und wir haben ihnen die Spiegel gezeigt und sie mussten gestehen und …«

Jenni hörte nicht zu. Sie weinte nur und drückte Miros Hand.

Schließlich beugte der Junge sich über sie und flüsterte: »Mutti, ich will nie mehr weg von hier.«

Ina sah oft nach Jenni, führte sie zur Toilette, half ihr beim Duschen und wechselte den Verband über dem linken Auge.

Jenni hätte Ina am liebsten angeschrien, sie beschimpft und alle Wunden aus der Kindheit freigelegt, doch dazu fehlte ihr die Kraft. Stattdessen mühten sie sich gemeinsam mit Schwellen und Stufen ab, versuchten beim Duschen die richtige Wassertemperatur zu finden und den Gang zur Toilette so zu erledigen, dass Jenni ein Rest ihrer Würde blieb.

»Miro geht es wirklich gut«, sagte Ina und legte Jenni eine Decke unter die Schultern. »Er blüht geradezu auf.«

Jenni hätte Inas Kopf packen und so fest gegen die Wand knallen mögen, dass es blutete.

»Er kommt so gut mit den anderen Kindern aus.«

Trotz allem freute sie sich über Inas Beteuerungen. Keine ständige Sorge, keine Berichte über Raufereien, keine peinlichen Sitzungen mit den Eltern anderer Kinder.

Vielleicht war Miro wirklich glücklich. Vielleicht war die Insel der einzige Ort auf der Welt, wo Jenni nicht zu fürchten brauchte, dass ihr Kind zerbrochen wurde.

Vorläufig fiel es ihr noch sehr schwer, diesen Gedanken zu akzeptieren. Zum Glück gab es den Schlaf, den Grund, auf den sie sinken konnte.

Jenni erwachte aus einem Albtraum, in dem sie lebendig begraben worden war. Im Sarg unter der Erde vergessen. Niemand vermisste sie, eine unbedeutende Frau, die nicht fähig gewesen war, ihr Kind glücklich zu machen.

Es dauerte lange, bis Jenni begriff, dass die Dunkelheit keine Grabesfinsternis war, keine völlige Schwärze. Die Augen gewöhnten sich daran, erkannten das Fenster und die Formen der Möbel. Jenni kämpfte sich aus dem Bett. An den Schläfen und im Nacken flammte Schmerz auf. Die Gliedmaßen waren gefühllos und schwach, sie rebellierten gegen Jennis Willen, gehorchten mit Verzögerung.

Als sie endlich auf den Füßen stand, ging sie – mit kurzen unsicheren Schritten wie eine Greisin – zur Tür. Dort lehnte sie sich an die Wand und wartete, bis das Zimmer aufhörte, sich zu drehen. Dann legte sie die Hand auf die Klinke und drückte sie hinunter. Die Tür war abgeschlossen. Natürlich war sie abgeschlossen.

Jenni begann zu schreien. Sie schrie immer noch, als die Tür aufging und Ina hereinkam.

»Beruhige dich, Jenni. Du weckst Markus und Miro.«

Inas Hände lagen auf ihren Schultern und schoben sie zurück zum Bett. Jenni hatte nicht die Kraft, sich zu wehren, sie ließ sich zu dem Bett führen, das ihr gerade noch wie ein Sarg vorgekommen war. Ina deckte sie sorgsam zu wie ein Kind. Das tat sie bestimmt auch bei Miro. Die Ersatzmutter und Markus' Ersatzgeliebte. Die ureigene Lucia der Einsiedler auf der Insel.

»Hast du Schmerzen?«, fragte Ina und streichelte Jennis Haare. »Ich kann dir von der Arznei bringen.«

Jenni schüttelte langsam den Kopf. Keine Arznei. Gerade die machte sie zum hilflosen Krüppel, unfähig, zu ihrem Kind zu gehen.

»Morgen bitte ich Miro, dich zu besuchen«, sagte Ina, als hätte sie Jennis Gedanken gelesen.

Jenni war nicht bereit, dankbar zu sein. Sie dachte an das Haus und an die Menschen, die sie nicht wecken durfte. Markus, Miro. Und an den, dessen Wagen vor dem Haus stand.

»Wo sind Lisa und Aaron?«, fragte sie.

Da Ina sie nicht zu hören schien, wiederholte sie die Frage.

Die Hand, die ihr über die Haare strich, hielt inne, setzte dann ihre ruhige Bewegung fort.

»Aaron ist weggefahren«, antwortete Ina. »So ist es für alle am besten.«

Jenni erinnerte sich an Aarons Rücken. *Es wird sich alles regeln.* Einfach den Fuß aufs Gas, den Blick auf die Straße.

Über Lisa äußerte Ina sich nicht, und Jenni hatte keine Kraft nachzufragen. Sie dachte an das Spiegelbild im Türfenster, die auf der Erde kauernde Frau, die zum Schlag erhobene Hand des Mannes. Ina verstand sich darauf, alle schwierigen Menschen beiseitezuschaffen, Gesichter auszuradieren wie auf dem Wandgemälde in der Kirche. Was hatte Ina über Markus' Zustand gesagt? *Als würde sein Körper sich selbst vergiften.* Nun, da man einen neuen Prediger gefunden hatte, würde er sich vermutlich endgültig vergiften. Jenni stellte sich vor, wie Ina mit Unschuldsmiene Markus' Arznei zubereitete. Bestimmt wusste sie genau, welche Substanzen sie daruntermischen musste. Jenni klammerte sich an der Vorstellung fest. Sie begriff, was sie tun musste.

»Ina«, flüsterte sie mühsam.

»Ja?«

»Es ist das Beste, dass Miro hierbleibt.«

Ina lächelte im Zwielicht.

»Der Meinung bin ich auch«, antwortete sie vorsichtig. Ihre Stimme klang gerührt.

»Genau derselben Meinung«, wiederholte sie, »und alle anderen auch. Miro hört Jakob Mörts Stimme. Es ist ein Wunder. Ich habe manchmal am Glauben gezweifelt, aber jetzt weiß ich wieder, dass dieser Ort gesegnet ist. Inzwischen haben sich sogar Weltliche zum wahren Glauben bekehrt, zum ersten Mal seit Jahrzehnten.«

Wie schön.

»Heute haben wir Mörts Schädel in die Kirche gebracht, und Miro hat ihn angehört und berichtet, was der Prophet gesagt hat. Ich habe geweint vor Glück. Denk mal nach! Es war ja schon ein Zeichen, dass Miro den Schädel sofort gefunden hat, als er herkam. Er ist schnurstracks zu ihm gegangen.«

Er hat mich gebissen.

Ina strich noch einmal über Jennis Haare und stand auf. »Ich hab dich lieb«, sagte sie. »Schlaf jetzt.«

Die Zimmertür fiel zu, und Jenni lag wieder in ihrem Sarg. Aber dort, unter der Erde zurückgelassen, spulte sie das Zufallen der Tür so oft in Gedanken ab, bis sie sicher war: Diesmal hatte Ina nicht abgeschlossen.

Jenni schlief nicht sofort ein. Sie lauschte ins Zwielicht. Irgendwo sprach jemand. Inas Stimme, nur ihre. Sie wanderte irgendwo im Erdgeschoss umher, entfernte sich und wurde dann wieder lauter, brach zwischendurch ab. Die Worte waren nicht zu hören, doch das war auch nicht nötig. Jenni wusste, was Ina am Telefon erzählte.

Der Engel verkündete ihnen eine große Freude. Welch Jubel im Himmel und auf Erden.

Jenni lag da und lauschte. Das letzte Bild, das ihr vor dem Einschlafen durch den Kopf ging, war das der Frau mit dem unsicheren Lächeln und dem Kind im Arm. Alles passte zusammen. Das unsichere Lächeln, der mystische Vater.

Nur eines irritierte Jenni. Sie war sicher, dass das Bild nicht Lisa zeigte.

Diese Erkenntnis kam ihr an der Grenze zum Schlaf, als unbestreitbare Selbstverständlichkeit. Jenni wusste nicht, woher sie kam und was sie bedeutete. Doch es stand fest, dass sie der Frau auf dem Foto nie begegnet war.

Am nächsten Morgen flößte Ina Jenni nichts mehr ein. Sie kam ins Zimmer, in seltsamer altertümlicher Kleidung, als wollte sie auf einer Laienbühne auftreten, brachte Jenni zur Toilette und zum Duschen und dann wieder ins Bett.

»Es ist gut, dass wir zusammen hier sind«, sagte sie.

Jenni lächelte und berührte Inas Wange. Dabei bewegte sie sich absichtlich langsam, als ob die Muskeln ihr immer noch nicht gehorchten.

»Ina«, flüsterte Jenni.

»Ja?«

»Miro braucht sein Medikament.«

Inas Lächeln schwächte sich ab.

»Das glaube ich nicht. Der Herr sorgt für ihn.«

Jenni schüttelte den Kopf.

»Ohne das Medikament kann er einen Asthmaanfall kriegen.«

Ina wirkte plötzlich besorgt.

»Hat Miro Asthma?«, fragte sie leise. Zerstreut fuhr sie sich mit der Hand über den Mund.

»Ja. Er hat jetzt tagelang kein Medikament bekommen, und ich habe auch keines mehr im Koffer. Ich wusste ja nicht, dass wir so lange bleiben würden.«

Ina fingerte an dem dicken grauen Stoff ihres Kragens.

»Nein, Jenni. Ich glaube, es geht ihm jetzt gut.«

»Wenn Miro sein Medikament nicht bekommt, kann er bald gar nichts mehr tun. Nicht predigen, überhaupt nichts. Glaub mir, Ina. Bestimmt hast du selbst gehört, wie er hustet. Du erkennst doch einen Asthmahusten.«

Ina wandte sich ab und ging durch das Zimmer, blieb mit dem Gesicht zum Fenster stehen. Jenni hörte Regentropfen an die Scheibe prasseln.

»Ich habe keinen Husten gehört«, sagte Ina, doch ihre Stimme klang zerstreut, unsicher.

»Nicht? Es fing gleich am ersten Tag an. In der Stadt kommt er besser damit zurecht. Deshalb vergesse ich immer, genug Reserve mitzunehmen, wenn wir aufs Land fahren. Die Anfälle sind wirklich schlimm. Du musst ihm helfen, Ina.«

»Der Herr sorgt für ihn«, wiederholte Ina, diesmal leiser.

»Das tut er bestimmt, mit Hilfe des Medikaments«, flüsterte Jenni.

»Ich muss Miro um zehn zur Kirche bringen und …«

»Das schaffst du schon. Ich schreibe dir den Namen von dem Medikament auf und du holst es auf dem Festland.«

Ina starrte zum Fenster hinaus, zupfte an ihrem Kragen, biss sich auf die Lippen.

»Überleg doch mal, Ina. Was ist, wenn Miro bettlägerig wird? So wie Markus?«

Ina wandte sich vom Fenster ab.

»Ich muss darüber nachdenken«, sagte sie und ging.

Die Dielenbretter knarrten auf der Treppe, dann im Erdgeschoss. Jenni hörte, dass Ina mit jemandem sprach.

Miro antwortete.

Jennis Herz schlug schneller. Sie legte das Ohr an die Wand neben ihrem Bett und hielt den Atem an. Die Worte konnte sie nicht verstehen, doch Miros Stimme klang genervt. Jenni wusste sofort, dass er einen seiner schlimmen Tage hatte. Dann war ihm nichts recht, und selbst die einfachsten Verrichtungen gingen nicht ohne Brüllen und Toben vonstatten.

Dann war eine dritte, beruhigende Stimme zu hören. Die einer alten Frau.

Das Gespräch dauerte etwa eine Viertelstunde, dann

kam Ina zurück. Sie hatte sich umgezogen, trug eine weite Jeans und einen leuchtend roten Anorak. In der einen Hand hielt sie den Autoschlüssel, in der anderen einen Stift und ein Stück Papier.

Jenni setzte sich auf. Sie überlegte kurz, dann schrieb sie den Namen des Medikaments in Blockschrift und reichte Ina den Zettel.

»Danke«, sagte Jenni.

Ina lächelte nervös und steckte den Zettel in die Jackentasche.

»Hör mal, Jenni«, flüsterte sie mit einem hastigen Blick zur Tür. »Wenn die anderen davon erfahren, könnte es unnötige Verwirrung geben. Die Leute sind außer sich gewesen, seit Markus nicht mehr fähig war … Es wäre nicht gut, wenn sie denken, dass auch Miro …«

Ach Ina, du Arme, dachte Jenni und unterdrückte den plötzlich aufkommenden hysterischen Lachanfall. *Wie sehr du dich davor fürchtest, diese Leute zu enttäuschen.*

»Keine Sorge«, sagte sie. »Wenn das Medikament hier ist, kümmere ich mich um den Rest.«

Ina seufzte und starrte auf den Fußboden.

»Ich habe Agneta gebeten, aufzupassen, dass dir nichts fehlt«, sagte sie dann. »Ihr seid euch offenbar schon begegnet, beim Gebetsgrab. Sie ist wirklich gutherzig. Sie kümmert sich um euch, während ich weg bin.«

Jenni nickte.

»Agneta ist auch … eine wahre Gläubige«, sagte Ina und sah ihr in die Augen. »Ich habe ihr gesagt, ich hätte etwas zu erledigen. Ich muss mich beeilen, denn für uns ist heute ein wichtiger Tag.«

»Ich verstehe«, flüsterte Jenni und legte einen Finger auf die Lippen.

»Gut.«

Ina drehte sich um und ging.

Jenni blieb im Bett liegen, bis sie hörte, wie der Motor angelassen wurde. Dann stand sie vorsichtig auf. Das Zimmer schwankte ein paar Sekunden, doch dann fand Jenni das Gleichgewicht wieder. Mit drei Schritten war sie am Fenster und sah die Rücklichter von Inas Wagen zwischen den Bäumen verschwinden.

Die gutgläubige kleine Schwester. Miro hatte sein Asthma schon vor knapp zwei Jahren überwunden. Jenni nahm ihre Kleider von der Stuhllehne und zog sich an.

Vorsichtig öffnete Jenni die Zimmertür und ging zum Treppenabsatz.

Als Erstes hörte sie Miros Stimme.

»Fass mich nicht an, verdammt!«

Eine Frauenstimme murmelte eine Entschuldigung.

Jenni erinnerte sich an die Begegnung bei den Steinhaufen am Ufer. Die Frau war alt, hatte aber gewirkt, als wäre sie bei Kräften. Sie war energisch ausgeschritten. Jenni hatte keine Chance gegen sie, nicht in ihrem derzeitigen Zustand. Die Frau würde sie daran hindern, das Haus zu verlassen, und vielleicht andere Inselbewohner herbeirufen.

Jenni schloss die Augen und fluchte innerlich. Sie sah sich nach etwas um, womit sie die Frau in Schach halten konnte. Ihr Blick fiel auf die Tür zu Markus' Zimmer. Vorsichtig spähte sie über das Geländer nach unten. Niemand war zu sehen, es waren auch keine Stimmen mehr zu hören. Sie öffnete die Tür und blickte ins Zimmer.

Der türkisfarbene Teppich. Der Schreibtisch. Das Fenster. Dahinter die Landspitze und die Steinhaufen.

Jenni ging hinein und zog die Tür hinter sich zu. Sie sah sich um, hob Papierstapel an und wühlte in den Schubladen. Nichts. Nur verworrene Aufzeichnungen, Fotos von seltsamen Festen, grotesken Masken und Prozessionen, bei denen Spiegel getragen wurden. Zwischen einem der Papierstapel blitzte ein Blatt hervor, das Jennis Aufmerksamkeit erregte.

Sie zog es zwischen den handschriftlich beschriebenen Bögen heraus und hielt es sich vor die Augen.

Es war eine ausgedruckte E-Mail. Der Text war nachträglich von Hand überschrieben worden, stellenweise mit solchem Druck, dass rund um die Buchstaben Grafit am Papier haften geblieben war.

SO SPRICHT DIE STIMME DES WELTLICHEN WEISEN, DIE NOCH PRAHLT UND NICHT VERSTUMMT, EHE DIE FLAMMEN DER HÖLLE –

Durch die mit Bleistift geschriebenen Worte hindurch war jedoch die ursprüngliche Mail zu lesen, die Markus derart in Wut versetzt hatte. Jenni überflog sie zunächst nur flüchtig, las sie dann von Anfang an.

Sie las sie zweimal. Starrte dann aus dem Fenster. Die Regentropfen ließen die Umrisse verlaufen. Dennoch waren die Steinhaufen an der Landspitze zu erkennen. Jenni stützte sich auf den Schreibtisch und betrachtete den Papierbogen.

Die Mail stammte aus der Zeit vor dem Unfall. Aus einer Zeit, als Markus etwa ein Jahr auf der Insel gelebt hatte.

Es war Jenni klar, dass sie nicht viel Zeit hatte. Dass sie einen Weg finden musste, das Haus und die Insel zu verlassen, bevor Ina zurückkehrte. Dennoch las sie den Text noch einmal, bevor sie das Papier faltete und in die Tasche steckte.

Als sie die letzte Schublade aufzog, befanden sich Jennis Gefühle in Aufruhr. Die Oberfläche der Papiere fühlte sich an wie Markus' Haut. Sie rochen vertraut. Dieses Zimmer war Markus' Leben, in Holz, Papier, Stifte und kleine Souvenirs verwandelt. Eine plötzliche Welle des Abscheus rollte über Jenni hinweg. Sie konnte die Sachen nicht mehr berühren.

Als sie vom Schreibtisch zurücktrat, sah Jenni die Landschaft vor sich, von der Markus den Blick nicht hatte lösen können, die ihn weitaus stärker fasziniert hatte als Jenni. Hier sollte Gott wohnen? Ein strenger Gott, der unendlich viele Opfer forderte, aber nie sein Gesicht enthüllte. Aber vielleicht war sein Gesicht in dieser Landschaft, in den Findlingen, Uferfelsen, Bäumen, Wellen und dem leeren Himmel. Vielleicht hatte Markus es so empfunden. Jenni war schwindlig. Sie spürte eine unerklärliche Panik aufsteigen, fürchtete, dass sich auch ihr das Gesicht des strengen Gottes enthüllen, dass auch sie sehen würde, wie die Einzelheiten der Landschaft sich zusammenfügten, eine große unmenschliche Gestalt bildeten, die im Wind flatterte, in den Wellen brauste, zu sprechen versuchte. Jenni zwang sich, den Blick zu senken.

Auf dem Fensterbrett lag ein Stein.

Jenni starrte das ungleichmäßige graublaue Gebilde an. Die eine Seite war rund, passte in die Handfläche, schien für eine Menschenhand gemacht. Die andere Seite war kegelförmig, spitz. Hatte der strenge Gott den Stein dorthin gelegt? Ihn Jahrhunderte und Jahrtausende lang geformt, in ihre Reichweite gebracht?

Jenni nahm den Stein in die Hand. Er war schwerer als er aussah. Der kalte Luftzug, der durch die Fensterritzen drang, hatte ihn ausgekühlt.

Jenni versuchte, den Stein in ihrer Faust zu verstecken, doch er war zu groß. Sie drehte ihn so, dass das spitze Ende an ihrem Arm zu liegen kam, und zog mit der anderen Hand den Ärmel darüber. Besser so, als die Hand hinter dem Rücken zu verstecken. Sie blieb vor dem Spiegel auf der rechten Seite des Schreibtisches stehen und vergewisserte sich, dass der Stein nicht zu sehen war.

Alles in Ordnung. Abgesehen davon, dass der Verband über dem linken Auge blutgetränkt war. Und abgesehen von der blassen, fast bläulichen Gesichtsfarbe. Die Augen lagen starrend in ihren dunklen Höhlen. Der Blick einer Verrückten.

Langsam, auf das Geländer gestützt, ging Jenni die Treppe hinunter. Die Frau im Erdgeschoss sagte etwas, sprach vielleicht am Telefon. Sie verstummte, als die letzte Stufe unter Jennis Fuß knarrte.

Jenni rief nach Miro.

Zuerst war nichts zu hören. Eine erschreckende Stille. Vielleicht wollte Miro seine Mutter gar nicht mehr sehen. Dann die vertrauten schnellen Schritte.

»Mutti«, sagte Miro leise. Er lächelte unsicher.

»Hallo«, erwiderte Jenni und streckte ihm die freie Hand hin.

Miro schien zu ihr laufen zu wollen, blieb dann aber stehen. Er trug wieder einen schwarzen Anzug und eine Krawatte, deren Spitze bis zum Hosenstall hing. In der rechten Hand hielt er eine dunkle Ledertasche.

»Wir müssen zur Kirche gehen«, erklärte er. »Sobald Tante Ina zurückkommt.«

»Stimmt«, sagte Jenni müde, »aber lass dich erst mal umarmen.«

Miro blickte sich um, stellte dann die Tasche ab und

kam zu Jenni. Als sie sich umarmten, sah Jenni durch ihre Tränen hindurch die Gestalt einer Frau an der Küchentür. Sie ließ Miro los und lächelte.

»Bist du Agneta?«, fragte sie harmlos. Keinen falschen Schritt jetzt, kein Zaudern.

Die Frau nickte und sah sie misstrauisch an.

»Ich hätte gern ein bisschen Wasser«, sagte Jenni. »Mein Mund ist so trocken.«

»Die gibt dir nichts«, murmelte Miro, »die ist total bescheuert.«

Jenni legte ihm eine Hand auf die Schulter und drückte ihn.

»Könnte ich Wasser bekommen?«

Die Frau sah Jenni an, nickte dann mit gezwungenem Lächeln und ging in die Küche.

Jenni beugte sich rasch zu Miro, fasste ihn am Kinn und sah ihm fest in die Augen. Sie schwieg, denn was sie zu sagen gehabt hätte, war nichts für Kinderohren. Miro sah sie fragend und ängstlich an. Jenni ließ ihn los und legte einen Finger auf die Lippen. Miro blieb stocksteif stehen und hielt den Atem an, als sie an ihm vorbei in die Küche ging.

Die Frau stand an der Spüle und ließ Wasser in ein hohes Glas laufen. Das Rauschen des Wasserhahns übertönte Jennis Schritte, dennoch drehte die Frau den Kopf eine Spur nach links. Vielleicht spürte sie Jennis Nähe, vielleicht spiegelte sich ihre Bewegung in der Spüle oder im Lack der Schranktür. Jenni hob den Stein über den Kopf und schlug so fest zu, wie sie konnte.

Die Frau stöhnte auf und schwankte. Ihre Hand fuhr über die Spüle, das Glas fiel um und rollte über den Rand, zerschellte auf dem Boden. Splitter flogen durch die Küche. Die Frau drehte sich um und sah Jenni mit gerunzelter

Stirn und fragender Miene an. Stöhnte erneut, als ginge es nur um Gelenkschmerzen. Über ihre Stirn lief Blut in den Augenwinkel und auf die faltige Haut an der Wange. Sie wollte etwas sagen, doch da schlug Jenni erneut zu. Als die Hand der Frau ihr ins Gesicht fuhr, taumelte Jenni zurück, stützte sich an der Wand ab und biss die Zähne so fest zusammen, dass ihr Kopf vibrierte. Die Frau war zusammengesackt. Sie saß auf dem Boden, an die Spüle gelehnt, und tastete mit der linken Hand ins Leere, als suchte sie instinktiv nach einer Stütze, die sie in ihrer eigenen Küche gefunden hätte. Ein unaufhörliches leises Klagen drang aus ihrem Mund. Jenni schlug wieder und wieder zu, bis die Frau still war. Schluchzend wich sie zurück, trat dann doch auf die Frau zu und durchwühlte ihre Taschen. Keine Autoschlüssel, kein Handy. Nur vom Blut glitschiger Stoff.

Jenni drehte sich um und sah Miro.

Er stand an der Tür, die dunkle Tasche in der Hand und sah abwechselnd Jenni und die zusammengebrochene Frau an. Seine Schultern hoben und senkten sich im Takt seiner heftigen Atemzüge. Jenni ließ den Stein fallen. Er landete polternd auf dem Fußboden.

»Wir fahren jetzt«, sagte sie und wischte sich die Hände an der Hose ab. »Mutti erklärt dir später alles.«

»Ich darf nicht weg«, sagte Miro mit dünner gepresster Stimme.

»Wir fragen niemanden um Erlaubnis«, antwortete sie monoton.

Sie nahm den Bogen aus der Tasche, den sie in Markus' Arbeitszimmer gefunden hatte, und faltete ihn mit zitternden Fingern auseinander. Die Buchstaben zitterten vor ihren Augen. Ihre Daumen hinterließen rote Abdrücke auf dem vergilbten Papier. Jenni ging ins Wohnzimmer, legte das Blatt auf den Tisch, strich es glatt und wandte sich der Diele zu. Sie strich Miro im Vorbeigehen über den Kopf und begann, die Jacken zu durchwühlen, die an der Garderobe hingen.

»Tante Ina mag es nicht, wenn wir …«

»Ina kann zur Hölle fahren«, sagte Jenni und zog ein Schlüsselbund aus der Tasche des grünen Wachstuchmantels. »Wir gehen jetzt. Komm!«

Miro rührte sich nicht vom Fleck. Sein Kinn zitterte. Jenni sah, dass sie ihm Blut auf die Haare gestrichen hatte. Sie ging zu ihm, packte ihn am Jackett und zog ihn mit sich. Miro schrie und zappelte.

»Ich will hier nicht weg, verdammte Scheiße …«

Jenni versetzte ihm eine Ohrfeige. Miro begann zu weinen, doch sie kümmerte sich nicht darum. Sie schleppte den Jungen zur Haustür und stieß sie so heftig auf, dass die Angeln knirschten. Bevor sie das Haus verließen, blickte Jenni noch einmal zurück. Sie sah den Spiegel. Im Spiegel eine wildgewordene Frau, die ein Kind gewaltsam aus dem Haus schleifte und frisches Blut auf den Knöcheln und im blassen Gesicht hatte. Jenni warf die Tür zu und zerrte Miro zum Wagen.

—

Ina betrachtete die näher kommende Fähre, deren Umrisse die Scheibenwischer immer wieder für einige Sekunden aus dem gelblichen Regendunst hervorholten.

Seit Lisa ihr erlaubt hatte, Markus zu pflegen, hatte Ina auf den Moment gewartet, in dem sich alles fügen würde. Es musste doch zwischen den Bedürfnissen Gottes und denen der Menschen eine Art Kompromiss geben, bei dem alle ihren Teil erhielten.

Ina erinnerte sich an Agnetas ersten Besuch. Die alte Frau hatte ihr Vieles erklärt, was ihr bis dahin beklemmend und unbegreiflich erschienen war. Agneta hatte erzählt, dass in Markus' wirren Reden, die Ina für Halluzinationen, für eine Folge der Gehirnschädigung gehalten hatte, das Samenkorn einer großen Wahrheit lag. Als Markus auf die Insel gekommen war, hatte er neues Licht in die Gemeinde der Wahren Gläubigen gebracht, die bereits seit Jahrzehnten in Auflösung begriffen war und dahinschmolz, da selbst die Glaubensstärksten sich auf den Pfad der weltlichen Weisheit verirrt hatten. Als Markus erzählt hatte, dass er Mörts Nachkomme war, hatte sich alles zum Guten gewendet. Doch dann hatte der Teufel den neuen Propheten niedergerungen.

Nun war es Ina gewesen, die Licht in das Dunkel brachte. Sie hatte Agneta erzählt, was Markus gesagt hatte, als er nach dem Unfall zum ersten Mal gesprochen hatte.

Markus hatte einen Sohn. Ina erinnerte sich an Agnetas Miene, an die Tränen in ihren Augen. Ina hatte Licht gebracht.

Die Fähre war schon beinahe am Anleger. Ina ließ den Motor an.

Nach der lichtbringenden Botschaft hatte sie die Einladung ausgesandt, die den Sohn des Propheten auf die Insel geholt hatte. Jenni, die ein potenzielles Problem darstellte, hatte zum Glück endlich eingesehen, was das Beste für alle war. Für Gott, für die Menschen. Ina kannte ihre Schwester. Bei aller Weltlichkeit besaß Jenni doch ein liebendes Herz. Das hatte Ina immer gewusst, auch in dunklen Momenten, von Kind an. *Ich kenne doch meine*

Schwester, dachte Ina. Wie andächtig war Jenni damals als Lucia aufgetreten, vor langer Zeit, obwohl sie anfangs nur gehöhnt und gespottet hatte.

Die Fähre senkte ihre Rampe. Die Scheibenwischer fuhren hin und her. Mal sah man klar, dann wieder versank alles im Nebel.

Ich kenne doch meine Schwester.

Die Rampe war an ihrem Platz, und der erste Wagen fuhr auf das Deck. Ina vergewisserte sich im Spiegel, dass niemand Anstalten machte, sie zu überholen. Die Leute vom Festland hatten es mitunter so eilig, dass es zu Unfällen kam.

Ich kenne doch meine Schwester.

Mal sah man klar, dann wieder versank alles im Nebel. Ina näherte sich der Rampe. Sie dachte an Jenni, die im Bett lag und um das Medikament bat. Die den Namen auf einen kleinen Zettel schrieb, die ihr aufrichtig dankte.

Ich kenne doch meine …

Unmittelbar vor der Rampe trat Ina auf die Bremse. Langsam ließ sie den Kopf auf das Lenkrad sinken. Hinter ihr hupte jemand. Menschen vom Festland. Weltlich, trügerisch. Ina klagte leise, presste die Stirn fest auf das Lenkrad. Sie schrak erst auf, als jemand ans Fenster klopfte.

Undeutliches Murmeln. Eine im Regen verschwimmende Gestalt.

Ina setzte zurück, wendete und versuchte, aus der Warteschlange auszuscheren. Hinter ihr wurde wütend gehupt. Als sie die Schlange passiert und die Straße erreicht hatte, trat sie das Gaspedal durch.

—

Jenni saß auf dem Fahrersitz. Der Motor lief. Miro war angeschnallt. Er schluchzte und umklammerte seine Tasche mit beiden Händen.

Jenni brauchte nur den Fuß von der Kupplung zu nehmen. Bald wären sie am Anleger. Am helllichten Tag waren dort sicher so viele Besucher vom Festland, dass niemand sie anhalten könnte. Sie würden die Insel verlassen, und sobald sie das andere Ufer erreicht hatten, würde Jenni sich bei irgendwem ein Handy ausleihen und die Polizei anrufen. Man konnte sie nicht ins Gefängnis stecken, wenn die ganze Geschichte aufgeklärt wurde. Selbstverteidigung oder etwas in der Art. Die Kupplung kommen lassen und los. Auf dem Festland würde sich alles klären, ganz normal und von selbst.

Jenni konnte den Blick nicht vom Haus lösen. Das Fenster von Markus' Zimmer war im Erdgeschoss. Hinter der dunklen Scheibe war eine Gestalt zu sehen.

Instinktiv stellte Jenni den Motor wieder ab. Etwas in ihr hielt es für selbstverständlich, dass sie ins Haus zurückkehren und etwas tun musste. Sie starrte die reglose Gestalt an. Erst nach einer Weile merkte sie, dass kalte Luft in den Wagen wehte. Sie drehte den Kopf und sah die offene Autotür und Miro, der sich aus dem Sicherheitsgurt wand.

»Nein«, murmelte sie, bekam den Kragen zu fassen und zog den Jungen zurück auf seinen Sitz.

»Leck mich am Arsch, du verdammte …«

»Tür zu«, sagte Jenni und packte den Kragen fester.

Miros Protest verwandelte sich in resigniertes Wimmern. Er reckte sich nach dem Griff und zog die Tür zu. Wenn seine Mutter sich so aufführte, war es ratsam zu gehorchen, das wusste er.

»Entschuldigung«, sagte Jenni. Zu Miro und zu dem Haus und zu der Gestalt am Fenster.

Sie ließ den Motor wieder an. Der Wagen setzte sich ruckelnd in Bewegung. Gehorchte ihren betäubten Gliedmaßen.

Als sie das Grundstück verlassen hatten, glitt der Wagen wie von selbst über die kurvenreiche Straße. Jenni war irgendwo anders, weit weg von der Frau, die die Ereignisse lenkte.

—

Ina fuhr aus dem Halbschlaf, in den das Surren des Motors und die gleichmäßige Bewegung der Scheibenwischer sie versetzt hatten. Die Scheinwerfer und die rote Farbe des entgegenkommenden Wagens blieben als Nachbild auf ihrer Netzhaut haften. Sie warf einen Blick in den Rückspiegel. Der Wagen entfernte sich rasch, war nur noch ein farbiger Fleck hinter der verregneten Scheibe. Ina war besorgt, doch dann sagte sie sich, dass es sich um einen Besucher handeln müsse, der sich verfahren hatte und sich nun beeilte, um die Fähre nicht zu verpassen. Sie heftete den Blick wieder auf die Straße. Im Grunde war ohnehin alles egal. Ina wusste längst, dass wieder alles verloren war, dass es von nun an ganz anders weitergehen würde, als sie wollte. Das passierte ihr immer.

Als Ina vor dem Haus hielt, sah sie sofort, dass die Haustür offen stand. Es regnete hinein, der Teppich und die Schuhe in der Diele würden nass werden. Ina stieg hastig aus, lief ins Haus und zog die Tür zu. Überprüfte das Ausmaß des Schadens. Sie musste alles so schnell wie möglich trocknen, damit es nicht zu riechen begann. Im

Badezimmer im Erdgeschoss lag mitunter ein feuchter Geruch, der an einen Erdkeller erinnerte. Es war nicht leicht, ein ganzes Haus in Schuss zu halten.

Als sie weiterging, sah sie das Durcheinander. Die blutigen Abdrücke an der Wand und am Rahmen der Küchentür. Agnetas Anblick konnte sie nicht ertragen. Alles war verdorben, wieder einmal.

Instinktiv ging Ina in Markus' Zimmer. Das Bett war leer. Sie hob die zusammengeknüllte Bettdecke vom Boden auf, strich sie glatt und ließ sich auf den weichen Stoff fallen, vergrub das Gesicht darin.

Eine Weile schrie sie nur. Als sie das Gefühl hatte, bald das Bewusstsein zu verlieren, stand sie auf und kehrte in die Diele zurück, öffnete die Tür, blickte über den leeren Hof. Die schwankende Bewegung des Regens, wie flatternde Haare. Ina schloss die Tür, legte die Stirn an das kalte Holz. Dann ging sie ins Wohnzimmer, ängstlich darauf bedacht, nicht in die Küche zu schauen.

Auf dem Tisch lag ein zerknittertes Blatt Papier, über dessen Ränder sich rotbraune Fingerabdrücke zogen. Ina ging näher heran, beugte sich über den Tisch. Über dem gedruckten Text stand in Markus' Handschrift:

SO SPRICHT DIE STIMME DES WELTLICHEN WEISEN, DIE NOCH …

Kein Grund mehr, sich zu eilen, da ohnehin alles verdorben war.

Ina ließ sich auf einen Stuhl fallen und las. Sie betrachtete Markus' schwere Buchstaben. Und schließlich auch die Wörter, die unter ihnen standen, leblose, kalte Buchstaben, die in den Augen Gottes und seiner Propheten keine Bedeutung besaßen.

Lieber Markus,

ich danke dir nicht für deinen Brief, der vermutlich den Tatbestand der strafbaren Drohung erfüllt. Es sei auch klar gesagt, dass ich wahrhaftig nicht beabsichtige, die Claviceps-purpurea-Körner zu essen, die du deinem Brief beigelegt hast. Dagegen erwäge ich, die Sache der Polizei zu melden.

Ich bin nach wie vor der Meinung, dass deine Obsession hinsichtlich des Mutterkorns der schlimmste Stolperstein deiner Abhandlung über die Hexerei war. Dass du meine Kritik persönlich genommen hast, kann ich nicht ändern. Aber lassen wir die Vergangenheit ruhen. Sofern du im Geringsten bereit und fähig bist, die Stimme der Vernunft zu hören, bitte ich dich, die folgenden Zeilen sorgfältig zu lesen:

Ich weiß nicht, ob es dir wirklich gelungen ist, dir selbst und den letzten Mörtianern auf Spegelö einzureden, du seist ein Nachkomme von Jakob Mört. Über die Sekte und über Jakob Mört gibt es mehrere Forschungsarbeiten, von denen du als Experte natürlich weißt (z.B. Kallas: Die zum Meer rufenden Heiligen, 1979). Mört hatte keine Nachkommen. Er hat sich ausdrücklich geweigert, sich fortzupflanzen. Und was die Uferkapelle und die Grabhügel auf Spegelö betrifft, die du er-

wähnst: sie gehen auf den Schiffbruch der mit Salz beladenen Fregatte Gerda im Jahre 1715 zurück. Die Mörtianer kamen erst 1799 auf die Insel, die damals bereits von Spiegelmachern besiedelt war (s.z.B. Hämäläinen 1965), und Ende der 1970er Jahre war ihre Gemeinde bereits stark geschrumpft. Die »Geschichte« Jakob Mörts und seiner Gemeinde, die du mir geschickt hast, erscheint mir, offen gesagt, wie das Produkt eines kranken Hirns. Allerdings fürchte ich, dass gerade Charismatiker wie die Mörtianer an dergleichen glauben können. Ihr überliefertes Wissen hat sich seit jeher vor allem auf die gefühlsbetonte mündliche Predigertradition gestützt und ist deshalb im Lauf der Jahrhunderte nahezu völlig verloren gegangen.

Markus, hol dir Hilfe. Ich mache mir ernsthaft Sorgen um dich.

Mit freundlichen Grüßen,
Arvid Langelin
Professor für Allgemeine Geschichte

VI

ALLEIN MIT GOTT

Das tiefe metallische Vibrieren der Fähre stieg an den Reifen hoch, fuhr in die Hände, die das Lenkrad umklammerten, ließ das Trommelfell summen, gleichmäßig und anhaltend.

Jenni presste die Finger um das Lenkrad, hielt die Schultern gerade und blickte stur nach vorn. Bei jedem Schatten, der an den regennassen Fenstern vorbeihuschte, zuckte sie zusammen, bekämpfte ihre Unruhe mit dem Gedanken, dass die Türen verriegelt waren. Sie hatte nichts mehr zu befürchten. Die Insel Spegelö blieb immer weiter zurück. Außer ihnen waren zwei weitere Wagen auf die Fähre gefahren. Vielleicht stammten die Insassen vom Festland. Vielleicht hatte deshalb niemand versucht, sie aufzuhalten. Vielleicht erschwerte der Regen die Sicht in den Wagen. Das spielte jetzt ohnehin keine Rolle mehr. Sie mussten dem Ufer schon nahe sein.

Jenni wagte endlich zu atmen. Langsam stieß sie die Luft aus. Betrachtete ihre Hände, auf denen die Flecken an den Fingergelenken und in den Poren bereits zu körnigen Fäden geronnen waren. Die Lichter am Armaturenbrett leuchteten. Das gleichmäßige Summen der Fähre kitzelte in den Ohren. Es wurde von einem Tuscheln begleitet. Einem unablässigen flüsternden Geräusch, wie das Sausen des Windes an den Fensterdichtungen.

»Miro«, sagte Jenni.

Ihre Ohren waren wie verstopft. Die Worte waren in ihrem Schädel gefangen. Es schien unmöglich, dass ihre Stimme außerhalb ihres Kopfes erklingen konnte.

Jenni wiederholte den Namen des Jungen, hielt die Augen auf das Armaturenbrett geheftet.

Das Tuscheln hielt an.

Als Jenni den Kopf drehte, spürte sie einen stechenden Schmerz im Nacken. Die Muskeln wehrten sich gegen die Bewegung, denn der ganze Körper war nach vorn ausgerichtet, weg von der Insel, zum Festland.

Miro hielt die Tasche auf dem Schoß. Er hatte sie geöffnet. Jennis Blick fiel auf gelbliches Knochengewebe.

»Miro«, sagte sie noch einmal.

Der Junge hatte sich über die Tasche gebeugt, so dicht, dass sein Kopf beinahe darin verschwand. Sein Blick war starr, glasig. Jenni hatte ihn selten so konzentriert gesehen. Seine Nasenspitze berührte den Knochen beinahe. Wenn man genau hinschaute, sah man eine leere Augenhöhle, die nach oben starrte, geradewegs in Miros Gesicht.

Der Mund des Jungen stand nicht still. Die kleinen Lippen bewegten sich rastlos.

Jenni zwang ihre rechte Hand, sich vom Lenkrad zu lösen und fasste nach der Tasche. Miro schrie und wehrte sich, seine schrille Stimme füllte den Wagen. Ein langer gellender Ton, wie von einer Trillerpfeife, der Jenni veranlasste, noch wütender an der Tasche zu zerren. Miro musste loslassen, doch er schrie weiter, während er sich im Sicherheitsgurt wand und versuchte, die Tasche wieder in seinen Besitz zu bringen.

Jenni stieß die Tür auf. Die Luft, die in ihre Lunge strömte, roch nach Meer und Metall. In dem Landrover neben ihrem Wagen drehten sich Köpfe zu ihr hin. Das Wasser, das an den Scheiben herunterlief, machte die Gesichter unkenntlich. Es waren nur hautfarbene Flecken, deren Starren Jenni deutlich spürte. Sie warf die Tür zu und ging an die Reling.

Die Wellen schäumten. Das Ufer war nicht zu sehen. Nur endloses Grau, der Nebel des strengen Gottes.

Jenni schloss die Tasche sorgfältig und warf sie so weit hinaus, wie sie nur konnte. Die Vögel, die der Fähre folgten, wichen instinktiv aus, obwohl sie weit weg waren. Dann setzten sie ihren Kampf gegen Wind und Regen fort. Die Tasche schaukelte auf den Wellen, drehte sich in der Gischt. Jenni umklammerte die kalte Reling und wartete. Miros Geschrei drang gedämpft an ihre Ohren.

Eine Weile schien es, als würde die Tasche nicht untergehen, sondern in alle Ewigkeit von einer Woge zur anderen hüpfen. Dann wurde die Bewegung langsamer. Jenni hielt den Atem an. Die Tasche legte sich schräg und begann zu sinken. Erst als Jenni sicher war, dass sie nicht mehr hochkommen würde, ließ sie die Reling los.

Miro hatte unterdessen aufgehört zu schreien. Er lehnte sich ans Fenster und klagte mit dünner verzweifelter Stimme. Jenni streichelte seinen Kopf, bis die Fähre ruckelte und die Rampe gesenkt wurde. Dann ließ sie den Motor an. Die Scheibenwischer fuhren hin und her, die Sicht wurde klar.

Als sie die Landstraße erreichten, blickte Miro zum Seitenfenster hinaus, das von seinem Atem beschlagen war, betrachtete die vorbeihuschende Landschaft und dachte an den Schädel in der Tasche. An die Augenhöhlen und Vertiefungen. An das Gequassel, das unter Wasser weiter ertönte, für immer.

»Mutti«, sagte Miro.

Sie waren gerade in einen langen Tunnel gefahren, an den sich Jenni von der Hinfahrt erinnerte. Das Motorengeräusch hallte von den Wänden wider. Die Scheinwerfer beleuchteten nur die Wand des in weiter Kurve nach links schwenkenden Tunnels.

»Ja?«, fragte Jenni.

Sie blickte nach vorn und sah nur die Betonwand. Es kam ihr vor, als wären sie in kilometerweiter Tiefe, unter dem Meer. Die anderen Wagen von der Fähre waren weit zurückgeblieben. Jenni beschleunigte das Tempo noch mehr, denn sie fürchtete, der Tunnel würde nie enden.

»Du kommst vielleicht in die Hölle«, sagte Miro.

Jenni gab ihm keine Antwort, fuhr ihm nicht über den Mund. Sie starrte auf den hellen Punkt, der endlich vor ihnen aufgetaucht war. Er wuchs. Als der Tunnel endete, schlug der Regen an die Windschutzscheibe, und das Auto füllte sich mit grauem Glanz.

Jenni legte eine Hand auf Miros Kopf und betrachtete die vom Regen verhüllte Straße. Den kleinen Streifen, den man im Voraus sehen konnte.

Wenn die letzte Finsternis aufzieht, bekämpfe sie nicht.

In der völligen Dunkelheit konzentrierte sich Markus auf diese Worte. Die Dunkelheit war nicht länger nur ein Mangel an Licht. Die Zeit verwandelte sich in einen Kreis, drehte sich um sich selbst, bis sie verschwand. Nichts maß die Finsternis. Markus hörte das Wasser unter den Dielenbrettern plätschern, hörte die Schreie der Möwen, doch sie waren unregelmäßig, unberechenbar. Deshalb zählte er die Körner.

Eins, zwei, drei.

Er zählte, bis die Geräusche und die Erinnerungsbilder seine Konzentration störten, und begann dann wieder von vorn. Nicht ein einziges Mal schaffte er es bis zum Schluss. Markus fand nie heraus, wie viele Körner er bei sich hatte. Die Körner maßen nichts mehr. Wie sie auf die Handfläche fielen, war ebenso zufällig wie alles andere. Das machte die Dunkelheit schwer erträglich. Schließlich öffnete Markus die Hand und ließ die Körner herunterrollen. Er hörte, wie sie auf den Boden prasselten, hörte sogar, wie sie durch die Ritzen rollten, auf die Felsen trafen und schließlich ins Wasser fielen.

Markus.

Die Stimme kam von weit her. Der ängstliche Ruf einer

Frau. Markus blickte auf und merkte, dass die Dunkelheit nicht mehr lückenlos war. Er sah einen Lichtstreifen vor sich, da, wo die Tür zum Gebetsgrab war. Der Streifen wuchs und schrumpfte im Rhythmus der Böen. Markus stand auf und schleppte sich zu der Tür, stieß sie auf, trat einen Schritt zurück.

Das Meer rauschte, erstreckte sich bis an den Horizont. Es hauchte Markus durch das Rechteck der Tür an. Dazwischen lag der Uferstreifen, ganz und gar mit schwarzer Kohlenglut bedeckt. Das Meer war stahlgrau. Irgendwo dort in der Tiefe warteten sie, betrachteten das Schäumen der Wellen an der Oberfläche. Die Bewegung des Wassers spiegelte sich in ihren reglosen roten Augen.

Markus trat zur Tür hinaus.

Er war auf glühenden Schmerz gefasst, doch der blieb aus. Nur ein schwaches Gefühl an den Fußsohlen, weder kalt noch heiß. Markus ging ans Ufer, hielt den Blick auf einen fernen dunstigen Punkt gerichtet, wo sich Himmel und Meer vereinten.

Auf halber Strecke hörte er, wie jemand seinen Namen sagte. Er blickte zu der Stelle hin, von der die Stimme kam.

Ein Mann, vor einem schwarzen Stein kauernd, die Haare blutig und verfilzt über die blasse Stirn hängend. Die Vögel hatten seine Augen und seine Zunge gefressen. Neben ihm lag ein spitzer Stein, an dem geronnenes Blut haftete. Graue Haare flatterten im Wind. Markus blieb nicht stehen, doch als er an der Leiche vorbeiging, spürte er, wie sich eine Hand um seinen Arm schloss.

Es reicht, sagte der Tote, ohne die Lippen zu bewegen. *Lass uns gehen.*

Markus riss sich los und ging weiter. Am Wasser bückte er sich und streckte die Hand aus, legte sie auf den Grund, von dem sich gerade eine Welle zurückgezogen hatte, und wartete, bis die nächste Welle seine Knöchel umschäumte. Unter Wasser sah die Hand anders aus, blasser und älter. Markus richtete sich auf und watete entschlossen vorwärts, obwohl sein Herz raste und alle Muskeln sich sträubten. Als ihm das Wasser an die Achseln reichte, begann er zu schwimmen.

Zuerst wollten die Wellen ihn ans Ufer zurücktragen, aber nachdem er weit genug geschwommen war, merkte er, dass die Bewegung sich umgekehrt hatte. Die Strömung zog ihn auf das offene Meer hinaus.

Wieder hörte Markus, wie jemand seinen Namen rief. Er blickte über die Schulter und sah eine Frau am Ufer stehen. Markus erkannte sie, wusste, wie besorgt Ina war. Doch die Strömung zog ihn immer schneller hinaus. Die Insel wurde kleiner, bis die Frau, die Grabhügel und die Kapelle und das Haus nicht mehr zu sehen waren. Nur ein schwindender Punkt inmitten der Leere.

Da wurde Markus plötzlich von Panik erfasst. Er durfte nicht alles zurücklassen, fortgeschwemmt werden, ohne irgendetwas, an das er sich klammern konnte. Das Meer erstreckte sich zu allen Seiten ins Unendliche, ohne Schiffe, ohne Vögel, leer bis zum Horizont.

Markus begann, zur Insel zurückzuschwimmen. Er kämpfte gegen die Strömung, obwohl seine erschöpften Glieder aufgeben wollten. Langsam wurde der Punkt, die Insel größer.

Da packte ihn etwas am Knöchel. Eine kalte schleimige Berührung. Markus kraulte mit den Armen und trat mit den Beinen, doch alle Anstrengungen waren vergeblich. Der Griff um seinen Knöchel lockerte sich nicht, er wurde langsam und unausweichlich unter Wasser gezogen. Die

Umrisse der Insel vor dem grenzenlosen Himmel tauchten noch einmal in seinem Blickfeld auf. Dann nur noch von Bläschen durchsetztes Zwielicht.

Markus gab den Widerstand auf, ließ seinen Körper in die Tiefe sinken. Er blickte nach unten und sah Jakob Mörts Gesicht. Ein Auge schaute nach oben. Das andere war voller Finsternis. Der zahnlose Greisenmund war verzerrt.

Sie versanken, bis der Griff um den Knöchel sich löste. Jakob erhob sich. Sein Gesicht war plötzlich schwarz und formlos, Markus erkannte es nicht mehr. Die unbekannte Gestalt nahm Markus' Kopf zwischen die Hände und sagte:

Idiot.

Der Kuss schmeckte nach Vanille und Haselnuss. Und nach der Kälte, hinter der alle Weichheit der Welt lag.